AF512038

परवरिश करें तो ऐसे करें

परवरिश करें तो ऐसे करें

वीना श्रीवास्तव

प्रभात पेपरबैक्स
www.prabhatbooks.com

प्रकाशक

प्रभात पेपरबैक्स

4/19 आसफ अली रोड, नई दिल्ली-110002

फोन : 23289777 • हेल्पलाइन नं. : 7827007777

इ-मेल : prabhatbooks@gmail.com ❖ वेब ठिकाना : www.prabhatbooks.com

संस्करण

प्रथम, 2019

अ.मा.पु.स. 978-93-5322-703-6

★

PARVARISH KAREN TO AISE KAREN
by Smt. Veena Srivastava

Published by **PRABHAT PAPERBACKS**
4/19 Asaf Ali Road, New Delhi-110002

ISBN 978-93-5322-703-6

पहली प्रति

मेरे प्यारे बेटे **हेमाभ**

को

'हम-तुम' का विस्तार 'हम-सब' में है

बच्चा सच्ची बात लिखेगा, जीवन है सौगात, लिखेगा
जब वो अपनी पर आएगा, मरुथल में बरसात लिखेगा,
उसकी आँखों मे जुगनू हैं, सारी-सारी रात लिखेगा
नन्हे हाथों को लिखने दो, बदलेंगे हालात, लिखेगा,
उसके सहने की सीमा है, मत भूलो, प्रतिघात लिखेगा
बिना प्यार की खुशबू वाली, रोटी को खैरात लिखेगा,
जा उसके सीने से लग जा, वो तेरे जज्बात लिखेगा।

कुमार विनोद की मशहूर कविता की पंक्तियाँ हैं ये। ओज से भरी हुई, लेकिन भावुक करनेवाली कविता। बच्चों की बचपना और उनके मनोविज्ञान पर कई कविताओं, कहानियों में यह प्रिय कविता है। इस कविता से जब-जब गुजरना होता है तो सोचता हूँ कि किस दौर में आ गए हैं हम ? अपने बचपन को याद करता हूँ। सुदूर गाँव या दियारे में गुजरा बचपन। गाँव-घर में संपन्नता न थी, समाज अभावग्रस्त था, लेकिन उस अभाव में भी जीवन का एक लय था। उल्लास, उत्साह और उमंग के साथ उम्मीदों के सहारे जीते थे लोग। आत्मीयता थी। स्वार्थ तब भी था, पर संवेदना अधिक थी। स्नेह संबंधों की दुनिया बड़ी थी। यंत्रों के सहारे रिश्ते नहीं बनते थे, बल्कि भावनात्मक धरातल पर जीवनपर्यंत चलनेवाले संबंध होते थे। बच्चों का बचपना था। खुलकर खेलना और पढ़ना। संयुक्त परिवारों का दौर था वह। अभिभावकत्व का जिम्मा या दायित्व सिर्फ सगे माँ-पिता के पास नहीं होता था। ममता, प्यार और अपनापे के रिश्ते के

विविध आयाम होते थे। चाचा-चाची, आजी-बाबा तो होते ही थे, गाँव-घर के भी लोग समान रूप से अभिभावकत्व का निर्वहन करते थे। और इन सबके साथ ननिहाल से, फुआ-मौसी के यहाँ से भी बच्चों का निरंतर रिश्ता बना रहता था। सिर्फ किताबी दुनिया के जरिए बच्चे दुनिया नहीं समझते थे, उसके जरिए ही शिक्षा या ज्ञान अर्जित नहीं करते थे, बल्कि पारिवारिक-सामाजिक-सांस्कृतिक रूप से मुकम्मल परवरिश होती थी। आज की टेक्नोलॉजी, मोबाइल व इंटरनेट की दुनिया में प्रायः वे बातें याद आती हैं। गाँव से अब भी निरंतर संपर्क है। अकसर आना-जाना होता है, लेकिन अब अपने ही गाँव में पाता हूँ कि बहुत कुछ बदल चुका है। सिर्फ गँवई माटी का सोंधापन नहीं कमा है, बल्कि सरोकार के ताने-बाने के लय भी लड़खड़ा गए हैं। पारिवारिक-सामाजिक स्तर पर ऐसे ही बदलाव-बनाव-बिगड़ाव के समय में वीना श्रीवास्तवजी की यह किताब आई है।

2012 की बात है। तब मैं प्रभात खबर के साथ था। अखबार की साप्ताहिक पत्रिका 'सुरभि' में एक ऐसे कॉलम का विचार आया, जो इंटरैक्टिव हो। बच्चों, विशेषकर किशोर उम्र के बच्चों से संवाद कर सहज-सरल रूप में लिखा जाए और वह किसी एक बच्चे की बात होते हुए भी बच्चों के समुदाय को रिप्रजेंट करे, पढ़नेवाले अभिभावकों को प्रेरित करे। यह भी तय हुआ कि बच्चों या किशोरों के मनोविज्ञान को, उनके मन-मिजाज को सबसे बेहतर तरीके से महिला ही समझती है। या यह भी कहें कि स्त्रियों का यह जन्मजात गुण होता है कि वे बच्चों के मन की बात को आसानी से जान जाती हैं, बच्चे भरोसे के साथ उनसे साझा भी करते हैं। इसे आप अपने आसपास, अपने घर में भी नजर दौड़ाकर महसूस सकते हैं। ऐसी ही बातों को ध्यान में रखकर वीना श्रीवास्तवजी से चर्चा हुई। उनके कविगुण से परिचित था। वीनाजी तब से लिखने लगीं। कॉलम का नाम हुआ 'हम-तुम'। अब, जबकि यह किताब आपके हाथों में है, इस कॉलम का सातवाँ साल होने जा रहा है। यह कोई साधारण बात नहीं है कि सात सालों से एक कॉलम नियमित कोई लिख रहा है, छप रहा है। अखबार में अगर नियमित रूप से इतने सालों से कोई कॉलम छप रहा है, तो साफ संकेत है कि पाठकों को यह पसंद आ रहा है। इस कॉलम के जरिए आप समझ सकते हैं कि कहीं-न-

कहीं एक बड़ा गैप बच्चों और बड़ों के बीच आया है, जिसे भरने के लिए ऐसे प्रयास की जरूरत है।

वीना श्रीवास्तवजी के संकलन से गुजरते हुए मुझे बार-बार लगा कि ऐसे प्रयास की जरूरत बड़े स्तर पर है। तमाम व्यस्तताओं के बीच, इस ग्लोबल होती दुनिया में दुनिया भर से रिश्ता कायम करने की आकांक्षा के साथ जीने से पहले यह जरूरी है कि हर अभिभावक का अपने बच्चे से भरोसे का रिश्ता हो। गृहस्थजीवन में जीनेवाले किसी इनसान के जीवन में उसका सबसे अनमोल सृजन उसकी संतान के रूप में ही होता है, जिसके गढ़ने का प्रारंभिक जिम्मा उसका होता है। आज के समय में हम लोग अपनी व्यस्तताओं का बहाना बनाकर या फिर व्यस्तताओं के जाल में उलझकर यह सबसे जरूरी दायित्व का निर्वहन उस तरह से नहीं कर पाते। ऐसे समय में जब लगे कि हम व्यस्त हैं, इसलिए बच्चों की केयर नहीं कर पाते, उन्हें अब्राहम लिंकन की चिट्ठी पढ़नी चाहिए। अमेरिका के राष्ट्रपति और दुनिया के यशस्वी-कालजयी नेताओं में शामिल लिंकन ने अपने बच्चे को जब स्कूल भेजना शुरू किया तो स्कूल के प्रधानाध्यापक अथवा मास्टर के नाम पत्र लिखा। पत्र में जो लिंकन ने लिखा, उसका सार कुछ इस तरह था—"मैं अपने सबसे सुंदर सृजन को आज से आपके पास भेज रहा हूँ। इसे आप बताइएगा कि यह सृष्टि कितनी बड़ी है। एक इनसान विशालकाय सृष्टि का एक बहुत छोटा सा हिस्सा है। उसे जीत के साथ हार का भी आनंद लेने की कला बताइएगा। उसे धरती, आकाश, सूरज, चाँद, नदी के बारे में बताइएगा। उसे इस तरह से शिक्षित-प्रशिक्षित कीजिएगा कि वह बेहतर-से-बेहतर जगह पर नौकरी के लिए जा सके, उसकी माँग हो, लेकिन वह जहाँ नौकरी करने जाए, वहाँ अपनी प्रतिभा-दक्षता की तो अधिक-से-अधिक कीमत लगवाए, जो ज्यादा पैसा दे, वहाँ अपना दिमाग गिरवी रखे, लेकिन कहीं अपना ईमान गिरवी नहीं रखे।"

यह पत्र लंबा है। यहाँ इसका उल्लेख करने का आशय पत्र के कंटेंट से ज्यादा यह बताना है कि लिंकन की तरह व्यस्त आदमी भी अपने बच्चे के प्रति कितना सचेत है। वह संवाद करता है, क्योंकि यह काम उसकी प्राथमिकता में है। अपने बच्चों से संवाद के लिए अलग से समय निकालने की जरूरत की

बजाय यह जीवन का हिस्सा होना चाहिए। उम्मीद है कि वीनाजी की इस किताब को पढ़ने के बाद ढेरों पाठक प्रेरित होंगे। उन्हें इस बात की प्रेरणा मिलेगी कि अपने बच्चे-बच्चियों के साथ अभिभावकत्व और सखा का, दोनों भाव रखना चाहिए। विशेषकर किशोर उम्र में। बाद में तो उम्र के बढ़ते जाने के बाद वह समय हर किसी जीवन में आता है, जब अभिभावक बच्चों पर निर्भर हो जाता है। बच्चे ही केयर करने लगते हैं।

—हरिवंश

उप सभापति, राज्यसभा

युवा मन को समझने की चुनौती

सबसे पहले मैं वीनाजी को बधाई देना चाहता हूँ कि वह युवाओं और उनकी समस्याओं पर प्रभात खबर में लगातार लिख रही हैं। उनके इन लेखों का संकलन आपके सामने है। मैं उनके लेखों को बड़े ध्यान से पढ़ता हूँ। मैं कह सकता हूँ कि वीनाजी को युवा मन की गहरी समझ है, जो उनके लेखों से साफ झलकती है। साथ ही उनकी भाषा इतनी सहज और सरल है कि वह मनोवैज्ञानिक दृष्टिकोण को भी आसान शब्दों में अभिव्यक्त कर देती हैं।

मेरा मानना है कि मौजूदा दौर में युवा मन को समझना एक चुनौती है। मेरी हमेशा से दिलचस्पी बच्चों के मनोवैज्ञानिक अध्ययन में रही है। जब भी और जहाँ भी मुझे मौका मिलता है, मैं उनसे संवाद करने की कोशिश करता हूँ। उन्हें जानने समझने का प्रयास करता हूँ। उसे समाज के सामने लाने की कोशिश भी करता हूँ। मुझे लगता है कि इस विषय पर लगातार लिखा जाना चाहिए। मैंने महसूस किया है कि पुरानी पीढ़ी युवा मन को समझ नहीं पा रही है। हम उनसे बिल्कुल कट गए हैं। माता-पिता और बच्चों में संवादहीनता की स्थिति है। मैंने महसूस किया है कि पुरानी पीढ़ी युवा मन को समझ नहीं पा रही है। हम उनसे बिल्कुल कट गए हैं। एक ब्रिटिश मनोविज्ञानी से मुलाकात का मैं फिर उल्लेख करना चाहूँगा। वह भारत में एक रिसर्च के सिलसिले में आई हुई थीं। मैंने जब उनसे पूछा कि उन्होंने भारत में क्या देखा तो उन्होंने कहा कि भारतीय माँ-बाप बच्चों को लेकर 'नहीं' का इस्तेमाल बहुत करते हैं। वे बात-बात में यह नहीं, वह नहीं, ऐसा नहीं, वैसा नहीं, यहाँ मत जाओ, ऐसा मत करो, वैसा मत करो, का बहुत अधिक इस्तेमाल करते हैं। इसमें सच्चाई भी है। उनका कहना था कि इसमें

माताएँ बहुत आगे हैं, जबकि 'नहीं' शब्द का इस्तेमाल बहुत सोच-समझकर किया जाना चाहिए। इससे एक तो बच्चों में नकारात्मक प्रभाव पड़ता है, उनका मन विद्रोही हो सकता है, दूसरे अत्यधिक इस्तेमाल से बच्चों पर 'नहीं' का असर समाप्त हो जाता है। जहाँ आवश्यकता हो, इसका जरूर इस्तेमाल करें।

शायद आपने गौर नहीं किया कि आपके बच्चे में बहुत परिवर्तन आ चुका है। विदेशी पूँजी और टेक्नोलॉजी जब आती है तो उसके साथ एक वातावरण और संस्कृति भी लाती है। आप उसके प्रभाव से बच नहीं सकते। उसकी ताकत इतनी है कि उसके प्रभाव से कोई भी मुक्त नहीं हो सकता। दिक्कत यह है कि हम सब यह तो चाहते हैं कि पूँजी आए ,लेकिन उसके साथ आनेवाले वातावरण को हम स्वीकार नहीं करते। लेकिन आप गौर करें कि आपके बच्चे के सोने, पढ़ने के समय, हाव-भाव और खान-पान सब बदल चुका है। हम या तो आँखें मूँदे हैं या इसे स्वीकार नहीं करते, लेकिन आपके रोकने से ये परिवर्तन रुकनेवाले नहीं हैं। आप सुबह पढ़ते थे, बच्चा देर रात तक जगने का आदी है। आप छह दिन काम करने के आदी हैं, बच्चा सप्ताह में पाँच दिन स्कूल का आदी है, वह पाँच दिन की नौकरी ही करेगा। उसे मैगी, मोमो, बर्गर, पिज्जा से प्रेम है, आपकी सुई अब भी दाल-रोटी पर अटकी है। यह व्हाट्सएप की पीढ़ी है, यह बात नहीं करती, मेसेज भेजती है, लड़के-लड़कियाँ दिन-रात आपस में चैट करते हैं। आप अब भी फोन कॉल पर ही अटके पड़े हैं। पहले माना जाता था कि पीढ़ियाँ 20 साल में बदलती है, उसके बाद तकनीक ने इस परिवर्तन को 10 साल कर दिया और अब नई व्याख्या है कि पाँच साल में पीढ़ी बदल जाती है। इसका मतलब यह कि पाँच साल में दो पीढ़ियों में आमूल-चूल परिवर्तन हो जाता है। होता यह है कि अधिकांश माता-पिता नई परिस्थितियों से तालमेल बिठाने के बजाय पुरानी बातों का रोना रोते रहते हैं, परिवर्तन तो हो गया, उस पर आपका बस नहीं है। अब जिम्मेदारी आपकी है कि आप जितनी जल्दी हो सके, नई परिस्थिति से सामंजस्य बिठाएँ, ताकि बच्चे से संवादहीनता की स्थिति न आने पाए।

कुछ समय पहले इन्हीं चिंताओं की पृष्ठभूमि में प्रभात खबर ने झारखंड में 'बचपन बचाओ अभियान' चलाया था। इसमें प्रभात खबर की टीम विभिन्न स्कूलों में जाती थी, उनके साथ मनोविशेषज्ञ भी होते थे। हम भी जानना चाहते

हैं कि बच्चे क्या सोच रहे हैं, कैसे सोच रहे हैं, उनकी महत्त्वाकांक्षाएँ क्या हैं? हमारा मानना है कि एक डोर के बच्चे, शिक्षक और अभिभावक तीन महत्त्वपूर्ण कड़ी हैं। इनमें से एक भी कड़ी के ढीला पड़ने पर पूरी व्यवस्था गड़बड़ा जाती है। ऐसे भी देखा गया है कि बच्चे से माता-पिता कुछ भी कहने से डरते हैं कि वह कहीं कुछ न कर ले। दूसरी ओर टीचर्स के सामने समस्या है कि वह बच्चों को कैसे अनुशासित रखें। नई पीढ़ी के बच्चे अत्यंत प्रतिभाशाली हैं। जानकारी के इस युग में टीचर्स का महत्त्व और आदर कम हो गया है। जानकारियाँ सर्वसुलभ हैं और बहुत से मामलों में बच्चे कहीं अधिक जानकारी रखते हैं।

प्रभात खबर के इस कार्यक्रम में मुझे भी बच्चों से रूबरू होने का मौका मिला। एक स्कूल का हॉल भरा हुआ था, लगभग 800-850 बच्चे रहे होंगे। प्रारंभिक वक्तव्य के बाद जैसे ही सवाल जवाब का सिलसिला शुरू हुआ। शुरुआत में बच्चों ने थोड़ा संकोच किया, लेकिन बाद में वे मुखर होते गए। लगभग 90 फीसदी बच्चों के सवाल माता-पिता और कॅरियर को लेकर केंद्रित थे। वे परिवार की मौजूदा व्यवस्था से संतुष्ट नजर नहीं आए। बच्चों ने पूछा माता-पिता उनकी तुलना दूसरे बच्चों से क्यों करते हैं, वे अपनी सोच बच्चों पर क्यों थोपते हैं, बच्चों पर हरदम शक क्यों किया जाता है, माता-पिता उनसे जबरन घर के काम क्यों कराते हैं। माता-पिता उनके कॅरियर का फैसला क्यों करते हैं? ये गंभीर सवाल हैं, ये सवाल हैं, जो आज हर बच्चा अपने माता-पिता से पूछ रहा है। ये सवाल मेरे लिए भी उतने ही महत्त्वपूर्ण हैं और जितने आपके लिए। इन सवालों का जवाब हम सबको तलाशना है, तभी हम युवा पीढ़ी से संवाद स्थापित कर पाएँगे।

—आशुतोष चतुर्वेदी

प्रधान संपादक, प्रभात खबर

मेरी बात

आज जिस दौर से हम गुजर रहे हैं, उसमें समाज के शरीर की जो हालत हो गई है, उसको देखकर यही कहा जा सकता है कि सूरत के साथ उसकी सीरत पर भी ग्रहण लग गया है। हमारे नन्हे फूल जिस परिवेश में खिल रहे हैं, जो हवा-पानी उन्हें सींच रहा है और जिस युवावर्ग को अज्ञानता की खाद ने पोषित किया हो, उससे उनमें रोष, तनाव, उत्तेजना ही पनपेगी। वे कम समय में या यों कहें शॉर्टकट के जरिए बड़ी-बड़ी ख्वाहिशें पूरी करने के लिए आनन-फानन में ही प्रयास करने के लिए बेचैन रहेंगे। इस अधकचरे ज्ञान से वे दोस्त, बहन-बेटियों को संबंधों की भावना से इतर केवल नारी देह रूप में देखेंगे और उनके दिल व दिमाग में केवल मतलबपरस्ती के ही फल-फूल खिलेंगे। कहने का तात्पर्य यह है कि आज जिस ओर हमारा समाज जा रहा है, हमारे युवा जिस तरह भटक रहे हैं, उसके लिए वे अकेले दोषी नहीं हैं। उसके लिए हम बड़ों द्वारा दिए गए संस्कार और माहौल ही जिम्मेदार है। हम उनको सबकुछ देने की चाह में अपना समय देना ही भूल जाते हैं। इसलिए सारा दोष उन पर मढ़कर हम आरोप-मुक्त नहीं हो सकते। अगर हम संस्कारों की घुट्टी बच्चों को पिलाते रहें, बचपन में शारीरिक वैक्सीनेशन के साथ संस्कारों, संस्कृति और सम्मान के टीके भी लगवाते रहें तो हमारे बच्चे मानसिक रूप से भी अधिक स्वस्थ होंगे।

निश्चित रूप से इसी तरह का खयाल 'प्रभात खबर' के तत्कालीन प्रधान संपादक और अब राज्यसभा के उपसभापति हरिवंशजी के मस्तिष्क में भी

आया होगा। जब मुझसे इस तरह का कॉलम लिखने को कहा गया तो पहले मुझे समझ ही नहीं आया कि कैसे शुरुआत करूँ। काफी सोच-विचार के बाद एक पति-पत्नी के इर्द-गिर्द के एक कहानी बुनी, जिसकी पहली किश्त 'हम-तुम' के रूप में 1 नवंबर, 2012 को 'प्रभात खबर' के साप्ताहिक परिशिष्ट 'सुरभि' में प्रकाशित हुई। उसका कलेवर कुछ अलग था। फिर समय के साथ इसे 'लाइफ@पटना' में शिफ्ट कर दिया गया, जिसके पात्रों की चर्चा आज भी होती है। जब कहीं उस कॉलम को पढ़नेवाले लोग मिलते हैं और उनके जेहन में 'झिलमिल' व 'कुहू' आज भी जीवित मिलते हैं, तब मुझे अपार हर्ष होता है। 'हम-तुम' की 59 किश्त छपीं। उसके बाद दूसरी पत्रिका, खासकर स्वास्थ्य को लेकर 'हेल्दी लाइफ' निकलने की योजना बनी और ये कॉलम उसमें शिफ्ट कर दिया गया, लेकिन इस बार कुछ अलग रूप से सामने आया, जिसके लिए मैंने एक ऐसे परिवार को केंद्र में रखा, जिसमें दादी-बाबा के साथ पोते-पोतियाँ, नाती-नातिन भी हों और उसमें तीन महीने के बच्चे से लेकर 25-26 वर्ष तक के युवा हों और फिर बन गया शारदा देवी का परिवार। इसकी पहली किश्त 3 सितंबर, 2013 को छपी। लंबे समय तक इस परिवार की कहानी के माध्यम से बच्चों की परवरिश पर लिखती रही। जैसे ही किशोरवय बच्चों का मुद्दा आया तो उसी तरह की समस्या को लेकर बहुत सारे बच्चों और अभिभावकों के मेल आने लगे। इससे पहले जो मेल आते थे, वे प्रशंसा के होते थे और उससे मुझे एक ताकत मिलती थी। चूँकि यह एक कहानी चल रही थी तो लोग पढ़ने के लिए उत्सुक रहते थे, लेकिन जब किशोर बच्चों के मानसिक द्वंद्व की बात सामने रखी तो तमाम बच्चे, जो इस तरह के द्वंद्व से गुजर रहे थे, उन्होंने अपनी समस्या बताई और जब उन इ-मेल्स की तादात बढ़ी तो मैंने संबंधित डेस्क से बात करके उन इ-मेल्स को ही पाठकों के सम्मुख रखना शुरू किया। युवावस्था की दहलीज पर कमोबेश सभी किशोर बच्चों की समस्या एक जैसी होती है, लेकिन उन्हें लगता है कि उनके साथ कुछ अलग हो रहा है। आज हर घर में किसी-न-किसी उम्र के बच्चे हैं, इसलिए अभिभावकों ने भी मेल लिखने

शुरू किए। अधिकांश बच्चों ने अपना नाम गुप्त रखने के लिए कहा, लेकिन उनकी समस्या केवल उनकी नहीं थी। कुछ बेटियों ने आगे बढ़कर मुझे अपने जीवन की घटना बताकर कहा कि उनके साथ जो घटित हुआ, मैं वह सबसे सामने जरूर रखूँ, जिससे उनकी अन्य बहनें इस तरह के झाँसों से बच सकें। मैं उन बेटियों को सलाम करती हूँ, हालाँकि उसके बाद घर में कुछ बेटियों पर आफत आई और कुछ बेटियों की माँओं ने प्रशंसा की। मैं उन माँओं को भी प्रणाम करती हूँ कि जिन्होंने आगे बढ़कर उनकी बेटियों के साथ घटी घटना को सामने लाकर अन्य बेटियों को सीख दी।

इस तरह 3 सितंबर, 2013 से शुरू हुआ स्तंभ अपनी 300 से अधिक किश्तें पार कर चुका है। मैं सबसे पहले तत्कालीन प्रधान संपादक हरिवंशजी का तहे दिल से शुक्रिया अदा करती हूँ। इस बीच करीब चार वर्ष पूर्व हरिवंशजी राज्यसभा के लिए निर्वाचित हो गए, जो अब राज्यसभा के उपसभापति हैं। उनकी जगह प्रधान संपादक के रूप में आशुतोष चतुर्वेदीजी ने कार्यभार सँभाला। मैं उनकी भी तहे दिल से शुक्रगुजार हूँ कि जो भरोसा हरिवंशजी ने दिखाया था, आशुतोषजी ने मुझ पर वे भरोसा कायम रखा। साथ ही मैं प्रभात खबर के तत्कालीन फीचर संपादक रंजन राजन, 'लाइफ@पटना' की तत्कालीन इनचार्ज दक्षा वैदकर और बाद में 'हेल्दी लाइफ' के इनचार्ज रजनीकांत पांडेय के साथ पूरी टीम का दिल से आभार व्यक्त करती हूँ कि उन्होंने इसे बहुत खूबसूरती के साथ आपके सामने प्रस्तुत किया। समाज के विभिन्न क्षेत्रों से जुड़े उन सभी मित्रों का भी आभार, जिन्होंने समय-समय पर अपने बहुमूल्य सुझाव व अनुभव बताए और सबसे ज्यादा आभार 'प्रभात खबर' के पाठकों का, जिनकी प्रतिक्रियाओं की बदौलत यह कॉलम लगातार जीवंत बना हुआ है। मेरे प्यारे बच्चों को दिल से ढेर सारा धन्यवाद व आशीष, जिन्होंने इस कॉलम को इतना प्यार व विश्वास दिया। उसी प्यार का नतीजा है कि मैंने गंभीर-से-गंभीर परिस्थितियों में भी कॉलम कभी मिस नहीं किया। साथ ही अपने पति राजेंद्र तिवारी और बेटे हेमाभ का भी आभार, जिन्होंने हमेशा मुझे सहयोग दिया। अंत में सभी मित्रों का दिल से धन्यवाद, जो प्रत्यक्ष

व अप्रत्यक्ष रूप से इस पुस्तक के प्रकाशन से जुड़े रहे। अपने गुरु, ईश्वर, मेरे पिता स्व. महेश चंद्र श्रीवास्तव व माँ स्व. रमा श्रीवास्तव के साथ मेरे ससुर स्व. विनोद कुमार तिवारी व मेरी सास स्व. माधुरी तिवारी का कोटि-कोटि आभार। खासकर अपनी मम्मी-पापा के ऋण से कभी उऋण नहीं हो पाऊँगी, जो परवरिश और संस्कार उन्होंने मुझे दिए, आज वही आधार हैं मेरे सफल जीवन का। मुझे विश्वास है, आप सबने जितना प्यार कॉलम को दिया, इस पुस्तक को भी अपना प्यार अवश्य देंगे।

—वीना श्रीवास्तव

सी-201, श्रीराम गार्डेन, काँके रोड,

राँची-834008 (झारखंड)

मोबाइल : 9771431900

इ-मेल : veena.rajshiv@gmail.com

ब्लॉग : veenakesur.blogspot.com

अनुक्रम

1

माँ के दूध पिलाने से बच्चे को वायरल इंफेक्शन नहीं होता

"अरे माधुरी बहू, कहाँ गईं? फलित कितना भूखा है। उसे अंदर ले जाओ और दूध पिलाओ। बच्चे को इतनी देर के लिए अकेला नहीं छोड़ते।" तभी प्रगति ने आकर कहा कि चाची को तो तेज बुखार है। वे अंदर लेटी हैं। शारदा देवी शांतनु को लेकर अंदर आईं तो देखा नीला को तेज बुखार है। उन्होंने प्रगति से कहा कि बेटा, बुखार की गोली ले आओ और चाची को दे दो। तब तक माधुरी तुम फलित को दूध पिला दो।

"लेकिन मम्मीजी, लगता है मुझे वायरल फीवर हो गया है। अगर मैं उसे दूध पिलाऊँगी तो फलित को भी इंफेक्शन हो जाएगा।"

"नहीं माधुरी बहू, माँ के दूध पिलाने से बच्चे को वायरल इंफेक्शन नहीं होता, बल्कि दूध न पिलाने की स्थिति में माँ के स्तन में दूध की अधिकता हो जाएगी और इससे तुम्हें मिल्क फीवर हो जाएगा, जिसके कारण तुम्हें तकलीफ होगी, क्योंकि दूध तो बनेगा, लेकिन शिशु नहीं पिएगा तो अंदर ही रहेगा। तुम्हें इतना ध्यान रखना चाहिए कि तुम्हें सर्दी-खाँसी न हो। अगर तुमको सर्दी बनी रहेगी तो उसका असर फलित पर जरूर पड़ेगा और सर्दी-खाँसी हो ही गई है तो खाँसते समय या छींक आने पर तुमको अपने मुँह पर कपड़ा रखना होगा, जिससे बाहरी इंफेक्शन की गिरफ्त में अपना फलित न आ सके। इसके साथ ही तुमको अपने हाथ और कपड़े स्वच्छ रखने चाहिए, क्योंकि शिशु हर चीज को पहले मुँह में ले जाता है। तुम्हारी उँगली भी पकड़ेगा तो उसे मुँह में ले जाने का

प्रयास करेगा। आँचल का कोना पकड़कर भी मुँह में ले जाएगा। इसलिए तुमको अपनी स्वच्छता पर पूरा ध्यान देना होगा, बल्कि हम सबको ही इस बात का खास खयाल रखना होगा और हमारे घर में तो दो-दो छोटे बच्चे हैं, फलित एवं नीला बहू का बेटा शांतनु, जो नौ महीने का है। फलित बहुत छोटा है और अभी तो केवल तुम्हारे दूध पर ही निर्भर है तो उसका विशेष ध्यान रखने की जरूरत है। साथ ही स्वयं का भी, क्योंकि अगर तुम्हारी तबीयत खराब होगी तो तुम फलित का ध्यान नहीं रख पाओगी।"

तभी उसके बड़े बेटे की बेटियाँ रिमझिम और सावनी आ गईं। उनसे शारदा देवी ने कहा, "नीला को भी बोलो कि शांतनु की बोतल को बहुत अच्छी तरह से उबाले। अभी बरसात का मौसम है, ऐसे में बोतल में जर्म्स जल्दी पनपेंगे और ध्यान नहीं दिया गया तो शांतनु भी बीमार पड़ सकता है। उसका भी खास ध्यान रखने की जरूरत है। छोटे बच्चों को इंफेक्शन बहुत जल्दी होता है, क्योंकि उनकी रोगों से लड़ने की क्षमता कम होती है। घर में माधुरी को वायरल हुआ है, तुम सब भी सँभलकर रहो, जिससे ये किसी और को न हो। राशि बहू को बोलो कि चाची के लिए तुलसी, काली मिर्च और लौंग की चाय बना दे, फिर गुड़, अदरक, हल्दी और काली मिर्च का शीरा बनाकर और उसमें शहद मिलाकर भी माधुरी को पिला दे। इसके पीने से माधुरी को बहुत आराम मिलेगा। तुम दूध पिलाकर फलित को मुझे दे दो। चाय और दवा खाकर आराम करो। बीमार माँ हो या बच्चा, दोनों की ही देखभाल होनी चाहिए। एक स्वस्थ माँ ही अपने बच्चों की देखभाल ठीक तरह से कर पाएगी। इसलिए माँ का स्वस्थ होना बहुत जरूरी है।"

□

2

बच्चों को मन से भी स्वस्थ बनाना हमारी जिम्मेदारी

"बड़ी दीदी, इस बार मेरा मन हो रहा है कि हम भी गणेशजी को लाकर अपने घर में स्थापित करें। देखो न, कितने लोग लाते हैं! उनका घर कितना अच्छा लगता है, सुबह-शाम पूजा, भोग-प्रसाद। लगता है, पूरा घर खुशियों से भर गया।" वंशिका ने कहा।

"वंशिका अपने घर में तो ऐसा कभी नहीं हुआ और हमारे यहाँ ऐसा होता ही नहीं। मुख्य रूप से यह महाराष्ट्र में मनाया जाता है। बहुत लोग मनाने लगे हैं, लेकिन हमारे यहाँ तो गणपतिजी दीवाली में आते हैं, पूरे साल रहते हैं, फिर एक साल बाद नए गणपति आने पर पुराने गणपति का विसर्जन होता है। क्यों दादी माँ, मैंने ठीक कहा न?" सावनी ने कहा।

"हाँ बेटा, तुमने ये तो ठीक कहा कि हमारे यहाँ ऐसा नहीं होता, लेकिन ये नहीं कि ऐसा हो नहीं सकता। उनको कुछ दिन के लिए लाने से, उनकी पूजा करने से गणपति भगवान् नाराज थोड़े ही न हो जाएँगे। किसी की भी पूजा हो, सच्चे मन से करने पर अच्छा ही होता है। सबसे बड़ी बात मन का विश्वास बढ़ता है। मेरा-तेरा जीवन में नहीं होना चाहिए। सारे नियम-कानून हम इनसानों के ही बनाए हुए हैं। इसलिए उनको लेकर कोई बहस, कोई तकरार या मन मारने की जरूरत नहीं है। तुम लोग अभी छोटे हो। तुम्हारा पूरा जीवन तुम्हारे सामने है और वंशिका का मन है गणपति लाने का, तो जाकर ले आओ। हम पूरे दस दिन तो नहीं रख पाएँगे, क्योंकि पाँच दिन हो गए हैं, लेकिन कुछ दिन रखकर उनकी

सेवा कर सकते हैं।" उन्होंने कहा।

"दादी, हम उन्हें क्यों लाते हैं?" नौ साल की झरना ने पूछा।

"क्योंकि कहते हैं कि गणेश भगवान् को लाकर, उनकी सेवा कर हम उन्हें खुश करते हैं। जैसे मेहमान हमेशा के लिए नहीं रहते, इसलिए वे भी मेहमान की तरह आते हैं और फिर हमारे सारे दुःख लेकर, हमें खुशियाँ देकर चले जाते हैं।"

झरना ने फिर कहा, "क्या हम इसलिए उनकी सेवा करते हैं कि हमें खुशियाँ मिलें? आप तो कहती हैं कि बिना फल की इच्छा के हमें काम करना चाहिए।"

"हाँ, हमें बिना किसी लालच के सेवा करनी चाहिए।"

"अच्छा, एक बात बताओ, अगर तुम मुझे रोज चाय पिलाओगी, खाना खिलाओगी। सिर दुखने पर दबाओगी भी, फिर अगर तुम्हारी तबीयत खराब हो जाएगी तो मैं क्या करूँगी?" उन्होंने पूछा।

"आप भी मेरा खयाल रखोगी।" झरना ने कहा।

"हाँ, मगर तुमने तो मुझसे कहा नहीं। फिर भी जब तुम बीमार होगी तो हम तुम्हारा ध्यान रखेंगे। ठीक ऐसे ही भगवान् भी अपने बच्चों का ध्यान रखते हैं, हम उनसे माँगे या नहीं। वे तो सब जानते हैं और माँगते भी हैं तो क्या बुरा है? तुम अपनी विश मम्मा-पापा से, चाची से, मुझसे बताती हो न, क्योंकि हम तुम्हारे बड़े हैं और भगवान् तो हम सबके पिता हैं।" उन्होंने समझाया।

"आज तो इन बच्चों ने आपका दिमाग खाली कर दिया, माँजी।" बड़ी बहू पायल ने कहा।

"ये बच्चे हैं पायल बहू, इनको तन से ही नहीं, बल्कि मन से भी स्वस्थ बनाना हमारी जिम्मेदारी है। सभी माता-पिता को बच्चों को अच्छे संस्कार देने चाहिए, जिससे बच्चों का मन भी स्वस्थ बने। स्वस्थ तन के लिए स्वस्थ मन का होना जरूरी है।" शारदा देवी ने कहा, "जाओ सावनी, तुम सब जाओ और गणपति को लेकर आओ। इस बार हम भी गणेश उत्सव धूमधाम से मनाएँगे।"

□

3

हमेशा एक्सपायरी डेट देखकर ही सामान खरीदना चाहिए

सभी बच्चे बाजार गए और गणपति भगवान् की प्यारी-सी मूर्ति खरीदकर लाए। धूमधाम से पूजा हुई। अगले ही दिन पूजा करके उनको विसर्जित किया गया। विसर्जन पर घर के बच्चे दु:खी हो गए। झरना ने माँ से पूछा, "इतनी जल्दी भगवानजी को क्यों ले जा रहे हैं? कल ही तो लाए हैं और आज ले जा रहे हैं! मम्मा, एक दिन तो उन्हें रोक सकते हैं।"

"नहीं झरना, आज के दिन पूजा करने के बाद उनको विसर्जित किया जाता है। हम प्रॉमिस करते हैं कि अगले साल पूरे दस दिन के लिए उनको जरूर लाएँगे।" नीला ने समझाया।

तभी शारदा देवी ने कहा, "अगर वे जाएँगे नहीं तो अगले साल फिर दोबारा कैसे आएँगे? इसलिए हमें उनकी विदाई अच्छे मन से करनी चाहिए।"

विसर्जन हो चुका था। सभी बच्चे, खासकर छोटे बच्चे अनमने से बैठे थे। उनको उदास देखकर शारदा देवी ने कहा, "पायल बहू, तुम बच्चों को मॉल घुमा आओ। बच्चे बहल जाएँगे। रिमझिम भी दो दिनों के बाद अपने हॉस्टल चली जाएगी। इसलिए तुम सबको मॉल ले जाओ और जरूरत की चीजें दिलवा लाओ।" सब खुश हो गए।

मॉल में सबने अपनी-अपनी फरमाइश शुरू कर दी। तभी वंशिका और झरना ने कहा, "देखो चाची, जूस पर ऑफर है। बाय वन गेट वन फ्री।"

"अच्छा!" कहकर पायल ने जूस के डिब्बों को उलट-पलटकर देखा।

फिर कहा, "नहीं बेटा, हम ये जूस नहीं खरीद सकते। हाँ, दो पैकेट ले सकते हो।"

12 वर्ष की वंशिका ने कहा, "क्यों चाची, जूस तो हम लोग पीते ही हैं और अभी तो एक के साथ एक फ्री मिल रहा है। क्यों न इस ऑफर का फायदा उठाया जाए?"

"नहीं बेटा, बात ऑफर का फायदा उठाने की नहीं है, बल्कि अपनी जरूरत और खाद्य पदार्थों की एक्सपायरी डेट देखने की है।" पायल ने कहा।

"वो क्या होती है, चाची?" नौ वर्षीय झरना ने पूछा।

"घर चलकर सबको अच्छी तरह से समझाऊँगी। अच्छा, एक बात का जवाब दो। सबके घरों में खाना बनता है, वह कब तक खाने लायक रहता है?" पायल ने पूछा।

वंशिका ने कहा, "वह तो एक दिन में खराब हो जाता है और फ्रिज में भी बहुत दिनों तक नहीं रख सकते। मन नहीं करता खाने का।"

"ठीक कहा, वंशिका तुमने। ऐसे ही जब बाजार में कोई खाद्य पदार्थ बनता और पैक होता है तो पैकेट पर उस खाद्य पदार्थ के बनने और खराब होने की तारीख अंकित होती है, मतलब एक्सपायरी डेट लिखी होती है, जिसका मतलब है कि निर्धारित तिथि के बाद उसको प्रयोग करने पर हम बीमार पड़ सकते हैं, तबीयत खराब हो सकती है, हमें नुकसान हो सकता है और उस तिथि के बाद प्रयोग करने पर खाद्य सामग्री बनाने वाला भी जिम्मेदार नहीं होता, क्योंकि उसने तो एक्सपायरी डेट पैकेट पर लिखी होती है। इसलिए हमेशा एक्सपायरी डेट देखकर ही सामान खरीदना चाहिए। जब विक्रेता को लगता है कि सामान की एक्पायरी डेट आने वाली है तो जल्दी सामान बेचने के लिए वह ऑफर देता है, क्योंकि उनका सामान वैसे भी एक निश्चित तारीख के बाद बेकार ही हो जाएगा और ऑफर के चक्कर में लोग ज्यादा खरीद लेते हैं। ज्यादा मात्रा में खरीदने पर वह प्रयोग नहीं हो पाता और बेकार हो जाता है। इसलिए हमें हमेशा एक्सपायरी डेट देखकर ही सामान खरीदना चाहिए। समझे बच्चो?"

□

4

सामान हमेशा अपनी जरूरत के अनुसार ही खरीदना चाहिए

रिमझिम को कुछ ड्रेस चाहिए थी तो वे सब लेडीज सेक्शन में गए, जहाँ रिमझिम ने कुछ कपड़े लिये। तभी बगल के किड्स सेक्शन में वंशिका की नजर पड़ी, जहाँ लिखा था 'बाय टू गेट वन फ्री।' उसे देखते ही वंशिका ने कहा, "पायल चाची, यहाँ देखो। यहाँ अच्छी ड्रेसेज हैं 5–6 साल के बच्चे के लिए।"

"वंशिका, लेकिन हमारे घर में 5–6 साल का तो कोई बच्चा है ही नहीं?" पायल ने कहा।

"क्यों चाची, अभी पराग तीन साल का है। यहाँ इतनी अच्छी ड्रेसेज मिल रही हैं। अभी ले लेंगे तो दो साल बाद उसके काम आ जाएँगी। नहीं तो किसी को गिफ्ट देने के काम आ जाएँगी। सेल का और छूट का फायदा तो उठाना ही चाहिए।" वंशिका ने कहा।

"नहीं बेटा, अगेन यू आर रॉन्ग। कभी भी हमें वह सामान नहीं लेना चाहिए, जो हमारे काम का नहीं है। तुम जानती हो कि पराग अभी तीन साल का है और जब तक वह बड़ा होगा, न जाने कितने तरह के डिजाइन और कितने रंग के कपड़े आ जाएँगे! क्या पता इससे भी अच्छे कपड़े मिल जाएँ!" पायल ने कहा।

"चाची, ये भी तो देखो कि दो ड्रेस लेने पर एक मुफ्त मिल रही है।" वंशिका ने कहा।

"वंशिका बेटे, यही तो तुम गलती कर रही हो। एक ड्रेस मुफ्त लेने के चक्कर में हम दो साल पहले दो ड्रेस खरीद रहे हैं। क्या फायदा होगा? तब तक

कुछ और नई ड्रेसेज आ जाएँगी और रहा सवाल सेल का, तो वह एक साल में दो-तीन बार लगती है। होली-दीपावली के मौके पर तो लगती ही है। इसके अलावा ईद व क्रिसमस के त्योहारों पर भी कई तरह के ऑफर रहते हैं और बेटा, यह भी सच है कि सेल से कोई खास फायदा नहीं होता। ये बताओ, कोई अपना नुकसान क्यों करेगा? दो चीजें लेने पर एक चीज बिल्कुल मुफ्त क्यों देगा, जब तक उसका फायदा न हो, इसका मतलब वह उसी दो चीजों के दाम में तीसरे का दाम ले रहा है। या उसके पास इतना स्टॉक रहता है कि उसको जल्द खत्म करना होता है और कभी-कभी सामान बहुत पुराना हो जाता है, जैसे जूस पर एक्सपायरी डेट एक महीने बाद की थी। अगर जूस हम ज्यादा खरीद लेते एवं एक महीने में खत्म नहीं कर पाते तो जूस बेकार हो जाता और हमारे रुपए भी। मानती हूँ, कभी-कभार अच्छा सामान भी मिलता है, लेकिन सामान हमेशा अपनी जरूरत को देखकर ही खरीदना चाहिए। अगर आज उसकी जरूरत नहीं है तो केवल इसलिए सामान नहीं खरीदना चाहिए कि सामान थोड़ा सस्ता मिल रहा है या थोड़ा फायदा हो रहा है। सामान भी पुराना हो जाएगा। हो सकता है, कल हमारे पास ज्यादा रुपए हों, हम और ज्यादा अच्छा सामान खरीद सकते हों! हाँ, अगर कोई गिफ्ट आइटम्स मिल रहे हों तो वे खरीदे जा सकते हैं। जो किसी को दिए जा सकें, लेकिन भूलकर भी खाने का सामान और कपड़े वगैरह का बहुत ज्यादा स्टॉक नहीं रखना चाहिए और शरीर भी तो समय के साथ बदलेगा। क्या पता कल तुम मोटी हो जाओ और तुम्हारी ड्रेसेज बेकार हो जाएँ।"

पायल को बीच में टोकते हुए वंशिका ने कहा, "नो वे चाची, मैं मोटी नहीं होऊँगी। आप जो कह रही हैं, उसका ध्यान मैं रखूँगी।"

□

5

बच्चों के सामने 'तेरा-मेरा' की बात नहीं करनी चाहिए

सबने अपनी पसंद के कपड़े खरीदे। बच्चों ने खिलौने भी लिये। घर आकर सबने अपने-अपने कपड़े शारदा देवी को दिखाए। कपड़े देखकर उन्होंने झरना से कहा, "तुमने तो बहुत सारे नए कपड़े ले लिये। अब तुम अपने पुराने कपड़ों में से वे कपड़े निकाल दो, जो छोटे हो गए हैं या जो तुम पहनना नहीं चाहती।"

"क्यों दादी ?" झरना ने प्रश्न किया।

"क्योंकि तुम्हारे जो कपड़े छोटे हो गए हैं, उन्हें तुम अब पहन नहीं पाओगी। अब वे तुम्हारे काम तो नहीं आएँगे और तुमसे छोटी तुम्हारी कोई बहन भी नहीं है, जो उन्हें पहन सके तथा शांतनु, फलित व पराग तो तुम्हारे कपड़े पहनेंगे नहीं, क्योंकि लड़कियाँ तो लड़कों के कपड़ों में अच्छी लगती हैं। हाँ, ये बात है कि उनके लिए भी कपड़े अलग ही आते हैं, लेकिन लड़के लड़कियों के कपड़े नहीं पहन सकते। इसलिए वे कपड़े किसी जरूरतमंद को दे दिए जाएँगे, जिससे उनके काम आ सकें। हाँ, वंशिका जरूर झरना के कपड़े पहन सकती है।"

झरना ने कहा, "मुझे किसी के कपड़े नहीं पहनने।"

नीला भी वहीं खड़ी थी, उसने कहा, "वंशिका को उसके कपड़े पहनने दीजिए, झरना के लिए दूसरे आ जाएँगे।"

जैसे ही नीला ने बात खत्म की, शारदा देवी ने कहा, "तुम इस तरह की

बात करके बच्चों के बीच फर्क मत लाओ नीला बहू। मेरा-तुम्हारा की दीवार मत बनाओ। उनमें प्यार बढ़ाओ। सब भाई-बहन हैं। एक-दूसरे को चीजें बाँटना सिखाओ। अगर झरना वंशिका के कपड़े पहन लेगी तो क्या हो जाएगा? वह उसकी बहन ही तो है। वस्तुएँ साझा करने से प्यार बढ़ता है। अपनेपन का एहसास होता है। तुम्हें यही लग रहा है न कि वंशिका के उतरे कपड़े झरना न पहने, बल्कि उसके लिए लाए गए नए कपड़े ही पहने। तुम्हें व झरना दोनों को यह समझना होगा कि घर में रहनेवाला प्रत्येक सदस्य घर का हिस्सा है और किसी एक हिस्से के अलग रहने से घर नहीं बनता। सब 'भाग' मिलेंगे, तभी घर बनेगा। अगर कोई भी हिस्सा अलग हुआ तो घर पूरा ही नहीं होगा। इसलिए अगर झरना वंशिका के कपड़े पहन लेगी तो तुम्हारी या झरना की इज्जत नहीं घटेगी; बल्कि बच्चों में ज्यादा अपनापन बढ़ेगा और जो कपड़े वे नहीं पहन रहे हैं या पहनना नहीं चाहते, उन्हें जरूरतमंदों को देने से उनमें सहयोग और मदद करने की भावना आएगी। अभी से ये बातें इनके दिमाग में घर करेंगी, तभी ये एक अच्छे इनसान बन पाएँगे। बच्चों में सहयोग की, मदद की, चीजों को साझा करने एवं प्यार बाँटने की भावना होनी चाहिए और इन बातों की शुरुआत घर से ही होती है। घर बच्चे का पहला विद्यालय और माँ पहली अध्यापिका होती है। माँ को इस विद्यालय का प्राचार्य और अन्य सदस्यों को अध्यापक-अध्यापिकाएँ मानना चाहिए, जो विभिन्न विषयों का ज्ञान कराते हैं। बच्चे हमारा ही अनुसरण करते हैं। हमसे ही सीखते हैं। उनको स्वस्थ माहौल देना हमारा ही कर्तव्य है। इसलिए बच्चों के सामने कभी मेरा-तेरा की बात भी नहीं करनी चाहिए। उन्हें यह ज्ञात होना चाहिए कि हम किसी भी वस्तु का घर में मिलकर उपयोग करते हैं। घर की सभी वस्तुओं पर सबका समान अधिकार है, जिसको जरूरत होगी, उसे उसका प्रयोग करने की छूट होनी चाहिए।"

□

6

बड़ों की बातें मानना ही उनके लिए है प्यारा गिफ्ट

शारदा देवी मंदिर गई हुई थीं। उनके सबसे बड़े बेटे संजेश ने सबको बुलाया और फिर कहा, ''शरत् पूर्णिमा आने वाली है और हममें से कोई भी किसी तैयारी में नहीं जुटा है। सबको याद है कि भूल गए कि शरत् पूर्णिमा को क्या होता है?"

राशि ने तुरंत कहा, "भाईजी, याद है, बाबूजी का जन्मदिन है और उसके चार दिन बाद माँजी का भी जन्मदिन है।"

"वो तो ठीक है, लेकिन कोई सुगबुगाहट नजर नहीं आ रही। क्या करना है और कैसे मनाना है? बाबूजी का इस बार 78वाँ और माँ का 75वाँ जन्मदिन है। इस बार कुछ खास होना चाहिए। जैसे बाबूजी के 75वें जन्मदिन पर किया था हम लोगों ने। कोई आइडिया दो?"

उसके छोटे भाई रूपेश ने कहा, "हम माँ के हाथों से रुद्राभिषेक करवा सकते हैं। उनको बहुत अच्छा लगेगा और बाबूजी के जन्मदिन पर किसी होटल में पार्टी रख लेते हैं।"

इस पर जयेश ने कहा, "उससे अच्छा है, क्यों न इस बार हम गाँव चलें और वहाँ सबके साथ मिलकर जन्मदिन मनाएँ। बाबूजी अपने पुराने दोस्तों से भी मिल लेंगे।"

सबसे छोटे भाई भवेश ने कहा, "यह आइडिया बढ़िया है। हम सबको गाँव गए हुए भी काफी समय हो गया है। मैं पहले चला जाऊँगा और सारे इंतजाम कर लूँगा।"

पायल ने कहा, "हाँ, भवेश भाई, यह अच्छा आइडिया है। हम सब गाँव चलेंगे, लेकिन मैनेज कैसे होगा?"

संजेश ने कहा, "सिंपल, भवेश कुछ दिन पहले गाँव चला जाएगा तथा हम लोग दो दिन पहले जाएँगे; जन्मदिन के दूसरे दिन वापस आ जाएँगे और यहाँ आकर रुद्राभिषेक की तैयारी कर लेंगे या हम पूजा का सामान पहले भी लाकर रख सकते हैं एवं पंडितजी से बात करके भी जा सकते हैं। तो यही तय रहा कि हम शरत् पूर्णिमा को गाँव में रहेंगे। इस बार बच्चों को उस चाँदनी रात में गाँव दिखाएँगे। हमारे घर के छोटे बच्चों ने तो गाँव देखा ही नहीं।" तभी सारे बच्चे आ गए।

संजेश ने कहा, "देखा, नाम लेते ही सब हाजिर हो गए।"

झरना ने पूछा, "आप सब यहाँ क्या कर रहे हो?"

नीला ने कहा, "तुम्हारे बाबा-दादी का हैप्पी बर्थडे आने वाला है न, इसलिए प्लॉनिंग कर रहे हैं कि क्या करना है!"

"तो क्या डिसाइड किया?" वंशिका ने पूछा।

"हम सब गाँव चलेंगे।" पायल ने कहा।

"वह कैसा होता है?" झरना ने पूछा।

संजेश ने बताया, "गाँव बहुत अच्छे होते हैं। तुम्हारे बाबा, मैं, तुम्हारे पापा, चाचा और बुआ गाँव में ही पढ़े हैं। उनके जन्मदिन पर हम गाँव जाएँगे तो उन्हें बहुत अच्छा लगेगा। उनका जन्म भी वहीं हुआ था। उन्हें कितना मजा आएगा, जब वे अपने फ्रेंड्स से मिलेंगे।"

"क्या बाबा के भी फ्रेंड्स हैं?" झरना ने पूछा।

संजेश ने कहा, "हाँ, जैसे तुम्हारे फ्रेंड्स हैं, वैसे ही उनके भी फ्रेंड्स हैं और अपने जन्मदिन पर वे अपने फ्रेंड्स से मिलें, इससे अच्छा गिफ्ट तो कुछ हो ही नहीं सकता! तो हम बच्चे उन्हें क्या गिफ्ट देंगे?"

"तुम लोगों का सबसे अच्छा गिफ्ट यह है कि तुम सब उनकी बातें

मानो और उनकी ही क्यों, हम सबकी बातें मानो। उनसे प्यार करो। अपनी पढ़ाई अच्छी तरह से करो। खूब अच्छे नंबरों से पास हो। अच्छे इनसान बनो, पढ़-लिखकर उनका नाम रोशन करो और एक गुलाब का फूल देकर अपने प्यारे-प्यारे हाथों से उनका मुँह मीठा करवा देना। बस, हो गया तुम लोगों का गिफ्ट।"

□

7

ताकि बुढ़ापे में देख सकें बच्चों का बचपन

"अरे माधुरी बहू, शाम की तैयारी कर ली क्या?" शारदा देवी ने माधुरी को आवाज लगाते हुए कहा।

"शाम को क्या है, दादी माँ?" पास में बैठी झरना ने पूछा।

"तुम भूल गई कि आज 15 तारीख है और आज शाम को दोनों छोटे बच्चों के साथ घर के सभी सदस्यों का वीडियो बनता है।" शारदा देवी ने बताया।

"हाँ दादी माँ, याद आया, लेकिन दादी माँ, हम हर महीने ऐसा क्यों करते हैं?" झरना ने पूछा।

शारदा देवी ने बताया, "ऐसा इसलिए करते हैं, जिससे दोनों छोटे बच्चे इस समय कैसे दिखते हैं, कैसे चलते हैं या जो कुछ बोलते हैं, उनकी जो भी एक्टिविटी हो, वो कैमरे में कैद हो जाए और जब वे बड़े हो जाएँगे तो उनको अपना बचपन देखने को मिलेगा और हम भी हमारे बच्चों के बड़े हो जाने के बाद भी उनके बचपन को दोबारा देख सकेंगे कि वे कैसे चलते थे, कैसे बात करते थे, कैसे हँसते थे या कैसी-कैसी हरकतें करते थे। जैसे हमने तुम्हारा भी हर साल का वीडियो बनाया है तथा जब तुम खुद अपने आपको देखती हो नन्ही-मुन्नी झरना के रूप में, तो तुम्हें कितना अच्छा लगता है और तुम आश्चर्य से पूछती हो कि 'अरे ये मैं हूँ! इतनी छोटी सी! मैं ऐसा करती थी! ऐसे चलती थी!' तुमको अपने आपको देखना अच्छा लगता है न?"

शारदा देवी ने बड़े प्यार से पूछा तो झरना ने पुलककर जवाब दिया, "हाँ दादी माँ, मुझे बड़ा मजा आता है। मैं भी कितनी छोटी सी थी। मेरे भी छोटे-छोटे हाथ-पैर थे। देखो दादी माँ, अब मैं बड़ी हो गई हूँ, लेकिन मैं बिल्कुल भी नहीं

रोती थी, जैसे फलित रोता है। जब देखो, भैं-भैं करता करता है।"

"नहीं बिटिया, ऐसा नहीं बोलते। वह काफी बीमार रहा न, इसलिए रोता था। छोटा बच्चा कैसे बताएगा कि उसे क्या हुआ है? इसलिए वह रोकर ही यह इंडिकेट करता है कि उसे कुछ तकलीफ है या वह भूखा है। तुम भी ऐसे ही करती थी। समझी कि नहीं?" शारदा देवी ने उसे समझाते हुए कहा।

"नहीं दादी माँ, मैं तो गुड गर्ल हूँ। मैं नहीं रोती थी। मम्मा कहती हैं कि मैं सबसे प्यारी और वर्ल्ड की बेस्ट डॉटर हूँ।" झरना ने थोड़ा इतराते हुए कहा।

"झरना बेटा, हर माँ को उसका अपना बच्चा दुनिया में सबसे अच्छा और सबसे सुंदर लगता है, चाहे वो कैसा भी हो। इसीलिए तो माँ को भगवान् का दर्जा दिया गया है। माँ अपनी सारी तकलीफें भूलकर अपने बच्चे को पालती है। अपने बच्चे की हर खुशी पूरी करती है। उसका ध्यान रखती है। उसे कब, क्या चाहिए, यह मम्मा पहले ही जान जाती है।"

शारदा देवी ने कहा तो तुरंत झरना ने प्रश्न किया, "लेकिन दादी माँ, भगवान् तो हमें दिखाई नहीं देता, तो हम भगवान् को क्यों मानते हैं?"

"भगवान् दिखाई नहीं देता, इसीलिए तो उसने माता-पिता को बनाया। भगवान् अपने सब बच्चों का ध्यान रखता है, लेकिन सबके पास वे जा नहीं सकते। इसलिए उन्होंने बच्चों की समस्याओं को दूर करने, बच्चों का खयाल रखने के लिए माता-पिता को भेज दिया। वे बच्चों को पालते हैं, पढ़ाते हैं, उनको सही-गलत का फर्क सिखाते हैं। हमारी सारी समस्याओं का एक ही हल है—माँ। इसलिए माँ को कभी नाराज नहीं करना और हमेशा उसका कहना मानना चाहिए, नहीं तो माँ नाराज हो जाएगी तथा माँ को नाराज करने का मतलब भगवान् को नाराज करना हुआ और भगवान् को कभी नाराज नहीं करना चाहिए। इसलिए सब बच्चों को अपने मम्मी-पापा की बात माननी चाहिए, उनसे झूठ नहीं बोलना चाहिए और उनसे कुछ छुपाना भी नहीं चाहिए। तुम भी हमेशा मम्मा का कहना मानना। समझ गई?"

शारदा देवी ने पूछा तो झरना ने कहा, "हाँ दादी माँ, समझ गई, लेकिन ये बताइए कि आप भी तो छोटी बेबी थीं तो आपका वीडियो कहाँ है?"

इस पर शारदा देवी ने कहा, "हमारे समय में वीडियो बनाने वाले कैमरे

ही नहीं थे और जो थे भी, वे बहुत महँगे थे। उनको हैंडल करना भी आसान नहीं था। फोटो खिंचवाने के लिए स्टूडियो जाना पड़ता था और वो भी ब्लैक एंड व्हाइट फोटो खिंचती थी। अब तो सबके हाथ में मोबाइल है और सभी लोग फोटो खींच लेते हैं, वीडियो बना लेते हैं। सबकुछ बहुत आसान हो गया है। इसलिए अपने बच्चों का छोटे में तो हर महीने और फिर हर साल वीडियो जरूर बनाना चाहिए। साथ ही बच्चे की आवाज, उसकी बातें भी रिकॉर्ड करनी चाहिए, ताकि बड़े होने के बाद भी अपने बच्चों का बचपन देख सकें, उसकी प्यारी, तोतली आवाज को सुन सकें और खुद को भी बूढ़े होते हुए देख सकें।" शारदा देवी मुसकरा रही थीं।

□

8

बच्चों की भलाई के लिए थोड़ी सख्ती भी है जरूरी...

डॉक्टर माथुर से मिलकर सभी बच्चे खुश हुए। उन्होंने बच्चों से कहा, "आप सब जाकर खेलो। कुछ बातें आपकी मम्मा-पापा से करनी हैं।" उन्होंने कहा, "मैं आप सभी से कहना चाहता हूँ कि आज जिस तरह बच्चों का लालन-पालन हो रहा है, उसमें काफी हद तक घर के बड़े ही जिम्मेदार हैं। बच्चों की चाही-अनचाही जिदें पूरी करना। घर में और घर से बाहर निकलते ही बच्चों को चॉकलेट, चिप्स, पिज्जा, बर्गर, कोल्ड ड्रिंक देना। जैसे उन्हें ये सारी चीजें देने से वे सबसे अच्छे माता-पिता बन जाएँगे! इसके पीछे अकसर यह तर्क दिया जाता है कि हमारा बच्चा कुछ खाता ही नहीं और इस बहाने कुछ पेट में तो जाता है। यह सोच गलत है। आप जो फास्ट फूड, जंक फूड उसे दे रहे हैं, इसीलिए वह बाकी कुछ नहीं खाता। बच्चा जानता है कि जब वह कुछ नहीं खाएगा तो हारकर माँ उसे खाने के लिए कुछ इसी तरह की चीजें देगी। मेरे पास भी कई पेरेंट्स यही शिकायत लेकर आते हैं कि उनका बच्चा कुछ खाता ही नहीं, तो क्या करें, हारकर उसे यह सब देना पड़ता है। भोजन उसे अच्छा ही नहीं लगता। सब्जी-दाल वह खाता नहीं और ज्यादा कहो तो ब्रेड स्लाइस, सॉस, जैम, मेयोनीज, न्यूटेला, चीज स्प्रेड या चीज स्लाइस लगाकर खा लेगा। चीज स्लाइस तो वैसे भी खाता रहता है। तो लगता है कि चलो कुछ तो खा रहा है! जबकि आप माता-पिता होकर भी यह नहीं जान पा रहे हैं कि वह किस तरह से आपसे अपनी बातें मनवा रहा है। बच्चे अपनी जिद मनवाना अच्छी

तरह से जानते हैं, लेकिन आप माता-पिता हैं। आपने उसे जन्म दिया है। उसका भला-बुरा सोचना आपका ही काम है। चाहे इसके लिए आपको थोड़ी सख्ती ही क्यों न करनी पड़े, आपको करनी चाहिए। आखिर बच्चे की भलाई के लिए ही पैदा होते ही उसे वैक्सीन दिए जाते हैं। वह बेचारा केवल रोता रहता है, फिर बुखार में तपता है, मगर आप उसे सारे टीके लगवाते हैं। उसे कड़वी दवाएँ देते हैं—किसलिए? इसीलिए कि वह स्वस्थ रहे, उसे कोई खतरनाक बीमारी न हो, अगर बीमार है तो जल्दी अच्छा हो जाए, तो फिर उसकी खाने-पीने की आदत में सुधार लाने के लिए आप कमजोर क्यों पड़ जाते हैं?

मुझे लगता है कि कुछ पेरेंट्स के लिए स्टेटस सिंबल भी है और अपने बच्चों के प्रति ज्यादा प्यार दिखाने का तरीका। उसके पीछे तर्क यह होता है कि हमारा बचपन जैसे भी बीता, लेकिन हम अपने बच्चे को सारी सुख-सुविधाएँ देंगे, उनकी हर इच्छा पूरी करेंगे, जो हमारे माता-पिता नहीं कर पाए, जो अभाव हमें हुए, हम उन्हें नहीं होने देंगे। ऐसा कहकर वे अपने माता-पिता की परवरिश पर भी उँगली उठाते हैं। यह सत्य है कि हर माता-पिता अपने बच्चों को पहले खिलाते हैं, फिर खुद खाते हैं। माँ खुद दूध नहीं पीती, मगर बच्चे को पिलाती है। अपना निवाला खिलाकर खुद पानी पी लेती है। कितने भी गरीब माता-पिता क्यों न हों, वे हमेशा अपनी हैसियत से ज्यादा ही अपने बच्चों के लिए करते हैं। अपने माता-पिता के बारे में ऐसी सोच रखनेवालों से मेरा अनुरोध है कि वे अपनी सोच बदलें। वे याद करें कि क्या किसी भी दिन उनकी माँ ने उन्हें खिलाने से पहले खुद खाया था? क्या उन्हें नए कपड़े दिलाने से पहले खुद के लिए साड़ी खरीदी थी? क्या उनके पिता ने दिन-रात मेहनत करके उन्हें पढ़ाया-लिखाया नहीं? क्या कभी उनकी पढ़ाई छुड़वाई? क्या कभी उन्हें अपनी परेशानियाँ बताईं? घर की आर्थिक तंगी के बारे में क्या कभी उनसे चर्चा की? क्या कभी उन्हें यह एहसास भी होने दिया कि उनके माता-पिता अपना मन मारकर उनकी खुशियाँ पूरी कर रहे हैं? हम आज जो भी बने, उसमें सबसे ज्यादा हाथ और कुरबानी हमारे माता-पिता की है, क्योंकि किसी भी परेशानी की आँच उन्होंने हम तक नहीं आने दी। फिर इस तरह की सोच रखना कि जो कमी हमें हुई, जिस अभाव में हम पले, हम वो कभी अपने बच्चों को नहीं होने देंगे, यह सोच बिल्कुल

गलत है। ऐसा कहकर आप अपने माता-पिता की परवरिश पर उँगली उठा रहे हैं और कहीं-न-कहीं उन्हें शर्मिंदा कर रहे हैं। उन्हें यह एहसास करा रहे हैं कि वे अपने बच्चों की इच्छा पूरी नहीं कर पाए। आप उनका त्याग नजरअंदाज कर रहे हैं और ये भूल रहे हैं कि आज आप जो कुछ हैं, उन्हीं के त्याग का फल है। मेहनत जरूर आपकी है, लेकिन मेहनत करने का मौका उनकी वजह से ही आपको मिला।"

□

9

पेरेंट्स बच्चों को समय दें, जिससे वे संस्कारी बनें

डॉक्टर माथुर की बात सुनकर शारदा देवी भावुक हो गईं। उन्होंने कहा, "आप बिल्कुल ठीक कह रहे हैं, डॉक्टर साहब। कोई भी माता-पिता हों, वे अपने बच्चों की पढ़ाई, लालन-पालन में हमेशा अपनी हैसियत से ज्यादा ही खर्च करते हैं। वे खुद अभाव में रहते हैं, लेकिन बच्चों के लिए यही प्रयास करते हैं कि वे भूखे न रहें। सबसे बड़ी बात जिसे हम अनदेखा करते हैं, वह यह कि जितना रुपया बढ़ता है, काम बढ़ता है, शोहरत बढ़ती है, उतना ही लोगों के पास घर और बच्चों के लिए कम समय निकल पाता है। इससे वे बच्चों को सुख-सुविधाएँ तो देते हैं, लेकिन बच्चों को समय नहीं दे पाते। पढ़ाई में समस्या है तो ट्यूशन, माँ के पास समय नहीं तो बाजार का फास्ट फूड हाजिर है, बच्चों के साथ बाहर नहीं जा सकते तो उनके फ्रेंड्स के साथ अकेले भेज देते हैं, उनके पास इतना भी समय नहीं होता कि वे बच्चों की गतिविधियों पर नजर रखें। ऐसे बच्चे ही मनमानी करते हैं। उनके दिमाग में यह बैठ चुका होता है कि दुनिया में प्रत्येक चीज रुपए से खरीदी जा सकती है। किसी के मान-सम्मान का उनको खयाल नहीं रहता। बड़े-बुजुर्गों की इज्जत नहीं करते। बदतमीजी से बात करते हैं। यह सब इसलिए होता है, क्योंकि उनके माता-पिता के पास उनके लिए रुपए तो बहुत हैं, लेकिन समय नहीं है। जबकि सबसे बड़ी बात यह है कि पेरेंट्स बच्चों को समय दें, जिससे वे संस्कारी बनें। माता-पिता को यह ध्यान रखना चाहिए कि उनके बच्चों को उनकी, उनके प्यार की, संरक्षण की, दिशा-

निर्देश और सही सलाह की जरूरत है। बच्चों को धन से ज्यादा माता-पिता के भावनात्मक सहयोग और ममता की जरूरत है। यह बात सत्य है, जीने के लिए धन बहुत जरूरी है, लेकिन उसके पीछे इतना भागना कि बच्चे और घर दूर हो जाएँ, यह कतई ठीक नहीं है। धन से सुविधाएँ खरीदी जा सकती हैं, लेकिन संस्कार नहीं। साधन मुहैया कराए जा सकते हैं, लेकिन प्यार नहीं, जिसकी बच्चों को सबसे ज्यादा जरूरत है। अगर कोई भी माता-पिता अपने बच्चों के लिए समय निकाल रहे हैं तो यह बड़ी बात है। बच्चों के लिए सुख-सुविधाएँ भी जरूरी हैं, लेकिन सबसे ज्यादा जरूरी है माता-पिता का साथ। इसलिए उन बच्चों को ज्यादा खुश होना चाहिए, जिनके माता-पिता उनके साथ वक्त बिताते हैं, लेकिन इस बात को अभाव मानकर जीनेवाले अपने ही बच्चों को बिगाड़ने में आगे होते हैं, क्योंकि उन्होंने भी अपने माता-पिता के प्यार से ज्यादा सुख-सुविधाओं को महत्त्व दिया। इसलिए उनका यह प्रयास रहता है कि उनके बच्चों को आर्थिक कमी न रहे। यह तरीका बच्चों के लिए नुकसानदेह है। लाड़-प्यार का यह मतलब कतई नहीं कि बच्चों की सही-गलत सभी माँगों को पूरा किया जाए। अकसर पेरेंट्स खाने-पीने में बच्चों की जिद पूरी करके अपना स्नेह दिखाते हैं। उनकी गलतियों को नजरअंदाज कर देते हैं।"

शारदा देवी के घर आए ललित सेन ने कहा, "आप सही कह रही हैं, आंटीजी! मैं भी यही गलती कर रहा हूँ। मुझे ऑफिस से आने में अकसर देर हो जाती है और चीनू गुस्सा न करे, इसलिए उसके फेवरेट चॉकलेट डोनट्स लाता हूँ और वह मान जाता है। यानी अपनी कमी डोनट्स देकर पूरी कर रहा हूँ। मुझे याद है, हमारे घर की हालत अच्छी नहीं थी। घर में खाना मिल जाए, यही बहुत था। बाहर की तमाम चीजें खाना दूर की बात थी। इसीलिए मैं उसे उसकी पसंद की हर चीज दिलाता हूँ, जिससे वह दूसरों की तरफ हसरत भरी निगाहों से न देखे। उसे यह न लगे कि जो दूसरे बच्चे एन्जॉय कर रहे हैं या खा रहे हैं, वह उसे नहीं मिल रहा और ऐसा नहीं हुआ तो उसका मन कुंठित हो जाएगा, लेकिन आज आपकी बातों से लग रहा है कि मैं गलत हूँ। चीनू के स्वास्थ्य के साथ उसकी आदतें भी बिगाड़ रहा हूँ। दरअसल मैं उसे वो सब देना चाहता हूँ, जो मुझे मेरे माता-पिता नहीं दे पाए।"

ललित की बात पर शारदा देवी ने कहा, "ऐसा मत कहो बेटा कि वे दे नहीं पाए, बल्कि यह कहो कि वे जितना दे सकते थे, उससे ज्यादा दिया। अगर वे तुम्हें न पढ़ाते तो क्या आज तुम जनरल मैनेजर होते? अगर उन्होंने तुम्हारी पढ़ाई छुड़वाकर तुमसे काम करवाया होता तो तुम कभी नहीं पढ़ पाते। अपने माता-पिता का दिल से शुक्रिया अदा करो। उन्होंने घर कैसे भी चलाया, पर तुम्हारी पढ़ाई नहीं रोकी। तुम्हें तो उन पर गर्व होना चाहिए। अब तुम भी अपने बच्चों पर पैसा नहीं, प्यार लुटाओ, जिसकी उन्हें सबसे ज्यादा जरूरत है।"

□

10

अपने बच्चों से दोस्ती बनाकर रहिए

डॉक्टर माथुर ने कहा, "ललितजी, इस तरह सोचनेवाले अकेले आप ही नहीं हैं, बहुत लोग हैं। इसलिए परेशान मत होइए, बल्कि खुद को बदलिए। यह बदलाव हमारे समाज के लिए आवश्यक है। यह बच्चों को समझदार व जिम्मेदार नागरिक बनाएगा। मैं तो आपसे यही कहूँगा कि आप जहाँ कहीं कुछ गलत होते देखें, वहाँ अपनी राय जरूर दें। फिर कोई आपकी बात माने या न माने। आपके मन में यह नहीं रहेगा कि अगर मैंने कहा होता तो शायद मेरी बात मानी जाती! इसलिए बच्चों को सही-गलत के बारे में जरूर बताएँ। उन्हें हर कदम पर आपकी गाइडेंस की जरूरत है।

अपने बच्चों के साथ फ्रेंडली रहें। यह बहुत जरूरी है कि वे आपसे अपनी सारी बातें शेयर करें। उनके मन में आपके लिए सम्मान होना चाहिए, डर नहीं। हर बच्चे की कोई-न-कोई समस्या होती है, अगर वे आपको नहीं बताएगा तो अपने किसी दोस्त से पूछेगा। उसका दोस्त भी उसी उम्र का होगा तो वह कैसे उसे सही सलाह दे पाएगा ? अगर आपका उससे संवाद बना रहेगा तो आपको उसके स्वभाव, आदतें, संगत और सबसे बड़ी बात, उसके मित्रों के बारे में जानकारी रहेगी। आप उन पर नजर रखिए, लेकिन उन्हें कभी इस बात का एहसास न हो कि उन पर नजर रखी जा रही है। इसकी सबसे ज्यादा जरूरत तब होती है, जब वे किशोरावस्था में होते हैं। उस समय उनके व्यवहार और शरीर में बदलाव आते हैं, जो उनकी गलती नहीं, बल्कि उस समय होने वाले हार्मोनल चेंजेज की वजह से होते हैं। इस उम्र में वे खिलाफत बरदाश्त नहीं कर पाते। अगर उन पर ज्यादा सख्ती की तो वे किस तरह के कदम उठा सकते हैं, इसका अंदाजा हम सबको

है। आए दिन हम इस तरह की खबर पढ़ते रहते हैं कि मनपसंद कपड़े पहनने से मना करने, नंबर कम आने, ज्यादा सख्ती करने पर बच्चों ने आत्महत्या कर ली या घर से भाग गए। उनकी झुँझलाहट और गुस्सा बढ़ता है। वे अपने माता-पिता से दूरी भी बनाने लगते हैं। इस उम्र में वे अपनी प्राइवेसी को लेकर भी सतर्क रहते हैं। उनके व्यवहार में बदलाव आना लाजिमी है। विपरीत सेक्स के प्रति आकर्षण स्वाभाविक है, चाहे वह लड़का हो या लड़की। ऐसे में आप ही उन्हें सही गाइडेंस दे सकते हैं। इसलिए आपका अपने बच्चों के साथ मित्रवत् व्यवहार बहुत जरूरी है। उनके साथ आप भी उनकी किशोरावस्था को एन्जॉय करें, जिससे वे सहज रहें। अगर किसी के प्रति बेटी-बेटा के मन में आकर्षण है तो उसे यह कहकर मत डाँटिए कि अभी से प्यार करने लगे, पहले पढ़ाई करो, आगे से ऐसा कुछ सुनने को मिला तो टाँगें तोड़ दूँगा, स्कूल में शिकायत करूँगा या स्कूल जाना बंद कर दूँगा। इससे लगेगा कि आप उनके प्यार के खिलाफ हैं। अपने बच्चों को यह समझाइए कि ऐसा इस उम्र में होता है। किसी का अच्छा लगना स्वाभाविक-सी बात है, लेकिन इसे प्यार नहीं, अट्रैक्शन कहते हैं। अभी तुम लोग इतने समझदार नहीं हो कि कोई फैसला ले सको। यह पढ़ने की और कॅरियर बनाने की उम्र है। अगर कॅरियर नहीं बना तो कुछ नहीं हो पाएगा, जो सपने तुम देख रहे हो, वे पूरे नहीं होंगे। अपने सपने पूरे करने के लिए पहले पढ़ाई करो, फिर कुछ सोचना। समय निकल गया तो तुम अपने मित्रों से पीछे रह जाओगे। अगर आगे भी यही फीलिंग्स रहीं तो कोई निर्णय कर सकते हो, मगर अभी पढ़ाई करो। जिन सुख-सुविधाओं वाला जीवन तुम जीना चाहते हो, उसके लिए मेहनत करने का यही समय है। हाईस्कूल और इंटरमीडिएट के चार साल जीवन में सबसे ज्यादा अहम होते हैं। यही समय किसी भी बच्चे का फ्यूचर निर्धारित करता है। इसके बाद और भी रास्ते हैं, लेकिन अगर ये साल बिगड़ गए तो जीवन भर अफसोस रहेगा।

ये सब बातें आप एक दिन में नहीं समझा सकते। इसके लिए समय-समय पर उनकी काउंसलिंग करते रहिए। इसके लिए जरूरी है, बच्चों से दोस्ती बनाकर रखिए। सबसे ज्यादा रुचि से बच्चे स्कूल की बातें शेयर करते हैं। आप उनके साथ टहलने-खेलने जाइए। कभी-कभी पिकनिक पर ले जाइए। वैसे

इसके लिए मुफीद समय रात का है, जब आप सोते हैं। सोने से पहले उनसे प्यार से बातें करें और दिन भर का हाल पूछें। स्कूल की बदमाशियाँ पूछें। अगर कुछ गलत लगे तो डाँटने की जगह उसे बाद में किसी अन्य तरीके से समझाएँ। उन्हें यह विश्वास होना चाहिए कि वे आपसे कोई भी बात कहेंगे तो आप उन पर गुस्सा नहीं होंगे, बल्कि ध्यान से सुनेंगे। इसलिए पहले उनका विश्वास जीतिए। इसके लिए आपको अपने बच्चों को उचित समय देना पड़ेगा, जो उनके बेहतर भविष्य के लिए बहुत जरूरी है और उनका हक भी।"

□

11

उदाहरण से बात समझते हैं बच्चे

सभी लोग शारदा देवी के घर हुए डिस्कशन से बेहद खुश थे। उन्होंने शारदा देवी और डॉक्टर माथुर को धन्यवाद दिया। साथ ही यह भी सुझाव दिया कि इसके बाद भी इस तरह के डिस्कशन होने चाहिए। शारदा देवी ने कहा कि मुझे लगता है कि अपनी-अपनी सोसाइटी या क्षेत्र में सभी को इस तरह डॉक्टर्स को बुलाकर बच्चों को शिक्षित करना चाहिए और आज बच्चों को लेकर हम जिन समस्याओं से जूझ रहे हैं, उन पर मिलकर विचार करना चाहिए। चाहे वे उनके पालन-पोषण से संबंधित हों, उनकी पढ़ाई से या फिर दो जेनरेशन के बीच तालमेल बैठाने की कोशिश हो। हमें उन्हें समझने और समझाने की जरूरत है और इसके लिए हमें पहले खुद को तैयार करना होगा। कभी-कभी बच्चे अपने माता-पिता की बात नहीं मानते, लेकिन जब वही बात दूसरे लोग समझाते हैं तो वे समझ जाते हैं। सबसे बड़ी बात बच्चे एक-दूसरे को देखकर ज्यादा सीखते हैं। जब उनको दूसरे बच्चों का उदाहरण देकर समझाया जाता है तो वे भी दूसरे बच्चे की तरह बनने का प्रयास करते हैं और जिन बातों को वे हमारे बार-बार समझाने पर भी नहीं समझते, वही बातें वे दूसरे बच्चों को देखकर आसानी से करने लगते हैं। इसलिए सभी माता-पिता को अपने फ्रेंड्स सर्किल और जहाँ वे रहते हैं, इस तरह के कुछ-न-कुछ आयोजन करने चाहिए। यह भी एक तरह से समाज सेवा ही है। इससे जिन लोगों में जागरूकता नहीं है, वे जागरूक बनेंगे। इससे आप लोगों के बच्चों की समस्याओं का समाधान भी निकलेगा। वैसे भी सबके साथ मिलकर किसी भी समस्या का समाधान आसानी से निकल जाता है।

सब लोग जाने को तैयार थे। सभी बच्चे आ गए, लेकिन किशू का कहीं पता नहीं था। सब बच्चे बोले—वह तो यहीं खेल रही थी। किसी को पता ही नहीं चला कि वह कहाँ चली गई। किशू चार साल की थी और बच्चों के साथ खेल रही थी। सभी बच्चे बुलाने पर आ गए थे, लेकिन किशू नहीं आई। सब लोग परेशान हो गए। सोसाइटी में सब जगह देखा गया और आस-पास के एरिया में भी उसे खोजा गया, लेकिन उसका कहीं पता नहीं चला। किशू की माँ का रो-रोकर बुरा हाल था और सब किसी अनहोनी की आशंका से डरे हुए थे। सोसाइटी के सभी गार्डों और अन्य कर्मचारियों से पूछताछ की जा रही थी। सबसे बड़ा सवाल यह था कि इतनी छोटी बच्ची गेट से बाहर कैसे निकली और निकली तो उसे गेट पर तैनात गार्ड ने रोका क्यों नहीं? अकेले कैसे जाने दिया? तभी सीसीटीवी फुटेज को चैक किया गया तो उसमें किशू एक लड़के के साथ दिखाई दी। उसके बारे में पूछताछ करने पर पता चला कि वह किसी गार्ड का मित्र है, जो सुबह ही उससे मिलने आया था, लेकिन वह कब चला गया, यह नहीं पता चला। उसकी तलाश शुरू हो चुकी थी। उसके गार्ड मित्र को भी उसका घर नहीं पता था। गार्ड ने बताया कुछ समय पहले ही उससे जान-पहचान हुई है। आस-पास बनने वाली बिल्डिंग्स और सुनसान जगहों पर सभी दौड़ रहे थे। चार घंटे बीत चुके थे, लेकिन किशू का कुछ पता नहीं चला। जब गार्ड का फोन चैक किया गया तो पता चला कि बच्ची के खोने के कुछ समय बाद ही उसने अपने फरार मित्र से बात की थी। जब दोबारा उसको कॉल किया गया तो उसका फोन बंद मिला। उस गार्ड को लेकर जब लोग थाने पर पहुँचे तो वहाँ किशू रोते हुए मिली। उसे देखकर सभी चौंक गए और खुश भी हुए। किशू भी अपने पापा के गले से लिपट गई। तब पता चला कि कोई रोती हुई किशू को थाने में छोड़ गया। थाने लानेवाले व्यक्ति ने बताया कि वह बच्ची उसे स्कूल के पीछे की जगह पर रोते हुए मिली। बच्ची कुछ बता नहीं पा रही थी। केवल पापा-मम्मी का नाम ही बता रही थी। इसलिए वह व्यक्ति उसे थाने में छोड़कर चला गया।

अब सबके सामने यह सवाल था कि किशू थाने तक कैसे पहुँची और गेट के बाहर कैसे निकली? पुलिस ने जब गार्ड से सख्ती से पूछताछ की तो उसने

बताया कि जब उसने फुटेज में अपने दोस्त के साथ उस बच्ची को बाहर जाते देखा, तभी उसने अपने दोस्त को फोन कर दिया था कि सब उसकी तलाश कर रहे हैं, क्योंकि वह डर गया था कि अगर उसका दोस्त पकड़ा गया तो हो सकता है, उसे भी पुलिस न पकड़ ले! यह जानने के बाद ही वह लड़का किशू को अकेली छोड़कर भाग गया।

□

12

छोटे बच्चों को किसी के साथ भी अकेला न छोड़ें

उन सबकी बात सुनकर छह साल की प्रिया ने जो बताया तो सबके होश उड़ गए। उसने कहा कि जब भी छोटे चाचा आते हैं तो मैं उन्हीं के पास सोती हूँ। मुझे वे बहुत प्यार करते हैं और रात में जब कहते हैं, देखूँ मेरी प्रिया को कहाँ-कहाँ गुदगुदी होती है, वे सब जगह गुदगुदाते हैं और शेम-शेम वाली जगह भी गुदगुदी करते हैं। मैं खूब हँसती हूँ।

"क्या ?" उसकी माँ प्रभा ने शॉक्ड होते हुए पूछा, "क्या कहा, तुमने प्रिया, फिर से बताओ ?"

"क्यों, क्या हुआ मम्मा ? चाचा कुछ गलत करते हैं क्या ?" प्रिया ने पूछा।

"तुमने मुझे यह बात पहले क्यों नहीं बताई ?" प्रभा ने उसे झिंझोड़ते हुए कहा।

राशि ने कहा, "आप शांत हो जाइए, भाभी। उसे क्या पता कि क्या सही है और क्या गलत !"

प्रिया ने रोते हुए कहा, "मुझे क्यों डाँट रही हो, मम्मा ? चाचा तो प्यार ही करते हैं और मेरे साथ खूब खेलते हैं। मुझे नहीं पता कि गुदगुदी करना गलत होता है।"

"नहीं बेटा, गुदगुदी करना गलत नहीं, लेकिन जैसे अभी बताया कि हमारी प्राइवेट चीजें कोई नहीं छू सकता और हमारे शरीर में भी कुछ प्राइवेट ऑर्गन हैं, जो हमें किसी को भी नहीं छूने देने चाहिए। मम्मा इसलिए कह रही हैं।" पायल ने प्रिया को समझाते हुए कहा।

"मुझे क्या पता आंटी, मम्मा ने यह बात मुझे पहले तो बताई नहीं थी।" प्रिया ने रोते हुए कहा।

वहाँ आई शुभांगी ने कहा, "प्रभाजी, आपकी टेंशन जायज है, लेकिन इसमें बच्ची का क्या कुसूर? वह तो यह जानती है कि वे उसके चाचा हैं, पापा के भाई और वह उन्हें पापा जैसा ही मानती है। अब अगर इसमें चाचा की ही निगाह गंदी हो तो बच्ची क्या करे? वह तो बहुत छोटी है। उसे इन सब बातों के बारे में क्या पता? हम बड़े अपने रिश्तेदारों पर इतना यकीन करते हैं कि इस तरह की बातें सोच ही नहीं पाते। देखा जाए तो हम रिश्तेदारों पर नहीं, रिश्तों पर यकीन करते हैं। हमें लगता है कि चाचा, मामा, चचेरे भाई तो अपने हैं। भाई अपनी बहन और मामा-चाचा अपनी बहन-भाइयों की बेटियों का यौन शोषण कैसे करेंगे? आजकल तो अखबार ऐसी घटनाओं से भरे होते हैं, जिसमें मासूम बच्चियों के साथ दुष्कर्म करनेवाला कोई अपना होता है, यहाँ तक कि पिता और भाई भी ऐसी घटनाओं को अंजाम देते हैं। जब इस समय हमारे समाज का स्तर इतना गिर चुका है तो अपनी बेटी की सुरक्षा का प्रयास एक माँ ही कर सकती है। उसे किसी पर भी विश्वास नहीं करना होगा। घर में कोई भी रिश्तेदार क्यों न आए, अपनी बेटियों को किसी के भी साथ कहीं भेजना नहीं चाहिए और सोने के लिए तो हरगिज परमीशन नहीं देनी चाहिए। यहाँ तक कि छोटे बेबी ब्वॉय को भी किसी के साथ नहीं सोने देना चाहिए। शायद सबको यह बात बुरी लग सकती है, क्योंकि अपने भाइयों, देवरों और अन्य रिश्तेदारों पर सबको भरोसा होता है।

मेरे पति ने मुझे एक बात बताई थी, उसको सुनकर मुझे विश्वास नहीं हुआ था, पर यह सच है। जब वे छोटे थे तो मामा के पास रहते थे। मामा उन्हें अपने पास सुलाते थे और रात में उनके पूरे शरीर पर हाथ फेरते थे। उनको समझ नहीं आता था। फिर माँ-बाबूजी गाँव से शहर आ गए तो वे माँ के साथ रहने लगे, लेकिन बड़े होकर उन्हें उन बातों का मतलब समझ में आया। वह एक रेफलेक्स बनकर उनके मन में गहरे पैठ गया था, जो वह कभी भूल नहीं सके। उन मामा की कभी इज्जत भी नहीं कर सके। इसीलिए बेटे मानस को वह कभी किसी रिश्तेदार के पास अकेले नहीं छोड़ते। सभी लोग बुरे नहीं होते, लेकिन जरा यह सोचिए कि जब हम पढ़ते हैं कि चाचा, मामा, चचेरे भाई ने मासूमों के साथ

दुष्कर्म किया या जवान भानजे, भतीजे, देवर ने अपनी मामी, चाची या भाभी के साथ रेप किया तो क्या वहाँ रिश्ते तार-तार नहीं होते? क्या वहाँ विश्वास नहीं मरता? कौन सोच सकता है कि कोई मामी, चाची, मौसी या भाभी के साथ ऐसा करेगा? कभी-कभी तो यह खबर भी पढ़ने को मिलती है कि पिता ने अपनी ही बेटी के साथ दुष्कर्म किया। वहाँ क्या कहा जाएगा? जब पिता इतना गिर जाए, बाप-बेटी के रिश्ते को ही दफन कर दे तो किसी और पर विश्वास क्यों व किसलिए होगा? इसलिए मेरा तो यही मानना है कि हम माँओं को ही अपनी बेटी की हिफाजत करनी पड़गी और यह बात उनके दिमाग में छोटे से ही बैठानी पड़ेगी कि वे खाने की चीजों व खिलौनों के लालच में किसी के साथ न जाएँ। किसी के घर खेलने भी जाती हैं तो वहाँ भी हमें चौकन्ना रहना होगा। पार्क-गार्डन में तो छोटे बच्चों को भूलकर भी अकेले नहीं भेजना चाहिए।

□

13

बच्चों में अच्छे संस्कार डालना आपका ही काम

"शुभांगी की बात से मैं पूरी तरह सहमत हूँ।" शालू ने कहा। उसने कहा कि इसमें एक और अहम बात है, जिसे हम ध्यान में नहीं रखते, वह यह कि अकसर बच्चे अपने घर में चोरी-छुपे अपने माता-पिता को ही सेक्स करते देखते हैं और रिश्तों की अहमियत समझे बिना भाई-बहन या दोस्त आपस में संबंध बना लेते हैं। इसके पीछे बच्चे की कोई गलत सोच नहीं होती। बस वे वही करना चाहते हैं, जो देखते हैं। यह जाने बिना कि जो वे कर रहे हैं, वह गलत है या सही या किस रिश्ते के साथ इस तरह के संबंध बनाने चाहिए! पहले तो माता-पिता को जिस कमरे में बच्चे सोते हैं, उस कमरे में सेक्स नहीं करना चाहिए। बच्चा जाग सकता है और यह जानने की उत्सुकता में कि मम्मा-पापा क्या कर रहे हैं, सोने का बहाना कर चुपचाप लेटे रह सकता है। दूसरी बात, अगर बच्चा छोटा भी है तो उसके सबकॉन्शस माइंड (अर्द्ध चेतन मन) में बचपन में कुछ ऐसे रेफलेक्सेस बन जाएँगे, जो उसे बड़े होकर हमेशा परेशान और उत्तेजित करते रहेंगे। जब भी उसे मौका मिलेगा, वह विपरीत सेक्स के साथ वही क्रिया दोहराने का प्रयास करेगा। तीसरी बात, बच्चे अगर सोए नहीं हैं तो पिता द्वारा माँ को जबरदस्ती कमरे में बुलाकर दरवाजा बंद करना भी बच्चों के मन में कौतूहल पैदा करेगा कि ऐसा क्या है, जो माँ-पापा दरवाजा बंद कर लेते हैं! ये बातें माता-पिता को समझनी होंगी कि आपने जिन बच्चों को जन्म दिया है, उनमें अच्छे संस्कार डालना आपका ही काम है। जब बच्चे किशोरावस्था

से गुजरते हैं तो उनमें अपने अंदर हो रहे बदलावों, विपरीत सेक्स के प्रति बढ़ते आकर्षण और उनसे संबंधित तमाम बातें जानने की उत्सुकता जागती है और वे इधर-उधर या अपने मित्रों, अपने सीनियरों से जानने की कोशिश करते हैं। इस संबंध में उनकी जानकारी भी उथली ही होती है। इसलिए जरूरी है कि समय-समय पर उनसे बात की जाए और मित्रवत् व्यवहार रखते हुए उनकी जिज्ञासाओं को शांत किया जाए।

शालू ने एक किस्सा बताया। उसने कहा, "मेरा बेटा रोहित अभी नाइंथ में है। हमारे पड़ोस में एक परिवार है, जिनकी पाँच साल की बच्ची है। वह रोहित के पीछे भइया-भइया करके घूमती रहती है और खूब बातें करती है। एक दिन उसने रोहित से कहा कि मम्मा मुझे प्यार नहीं करती। जब रोहित ने पूछा, ऐसा क्यों कह रही हो? तो वह बोली कि मम्मा रोज रात में खूब तेज पंखा चला देती है और समझती है बॉबी सो गई। फिर पापा के पास भाग जाती है। अँधेरे में मुझे डर लगता है, पर मम्मा मेरे पास नहीं सोती। मम्मा पापा से प्यार करती है, इसीलिए उनके पास चली जाती है। पापा तो बड़े हैं और बड़ों को डर नहीं लगता। डर तो बच्चों को लगता है। फिर भी मम्मा नहीं समझती। जब मेरे बेटे ने मुझे यह बात बताई तो मैंने मिसेज माहेश्वरी से बात की और उन्हें समझाया भी कि कहीं ऐसा न हो कि बच्ची आपसे दूर हो जाए! आज तो अँधेरे और बहुत छोटी होने की वजह से वह कुछ जान नहीं पा रही। कल को जब थोड़ी बड़ी होगी तो ये बातें उसे परेशान करेंगी और वह पता नहीं इन सारी बातों को किस तरह से लेगी! इसलिए आपको बॉबी पर ध्यान देना चाहिए। यहाँ तक कि टीनएजर बच्चों के दोस्तों और उनकी एक्टिविटी पर भी नजर रखनी होगी। उसके बाद भी अपनी तरफ से उनकी हर गतिविधि पर हमें चौकन्ना रहना होगा। बच्चे कब, कैसे, कहाँ किसकी संगत में पड़ते हैं, यह खबर तो रखनी ही होगी और उनकी भलाई के लिए यह जरूरी भी है।"

शारदा देवी सब सुन रही थीं। उन्होंने कहा, "असली समस्या यह है कि आज रिश्तों की कद्र और बड़ों का आदर-सम्मान नहीं बचा। हम बच्चों को सबकुछ देते हैं, लेकिन बड़े-छोटों का लिहाज नहीं सिखाते और उनकी गलतियों को नजरअंदाज करते हैं। आज जो हम उन्हें बताएँगे, वही वे कल हमारे साथ

करेंगे। आज के युवाओं के लिए माता-पिता भी बोझ होते हैं। रिश्ते निभाना लोग जानते ही नहीं और जब बच्चे उन्हें जानेंगे ही नहीं तो उनकी अहमियत कैसे समझेंगे ? बच्चों के सामने माता-पिता को सँभलकर रहना होगा। माता-पिता का हँसना, बोलना, उठना-बैठना सामान्य बात है, लेकिन आज के समय को देखते हुए, वह भी तब, जब आज की जेनरेशन के बच्चे पहले के समय से बहुत आगे हैं, माता-पिता को उनसे ज्यादा सँभलकर रहना होगा।"

□

14

बच्चों के सही विकास के लिए जरूरी है, दादी-नानी का प्यार

शारदा देवी ने कहा, "आज की बहुएँ मैं, मेरा पति और मेरे बच्चों में ही सिमटी रहती हैं। जब बड़े, बुजुर्ग साथ रहते हैं तो बहुत सारी बातें और अच्छे संस्कार वे ही बच्चों में डालते हैं। साथ ही पूरे घर को एक डोर में बाँधे रखते हैं। कुछ भी बुरा होते देखकर वे सबको समझाते हैं, क्योंकि वे घर के हर सदस्य पर पूरी नजर रखते हैं। कौन क्या कर रहा है, इसकी पूरी खबर उनको होती है और जीवन का अनुभव उनके पास होता है। जब बच्चे अपने बाबा-दादी का घर में इतना सम्मान देखते हैं तो जब वे बड़े होते हैं तो वे भी अपने माता-पिता का सम्मान करते हैं। बहुओं को अपने सास-ससुर की अहमियत समझनी होगी। वे साथ रहेंगे तो बच्चे ज्यादा सुरक्षित रहेंगे। आजकल समय के अभाव में माँ ही बच्चों को ज्यादा बिगाड़ती है। वह समय न देकर सारी सुविधाएँ बच्चों को देती है। बाकी की कसर पिता उनकी सभी बातें मानने और न मानने वाली फरमाइशों को पूरी करके निकाल देते हैं। आज की बहू-बेटियों को माँ और सास से यह शिकायत रहती है कि वे ज्यादा लाड़ देकर पोते-पोतियों या नाती-नातियों को बिगाड़ती हैं। अगर दादी-नानी प्यार देती हैं तो अच्छी बातें भी बताती हैं। इतनी भाग-दौड़ के जीवन में पेरेंट्स के पास समय कहाँ है कि वे बच्चों पर ध्यान दें? आज की लड़कियाँ अपने कॅरियर को लेकर इतनी कॉन्शस हैं कि वे पहले अपनी नौकरी देखती हैं। ऐसे में नौकरी के साथ बच्चों का लालन-पालन बहुत मुश्किल है। सुबह से उठकर मशीन की तरह काम करनेवाली माँ

कितना समय दे पाएगी बच्चों को? वह घर के काम करके बच्चों को स्कूल का होमवर्क ही करा दे, यही बहुत है। वैसे यह कमी भी बच्चों को ट्यूशन लगाकर पूरी कर दी जाती है। कहाँ से उनके लिए समय निकालेंगी, जिसकी बच्चों को सबसे ज्यादा जरूरत है? ऐसे में अगर संयुक्त परिवार है तो वहाँ बच्चों को किसी और के भरोसे छोड़ने की जरूरत नहीं होगी। बच्चों को देखने के लिए दादी तो होंगी ही, जो बच्चे माँ-बाप को बोझ समझकर, उनकी देखभाल की जिम्मेदारी से भागते हैं, उन्हें समझना होगा कि अब उनका फर्ज है अपने बूढ़े माता-पिता की देखभाल करना और इसके बदले में वे चौबीसों घंटे आपके बच्चों के साथ रहेंगे। आप अपने बच्चों को उनके भरोसे कहीं भी छोड़कर जा सकते हैं। कोई भी रिश्ता कितना ही क्यों न गिर गया हो, लेकिन ग्रैंड्स पेरेंट्स अपने पोते-पोतियों के साथ अन्याय नहीं करेंगे।"

इस पर शुभांगी ने कहा, "आंटीजी, आखिर कमियाँ सभी में होती हैं और दोनों को ही आपसी समझदारी से काम लेना होगा। आज दोनों को ही एक-दूसरे की जरूरत है। इनफैक्ट बहुओं को अपने बच्चों की सुरक्षा के लिए सास-ससुर की ज्यादा ज़रूरत है। आप बुरा मत मानिएगा, पर मैं यह कहना चाह रही हूँ कि बच्चों को किसी नौकर के भरोसे नहीं छोड़ा जा सकता। आप फुल टाइम भी किसी को रखेंगे तो भी उस पर विश्वास कैसे करेंगे? कल को वही आपके बच्चे के साथ कुछ गलत करे, सबकुछ लेकर चंपत हो जाए या रुपयों के लालच में मर्डर ही कर दे, कुछ नहीं कहा जा सकता। आजकल जब कोई अपना भरोसे के लायक नहीं है तो किसी नौकर का भरोसा कोई कैसे कर सकता है? ईमानदार भी है तो कब, किस वक्त, किस बात पर उसके मन में खोट आ जाए, इसकी गारंटी कोई नहीं ले सकता।"

शारदा देवी ने तुरंत कहा, "शुभांगी, तुम कहना क्या चाह रही हो कि नौकर से अच्छा है, सास-ससुर को साथ रखना? नौकर की तुलना में उनको साथ रखने में ही फायदा है? क्या अपने बुजुर्गों का यही सम्मान है, तुम्हारी नजरों में?"

शुभांगी ने कहा, "नहीं आंटीजी, इसको इस तरह से मत लीजिए। मैं तो यह कहना चाह रही हूँ कि जो बहुएँ किसी भी तरह सास-ससुर के साथ रहने को

तैयार नहीं हैं और बूढ़े माँ-बाप लाचारी के साथ जी रहे हैं, वे बहुएँ इस बात पर भी विचार करके अगर अपने सास-ससुर को साथ रखें तो बच्चों की देखभाल के बहाने ही सही, कम-से-कम बूढ़े माता-पिता को अपने बच्चों का सहारा मिल जाएगा। उनकी अपने पोते-पोतियों के साथ खेलने और रहने की इच्छा पूरी हो जाएगी और उनका लाचारी भरा जीवन भी खत्म हो जाएगा। जब बड़े भइया के बच्चे छोटे थे तो मेरी सास उनके साथ रहती थीं और अब मेरे साथ हैं। छुट्टियाँ में हम सब कुछ समय साथ रहते हैं। इससे एक तरफ तो आपस में प्यार बढ़ता है, दूसरी तरफ बच्चों के रिश्तों का दायरा भी, जो उनके विकास के लिए बहुत जरूरी है। इस तरह हम और हमारे माता-पिता खुश, बच्चे भी खुश और साथ ही सुरक्षित भी।"

□

15

जैसा आप करेंगे, वैसा ही व्यवहार कल बच्चे करेंगे

"शुभांगी, मैंने छह बच्चों को पाला है। तुम्हारे अंकलजी पाँच भाई और तीन बहनें हैं और हम भी छह भाई-बहन हैं। हमें भी हमारे माता-पिता ने पाला। ये बताओ, हम में से कौन खराब निकला? सभी इज्जत से जीवन जी रहे हैं और हमें इस लायक बनानेवाले हमारे माता-पिता ही हैं। वे भी पढ़े-लिखे नहीं थे और मैं केवल कक्षा सात तक ही पढ़ी हूँ और तुम्हारे अंकलजी बारहवीं पास हैं। सबने मिलकर बच्चों को पाला और सब बच्चों को अपना माना। कभी किसी में भेद नहीं किया। यह कभी दिमाग में ही नहीं आया कि ये देवर के बच्चे हैं या ननदों के। उन बच्चों ने भी कभी नहीं सोचा कि वे सगे भाई-बहन नहीं हैं। सगा-सौतेला वे जानते ही नहीं थे। बच्चों ने यह भी नहीं सोचा कि डाँटनेवाले चाचा-ताऊ हैं या उनके पिता, और बड़ों को भी नहीं लगा कि उनके बच्चों को क्यों डाँटा? अपना-पराया की भावना ही नहीं थी। सभी लोग प्यार की मजबूत डोर से बँधे थे और मैं यह कोई हमारे एक अकेले परिवार की बात नहीं बता रही, बल्कि अमूमन सभी परिवारों में ऐसा होता था, और पहले तो सभी घरों में आठ-नौ बच्चे होते थे। यहाँ तक कि किसी की भी बेटी गाँव की बेटी होती थी। किसी का भी सुख-दुःख उसका अपना नहीं, पूरे गाँव का होता था। लड़कियाँ बिना डर के घर से बाहर खेलती थीं। अगर कोई स्कूल में भी लड़कियों के साथ छेड़खानी करता था तो गाँव-मोहल्ले के ही लड़के उसके साथ मारपीट कर उसे सबक सिखा देते थे। लोग मिलकर रहना जानते थे। उनके पास भले ही जायदाद

नहीं थी, मगर संस्कारों की पूँजी भरपूर थी। आज सबकुछ है, मगर बड़ों में ही तहजीब, आदर-सत्कार नहीं है तो वे बच्चों को कहाँ से देंगे। पहले सब परिवार को लेकर चलते थे। आज कुछ बहुएँ सास के साथ इसलिए नहीं रहना चाहतीं, क्योंकि उनको किसी भी तरह की टोका-टाकी पसंद नहीं और कुछ दूसरे शहरों में नौकरी के कारण साथ नहीं रह पातीं। लेकिन पहले जो पारिवारिक माहौल था, क्या वह आज तुम्हारे शहरी कल्चर में है ?

इन दस-पंद्रह वर्षों में ऐसा क्या बदला कि हमारे समाज के नैतिक मूल्य ही धराशायी हो गए ? इसकी मुख्य वजह परिवार का टूटना है। पहले सब बच्चे साथ पलकर बड़े होते थे। लड़ते-झगड़ते थे तो प्यार भी करते थे। अब तो कभी-कभार का ही मिलना होता है और दूर रहकर वह अपनापन और प्यार नहीं होता, जो साथ में रहकर होता है। हालाँकि परिवार टूटने की शुरुआत तो काफी पहले ही हो गई थी। अब समय की माँग है, लोगों की सोच बदल रही है। फिर से लोग साथ रहने के लिए सोचने लगे हैं। उसमें भी वे अपना फायदा पहले देखते हैं। जैसे छोटे बच्चे को माता-पिता की जरूरत होती है, ऐसे ही वृद्धावस्था में बुजुर्गों को अपने बच्चों की जरूरत होती है। बढ़ती उम्र के साथ हाथ-पैर थकने लगते हैं और इस वक्त बुजुर्गों को देखभाल की जरूरत होती है। अब जबकि हर जगह, हर कदम पर अपराध मुँह बाए खड़े हैं। पता नहीं कब, किसके साथ, कौन सा हादसा हो जाए, कहा नहीं जा सकता। इसलिए लोगों को 'अपनों' की अहमियत समझ आने लगी है, लेकिन वह भी तब, जब सामने बच्चे होते हैं और उनकी देख-रेख के लिए कोई नहीं होता, तब जाकर अपने बड़ों की सुध लेते हैं।

जहाँ एक तरफ अकेले माता-पिता 6-7 बच्चों को पाल लेते हैं, वहीं दूसरी तरफ 6-7 बच्चे और उनका परिवार मिलकर भी माता-पिता को नहीं सँभाल पाते। कुछ की सोच तो इस कदर गंदी होती है कि वे माता-पिता को यह सोचकर रखते हैं कि अगर नौकर रखेंगे तो उसे खाना-पीना तो देना ही होगा, फिर भी घर की सुरक्षा की कोई गारंटी नहीं होगी। इसलिए अच्छा होगा माँ-बाबूजी को रख लिया जाए, कम-से-कम घर और बच्चे तो सुरक्षित रहेंगे। इसीलिए मैंने शुभांगी को टोका था। कहा जाता है, असल से ज्यादा प्यारा और कीमती सूद होता है और इसी ख्वाहिश में माता-पिता बच्चों के यहाँ नौकर बनकर रह जाते

हैं। किसी भी विषय में उनका बोलना बेटा-बहू बरदाश्त नहीं कर पाते। उन्हें यह कहकर चुप कराया जाता है कि वे बूढ़े हैं और उनकी सोच बूढ़ी हो गई है। नए जमाने की जरूरतों को न तो वे समझते हैं और न समझना चाहते हैं। अपनी घिसी-पिटी परंपराओं की लाठी पकड़े रहते हैं। यही सब देखकर जब बच्चे बड़े होते हैं तो वे भी उनके साथ वही व्यवहार करते हैं। जिस माहौल में बच्चा रहेगा, उसका असर बच्चे के मानसिक विकास पर पड़ेगा। यह बात सबको ध्यान रखनी चाहिए कि बच्चे का माइंडसेट वैसा ही बनेगा, जैसा घर का वातावरण होगा।"

□

16

माँ को ही रखना होगा बेटी की सुरक्षा का ध्यान

प्रभा ने कहा, "आंटीजी, मैं आपकी बात से बिल्कुल सहमत हूँ, बल्कि सभी ये बातें मानते हैं, मगर आज न तो पहले जैसा माहौल बचा है और न ही कोई दूसरे की भावनाओं की कद्र करता है। आज रिश्ते हों या प्रोफेशन, दोनों जगहों का माहौल इतना खराब हो गया है कि हमें संतुलन बनाकर ही चलने की जरूरत है। जीवन में इतना तनाव है कि व्यक्ति हर समय झुँझलाया रहता है। चाहे वह ऑफिस हो या घर, जीवन की रफ्तार के साथ दौड़ते-दौड़ते वह एक मशीन बनकर रह गया है और ज्यादातर ऑफिस की समस्याओं में उलझा व्यक्ति घर आकर सारा गुस्सा पत्नी-बच्चों पर निकालता है, जिसका बच्चों पर बहुत नेगेटिव असर पड़ता है। जरूरतें पूरी करने के लिए कमाने में इस कदर व्यस्त रहते हैं कि आपस में पति-पत्नी एक-दूसरे के लिए ही समय ही नहीं निकाल पाते। बच्चों को भी पता है कि मम्मा-पापा दोनों नौकरी करते हैं। शाम को या रात में घर लौटने पर इतने थके होते हैं कि बच्चों को समय नहीं दे पाते। कुछ घरों में पति-पत्नी के बीच इस कदर झगड़ा होता है कि वे खुद को कमरे में बंद कर लेते हैं। इस सबके पीछे ज्यादा कमाने की चाहत होती है। माता-पिता बच्चों को अच्छी-से-अच्छी शिक्षा देना चाहते हैं। उन्हें बेहतर जीवन मिले, इसलिए वे ज्यादा और देर तक काम करते हैं, लेकिन बच्चों के लिए कमानेवाले माता-पिता बच्चों को ही समय देना भूल जाते हैं।

''आंटीजी, पहले नौकरी में भी इतना कॉम्पटीशन नहीं था, जितना आज

बच्चे के दाखिले के समय स्कूल में झेलना पड़ता है। कक्षा में नंबर वन बने रहने का दबाव उस पर इतना ज्यादा होता है कि वह खुद को पढ़ाई में झोंक देता है। फिर भी पेरेंट्स संतुष्ट नहीं होते और खुद को भी काम की चक्की में पीसते रहते हैं। आजकल तो हर कंपनी ज्यादा-से-ज्यादा काम लेती है और अगर काम नहीं तो नौकरी भी नहीं। बेरोजगारी इतनी है कि काम तलाशनेवालों की लाइन लगी रहती है, लेकिन सबसे बड़ी कमी यही है कि बच्चों के लिए कमानेवाला व्यक्ति बीवी और बच्चों को ही भूल जाता है। घर बनाने के लिए जतन में लगे लोग घर को घर नहीं बना पाते। पहले ऐसे हालात नहीं थे। मुझे याद है, मेरे पापा हम भाई-बहनों को पूरा समय देते थे, लेकिन आधार, प्रिया और पारस को समय नहीं दे पाते और मेरे इनलॉज भी साथ नहीं रहते। इसलिए बच्चों को मुझे ही समय देना पड़ता है। फिर भी देखिए, मेरे देवर ने मेरी बेटी के साथ क्या किया, अब तो आप सबको पता चल ही गया। इसलिए मैं तो यही कहूँगी कि सास-ससुर और अपने पापा-मम्मी ही भरोसे के लायक हैं। हम माँओं को अपने ससुराल-मायके के किसी भी पुरुष सदस्य पर विश्वास नहीं करना चाहिए। हम सब बार-बार यही कहते हैं कि सब एक जैसे नहीं होते। हम में से शायद कोई भी अपने भाई या देवर पर शक न कर पाए, मगर एक बार ये सोचिए कि जो घटनाएँ हम अखबार में पढ़ते हैं, उन पीड़ित बच्चियों की माँओं ने क्या अपने रिश्तेदारों के बारे में कभी ऐसा सोचा होगा? कभी नहीं। न ही शक किया होगा। अगर शक किया होता तो ऐसी घटनाएँ न होतीं। अभी जो प्रिया ने बताया, वह भी नहीं होता। उसकी बात सुनकर मेरे तो होश उड़ गए। मैंने भी कहाँ सोचा था कि मेरा छोटा देवर ऐसी हरकत करेगा? भगवान् का शुक्र है कि समय रहते पता चल गया, वरना कल कुछ गलत हो जाता तो मेरी बेटी पर क्या बीतती? इसलिए मैं तो यही कहूँगी कि एक बेटी की माँ को किसी भी पुरुष पर यकीन नहीं करना चाहिए। सावधानी खुद रखनी होगी। बेटी को हमने जन्म दिया है तो उसकी सुरक्षा भी हमें ही करनी होगी। इसलिए अपने सास-ससुर को अपने माता-पिता समझकर साथ रखना चाहिए। केवल माँ का ही ऐसा रिश्ता है, जिस पर विश्वास किया जा सकता है। बाबा-दादी की छाँव में बच्चे सुरक्षित रहेंगे। हमें उन्हें सम्मान के साथ अपने साथ रखना चाहिए, बल्कि यह कहना चाहिए, हम उनके

साथ रहेंगे। अगर थोड़ा-बहुत कुछ कहते भी हैं तो उनकी बातों को नजरअंदाज कर देना चाहिए। कुछ भी हो, हमें हमारे कर्तव्य याद रखने चाहिए और बच्चों को भी बचपन से यही सीख देनी चाहिए कि हमें बिना किसी अपेक्षा, अधिकार और लालच के अपने कर्तव्य निभाने चाहिए। जब बच्चे हमें हमारे माता-पिता का सम्मान करते देखेंगे तो उम्मीद तो यही रहेगी कि वे कभी हमारा अनादर नहीं करेंगे और आधार ने तो मम्मा-पापा से कहा है कि हम जब भी आपके पैर छुएँ तो आप ये आशीर्वाद दें कि जैसे तुम हमारी सेवा करो, वैसे ही तुम्हारे बच्चे भी तुम्हारी करें। इससे हम जहाँ भी गलत होंगे, तुरंत हमारा मन डरेगा कि अगर हमने गलत किया तो कहीं हमारे बच्चे भी हमारे साथ गलत न करें! इस डर से हम गलत करने से बच जाएँगे।"

□

17

दोस्तों के सामने बच्चों को कभी न डाँटें

शारदा देवी ने बच्चों से पूछा कि कौन-कौन समर कैंप ज्वाइन करेगा? सब बच्चे जोर से चिल्लाने लगे, 'हमें जाना है समर कैंप, हमें जाना है समर कैंप।' शोर सुनकर मेहर ने गुस्सा होते हुए कहा, "इतना मत चिल्लाओ बच्चो, चुपचाप बैठो, कायदे से जवाब दो और तुम आरजू, अमीम कितना शोर मचा रहे हो! तहजीब घर छोड़कर आए हो क्या, जो जंगली की तरह चिल्ला रहे हो?"

"मेहर बेटा, बच्चों पर पाबंदी क्यों लगा रही हो? पहली बात, उन्हें बिना वजह डाँटना ठीक नहीं। उन्हें कुछ तो उनके हिसाब से करने दो। बच्चे हैं तो बच्चों की तरह ही व्यवहार करेंगे और उत्साह में शोर मचाना तो बनता है न! हम बड़े लोगों की खुशियों की तरह उनकी खुशियाँ बहुत बड़ी नहीं होतीं। उनकी ख्वाहिशें भी बहुत ऊँची नहीं होतीं। बच्चे छोटी-छोटी बातों में ही खुश हो जाते हैं। खुश होने के लिए हम बड़े लोगों को ही बहुत कुछ चाहिए होता है, पर उन्हें नहीं। वे तो पत्थरों से भी खेलकर खुश हो जाते हैं और समर कैंप में जाने का अपना अलग उत्साह है। वहाँ बच्चे अपनी मनपसंद चीजें सीखते हैं। नई-नई रुचियाँ उनमें विकसित होती हैं। बच्चा अपने सीमित दायरे से बाहर निकलता है। दूसरे बच्चों से भी बहुत सारी चीजें सीखता है। नए दोस्त बनते हैं, नया माहौल मिलता है। उनका यह समय सबसे अच्छा होता है। इस दौरान न तो कोई पढ़ाई और न ही एक्जाम। उनकी कोमल भावनाओं को समझो, मेहर। दूसरी बात, कभी भी बच्चों को दूसरों के और उसके अपने दोस्तों के सामने, यानी पब्लिकली मत डाँटना। सबके सामने डाँट पड़ना तो छोटे बच्चों को भी

खराब लगता है, फिर आरजू और अमीम तो बड़े हैं, सिक्स और सेवेंथ स्टैंडर्ड में पढ़ते हैं। बच्चों का अपना आत्म-सम्मान होता है। किसी के सामने डाँटने पर बच्चों को भी अपनी बेइज्जती महसूस होती है।

अपना बचपन याद करो। क्या तुम्हारे वालिदैन ने कभी सबके सामने तुम्हें डाँटा? कभी डाँटा भी हो तो क्या तुम्हें तब खराब नहीं लगा था? अगर तुम्हें तुम्हारे अब्बू-अम्मी ने पब्लिकली नहीं डाँटा तो तुम्हें भी सबके सामने बच्चों को नहीं डाँटना चाहिए और कभी डाँटा हो तो तुम्हें उस समय की फीलिंग्स को भूलना नहीं चाहिए। तुमसे सबके सामने कुछ कहा जाए तो तुम्हें खराब लगेगा ना? अभी भी खराब लग रहा है न? मैं ये बात सामने इसलिए कह रही हूँ, जिससे सभी मम्मियाँ इस बात को गाँठ बाँध लें कि आगे से अपने बच्चों को सबके सामने या बाजार में नहीं डाँटेंगी। अगर बच्चा कुछ गलत करता है तो उसे घर आकर अकेले में समझाएँ। उसे ये भी कहें कि जो बात उसे समझाई जा रही है, यह बात बाहर गलती करने पर सबके सामने भी कही जा सकती थी, मगर ऐसा नहीं किया, लेकिन अगर उन्होंने दोबारा इस तरह की हरकत की तो ये नहीं देखा जाएगा कि तुम घर में हो, मार्केट हो या अपने दोस्तों के बीच हो। बच्चा जरूर समझेगा। वह कभी भी सबके सामने डाँट खाना पसंद नहीं करेगा।" शारदा देवी ने मेहर से कहा, "सच बताओ, क्या कभी तुम्हें पब्लिकली डाँट पड़ी?"

"आंटीजी, कभी ज्यादा डाँट पड़ी नहीं और कभी कजिन्स के सामने अम्मी ने कुछ कहा तो अच्छा नहीं लगा।" मेहर ने जवाब दिया।

तब शारदा देवी ने कहा, "जब तुम्हें तुम्हारे अब्बू-अम्मी ने सबके सामने नहीं डाँटा तो तुम क्यों सबके सामने बच्चों से गुस्से में बात कर रही हो और जब तुम्हारे कजिंस के सामने कभी तुम्हें कुछ कहा गया तो तुम्हें अच्छा नहीं लगा। वे तो तुम्हारे भाई-बहन थे, फिर भी उनके सामने पेरेंट्स का डाँटना अच्छा नहीं लगा तो यहाँ तो सोसाइटी के और कुछ बाहर के बच्चे व पेरेंट्स हैं। उनके सामने बच्चों को यह कहना कि तहजीब घर रखकर आए हो, क्या अच्छा लगेगा उन्हें? इसमें उनको अपनी बेइज्जती महसूस नहीं होगी? आजकल बच्चे तुरंत रिएक्शन देते हैं। पता नहीं अपनी बेइज्जती को किस तरह

लें या उनके दोस्त ही उनका मजाक बनाने लगें और वे परेशान होकर कोई गलत कदम उठा लें।"

मेहर ने कहा, "सॉरी आंटीजी, मेरा मतलब यह नहीं था। मैं तो बस इतना कहना चाह रही थी कि उनको बड़ों की बात ध्यान से सुननी चाहिए और शोर कम करना चाहिए। हम लोगों के कान थोड़े ही खराब हैं, जो चिल्लाया जाए। आगे से आपकी बातों का ध्यान रखूँगी।"

□

18

न रखें बच्चों से बड़ों की अपेक्षा

"देखो, मेहर जैसे-जैसे हम बड़े होते हैं, वैसे-वैसे हम ज्यादा रिजिड होते जाते हैं। वही व्यवहार हम बच्चों से चाहते हैं, लेकिन बच्चों की सोच और हमारी सोच में जमीन-आसमान का अंतर होता है। उनकी उम्र के अनुसार उनकी सोच, उनकी खुशियाँ और उनकी दुनिया होती है। हम उनसे अपने अनुसार काम की अपेक्षा रखते हैं और अपना बचपन भूल जाते हैं कि हम क्या करते थे! कोई भी बात एक बार बताने पर बच्चों से हम यही उम्मीद रखते हैं कि वे उसमें परफेक्ट हो जाएँ। एक बार में कुछ बात हम बड़े भी नहीं समझ पाते तो उनसे वह उम्मीद क्यों? अच्छा, एक गेम खेलते हैं। पायल कुछ ब्लैंक पेपर्स और पैन ले आओ। सभी महिलाएँ पेयर बनाकर बैक-टू-बैक बैठ जाएँ, यानी दो महिलाएँ साथ बैठेंगी, लेकिन एक का मुँह पूरब तो दूसरी का पश्चिम की तरफ होगा। दोनों की पीठ सटी होगी। मैं सबको पेपर और पेन दूँगी। इस गेम में एक पार्टनर ड्राइंग बनाएगा, जो बनाएगा, वह बताता जाएगा। उसका पार्टनर विवरण सुनकर बनाएगा। जैसे—मैंने कहा कि सेंटर में एक सर्किल बनाओ। फिर सर्किल के दाईं तरफ एक उड़ती हुई पतंग, पतंग के ऊपर बाईं तरफ दो कमल के फूल, कमल के फूल के ऊपर दाईं तरफ एक खरगोश। खरगोश के बाईं तरफ ऊपर एक पेंटागन शेप और पेंटागन के दाईं तरफ ऊपर एक हेक्सागन। फिर सेंटर सर्किल के बाईं तरफ हाफ सर्किल कवर करते हुए छोटे-छोटे चार गोले बनाने हैं। इन चारों गोलों के साइड में पहले ट्राइएंगल, ओवल, स्क्वायर और रेक्टेंगल बनाना है। शुरुआत ऊपर वाले गोले से करनी है। इसमें सभी साइज का प्रयोग होना चाहिए, जिस पेयर की ड्राइंग सबसे बड़ी और एक जैसी होगी, वही

जीतेगा। ठीक है, इस तरह एक पार्टनर बनाकर बताता जाएगा, दूसरे को सुनकर वैसा ही बनाना है। उसके बाद एक पेपर और दूँगी, जिसमें मैं जो बताऊँगी, वह सबको बनाना है।" शारदा देवी ने कहा।

"यह तो बाएँ हाथ का काम है, जो दूसरा बोलेगा, वही बनाना है न? इसमें मुश्किल क्या है? इससे क्या होगा, आंटीजी? हमें कोई ऐसा गेम खेलाइए, जिसे खेलकर लगे कि हमने कुछ दिमाग लगाया। यह तो बच्चों वाला गेम है।" शुभांगी ने कहा।

"शुभांगी हम ठहरे बूढ़े, पुराने जमाने के, नए गेम कहाँ से लाएँ? बूढ़े-बच्चे एक समान होते हैं। इसलिए हमारे बच्चों वाले गेम ही खेल लो। इससे जो होगा, वह बाद में बताऊँगी। बहुत ही मजेदार है, लेकिन बैठना सबको बैक-टू-बैक है, जिससे कोई एक-दूसरे को कॉपी न कर पाए। सभी अपने और पार्टनर के नाम जरूर लिखें।"

सबको बैक-टू-बैक बैठाकर पेपर और पैन दे दिए गए। दस पेयर बने। दस मिनट का समय दिया गया। सबने बोलना शुरू किया। एक अपना आइडिया बताकर बना रहा था तो दूसरा समझकर बना रहा था। दस लोग बोल रहे थे और दस लोग समझकर बना रहे थे। जब समझ नहीं आता तो वे रिपीट करवाते। सभी अपने पार्टनर को समझाने में लगे थे और एक-दूसरे को याद भी दिलाते कि पेंटागन तो ड्राइंग में आया ही नहीं। इसे कहाँ बनाएँ, तो किसी को हेक्सागन और पेंटागन का शेप ही याद नहीं आ रहा था। इस तरह से सभी दस मिनट में ज्यादा-से-ज्यादा ड्राइंग बनाने के प्रयास में थे। कभी-कभी कोई महिला चिल्ला देती कि शोर कम करो, समझ में नहीं आ रहा।

दस मिनट हो गए तो शारदा देवी ने कहा, "समय समाप्त। सब रुक जाएँ।" सबसे पेपर ले लिये गए। फिर नए पेपर दिए गए और शारदा देवी ने बोलना शुरू किया—

"सबसे पहले सेंटर में एक स्क्वायर बनाएँ। स्क्वायर के सेंटर में ऊपर और नीचे एक-एक ओवल शेप, स्क्वायर के बाएँ-दाएँ एक-एक ट्राइएंगल, स्क्वायर के ऊपरी दोनों कोनों में पेंटागन और नीचे के दोनों कार्नर में हेक्सागन शेप बनाएँ। एक रेक्टेंगल दोनों पेंटागन को टच करता हुआ बनाएँ और रेक्टेंगल

के ऊपरी दोनों कार्नर पर एक-एक टी बनाएँ और टी के ऊपर एक क्रिसेंट। अब सेंटर स्क्वायर के बाएँ वाले ट्राइएंगल के साइड में एक गिलास बनाएँ, जो आधा भरा हो। सेंटर स्क्वायर के दाईं तरफ वाले ट्राइएंगल के साइड में एक गुलाब का फूल और फूल के साइड में तीन सिलेंड्रिकल शेप, अब सेंटर स्क्वायर के नीचे दोनों हेक्सागन को टच करते हुए एक रेक्टेंगल बनाएँ। रेक्टेंगल के नीचे बाएँ तरफ हार्ट और दाईं तरफ डायमंड और दोनों के नीचे सेंटर में स्टार बनाएँ तथा स्टार के नीचे से एक सर्किल बनाएँ, जो पूरी ड्राइंग को कवर करे।"

□

19

बड़ों को शोभा नहीं देता बच्चों जैसा बिहेव

सभी अपने-अपने पार्टनर को समझाने में लगी थीं। सीमा अपनी पार्टनर से कह रही थी, "नंदा दी, आपको क्या पेंटागन का शेप भी नहीं मालूम? हट के ऊपरी हिस्से की तरह दो तिरछी लाइन खींचिए, फिर दोनों लाइनों के नीचे एक-एक सीधी लाइन और फिर नीचे हॉरिजेंटली दोनों लाइनों को मिला दीजिए।"

"सीमा तुम इतनी कठिन आर्ट क्यों बना रही हो? कुछ आसान-सी बनाओ, ताकि मैं बना सकूँ। मुझे समझ नहीं आ रहा है।" नंदा ने कहा।

थोड़ा खीझते हुए सीमा ने कहा, "नंदा दी, आसान ही बता रही हूँ। इससे आसान क्या होगा? सारे शेप्स तो लेने ही हैं। आपको बताया न पेंटागन का शेप, अब भी आप नहीं समझ पा रही हैं। हद होती है!"

सीमा के इस तरह बोलने पर नंदा ने तुरंत कहा, "सीमा, यह क्या तरीका है बोलने का? तुम ज्यादा इंटेलीजेंट हो तो तुम्हारी इंटेलीजेंसी तुम्हें मुबारक! मुझे नहीं समझ आ रहा तो नहीं आ रहा। मैं अपनी क्लास की बेस्ट स्टूडेंट थी। तुम नहीं समझा पा रही तो यह तुम्हारे समझाने में कमी है, मेरे बनाने में नहीं।"

यह सुनकर शारदा देवी बोलीं, "इस तरह की बात कोई नहीं करेगा। तकरार से अच्छा है, अपने काम पर ध्यान दो।"

सुमन को हेक्सागन का शेप नहीं पता था। सुमन ने कहा कि आंटीजी, ये तो चीटिंग है। अगर हमें कुछ शेप नहीं समझ आ रहे तो पहले आपको एक बार सारे शेप समझा देने चाहिए थे। आपने जरा भी समय दिया होता तो हम थोड़ी तैयारी कर लेते।

मेहर पूछ रही थी, "सोनी भाभी, यह तो बताइए कि आप अपने बाएँ बना रही हैं या सेंटर सर्किल के?"

तभी अंजू जोर से चिल्लाई, "आप सब इतना शोर क्यों कर रही हैं? हम एक-दूसरे की बात नहीं समझ पा रहे हैं। थोड़ा धीमे बोलिए।"

"अंजू, हमें जोर से इसलिए बोलना पड़ रहा है कि हमें भी ठीक से सुनाई नहीं पड़ रहा है। अब केवल पाँच मिनट का समय बचा है। सो प्लीज, अपने टास्क पर ध्यान दो। हमें मत देखो।" मेहर ने भी चिल्लाकर कहा।

"ओ हलो मेहर, हम तुम्हें नहीं देख रहे, समझी! माइंड योर बिजनेस।"

शारदा देवी ने अंजू को टोकते हुए कहा, "ये कैसी बातें कर रही हो? तुम लोग तो लड़ाई-झगड़े पर उतर आईं। बड़ी हो तो समझदारी दिखाओ। बड़ों को बच्चों जैसा बिहेव शोभा नहीं देता।" फिर वे सबको देखकर मुसकराने लगीं।

तभी शुभांगी ने कहा, "आंटीजी, पाँच मिनट और दे दीजिए प्लीज।"

शारदा देवी ने कुछ सोचा, फिर कहा, "ठीक है।"

पाँच मिनट का समय मिलते ही सबके चेहरे खिल गए। हाथों में तेजी तो आई, लेकिन हड़बड़ाहट बढ़ गई। समय होते ही सबसे पेपर वापस ले लिये गए। शारदा देवी ने पेपर देखने शुरू किए तो उन्हें किसी भी पेपर को देखकर संतुष्टि नहीं मिली।

तभी मेहर ने पूछा, "कैसा रहा रिजल्ट, आंटीजी? हमारे पेयर ने अच्छा बनाया ना? भाभी बहुत अच्छी तरह से बता रही थीं।"

शारदा देवी ने कहा, "मेहर, मैं तुम्हीं से शुरू करती हूँ। यह रहा तुम्हारा और तुम्हारी पार्टनर का पेपर। वाह-वाह! कितनी अंडरस्टैंडिंग से बनाया है? मेहर, तुम्हें तो बहुत भरोसा था खुद पर। क्या हुआ? यहाँ आकर देखो और बताओ कि क्या कमी है? बाकी सब भी पहले अपनी ड्राइंग खुद कंपेयर करें। फिर मैं बताऊँगी। जिसकी ड्राइंग डायरेक्शन देनेवाले पार्टनर की ड्राइंग से मैच करे, वह मेरे पास आए।" शारदा देवी ने पेपर वापस कर दिए। पाँच मिनट के बाद ही सब मुँह लटकाकर बैठ गईं।

उन्हें इस तरह बैठा देखकर शारदा देवी बोलीं, "क्या हुआ? अब तो दस मिनट हो गए। अभी तक कोई मेरे पास नहीं आया। क्या किसी की भी ड्राइंग

एक-दूसरे से मैच नहीं करती? मेहर, पहले तुम बताओ। तुम तो बहुत समझदार हो। सोनी ने तुम्हें अच्छी तरह से समझाया और तुमने भी समझकर बनाया, फिर भी तुम्हारी कई फिगर आपस में मैच ही नहीं करतीं। कोई दाएँ की जगह बाएँ है तो कोई बाएँ की जगह दाएँ। तुम्हें तो सोनी ने अच्छी तरह समझाया था, फिर तुम्हारी समझ में क्यों नहीं आया? सोनी की ड्राइंग पूरे पेज को कवर कर रही है और तुम्हारी दाईं तरफ भाग रही है। तुम्हारे पूछने पर सोनी ने बताया भी था कि फूल सर्किल के बाईं तरफ बनाना है। फिर भी तुमने सर्किल के दाईं तरफ बनाया। ऐसा क्यों? उसने तीन ओवल के ऊपर तीन सर्किल बनाए और तुमने सर्किल के ऊपर ओवल शेप बनाए। क्या इतनी सी बात तुम्हें समझ नहीं आई? तुम इतनी पढ़ी-लिखी हो, साथ ही दो बच्चों की माँ भी। फिर भी तुम वह नहीं बना सकीं, जो तुमसे कहा जा रहा था। फिर बच्चों से ज्यादा समझदारी की उम्मीद क्यों?"

□

20

कभी-कभी बच्चों को खुलकर खेलने दें

शारदा देवी ने कहा, "तुम सबको जिन बातों की उम्मीद बच्चों से है, वे सबसे पहले अपने अंदर विकसित करो। जो गेम तुम लोगों को बच्चों वाला लग रहा था, वह भी तुम पूरा नहीं कर सकी तो यह उम्मीद बच्चों से कैसे हो सकती है कि वे उसे पूरा करेंगे! जरा सी टेंशन में तुम सब चिल्लाने लगीं, यहाँ तक कि आपस का लिहाज, बड़े-छोटे का फर्क भूल गईं तो बच्चों को दोष किसलिए? जरा सा शोर क्या मचा, तुम लोगों की सहनशीलता जवाब दे गई। नौबत लड़ाई-झगड़े तक पहुँच गई। किस तरह से एक-दूसरे को बोल रही थीं? तुम लोग पूछ रही थीं न कि मैं इस गेम से साबित क्या करना चाहती हूँ? तो मैंने साबित कर दिया कि हम लोग जिस समझदारी की उम्मीद बच्चों से लगाते हैं, वह व्यर्थ है। जब हम बड़े होकर भी बच्चों जैसा बिहेव कर सकते हैं तो वे तो बच्चे ही हैं। जो बातें हमारे लिए सहज नहीं, वे बच्चों के लिए कैसे आसान होंगी? तुम लोगों को बच्चों से क्यों इतनी उम्मीद है कि वे तुम्हारी बात एक बार में ही समझ जाएँगे? हमेशा, हर जगह अनुशासन में रहेंगे! हमेशा पाबंदी में रहना किसी को भी अच्छा नहीं लगता तो उन्हें कैसे लगेगा? बच्चे को कभी तो खुलकर खेलने दो। स्वच्छंद उड़ान उड़ने दो। यही गेम बच्चों को खिलाया होता तो वे तुम लोगों से बेहतर करते। थोड़ा भी गलत होता तो बेचारों को सुनने को मिलता कि दिमाग में गोबर भरा है। एक बार कहने पर समझ नहीं आता। जब कहा जा रहा है कि सर्किल की बाईं तरफ तो दाईं तरफ क्यों बनाया? स्कूल में क्या सीखा है, जब बाएँ-दाएँ भी नहीं पता? स्कूल में क्या टीचर बड़ों का सम्मान करना नहीं सिखाते? उन्होंने तुम्हें शेप्स भी नहीं सिखाए,

जो पेंटागन और हेक्सागन नहीं बना पाए? बच्चों को बार-बार यह सुनाना कि अच्छे स्कूल में पढ़ रहे हो, फिर नंबर कम कैसे आए? दस में से एक नंबर भी कम हुआ कि बच्चा सारा दिन डाँट खाता है। क्या कभी उसकी परेशानी समझी है? उसे कहाँ दिक्कत आ रही है, यह जानने की कोशिश की है? कभी-कभी सबकुछ जानते-समझते हुए भी गलती हो जाती है तो उसका इतना बड़ा इशू नहीं बनाना चाहिए। बहुत सारी चीजें जब हम नहीं समझ पाते तो बच्चों से कैसे उम्मीद कर सकते हैं कि वे ठीक-ठीक समझेंगे और करेंगे? बच्चों को सुनाने में तुम लोग देरी नहीं करतीं, मगर जब खुद प्रैक्टिकल करना पड़ा तो समझ आया न कि जो चीज दिखने में आसान लगती है, दरअसल वह उतनी आसान नहीं होती। मेरे कहने का, समझाने का और इस गेम का यही मतलब था। मैंने अपनी तरफ से पूरा प्रयास किया कि ये बातें तुम सबके सामने ला सकूँ और तुमको समझा सकूँ।"

सभी महिलाएँ बहुत सीरियस थीं। सबको चुप देखकर सीमा ने कहा, "मैं माफी चाहती हूँ कि मैंने नंदा दी से मिसबिहेव किया। मेरा इरादा उन्हें हर्ट करने का नहीं था, मगर शायद गलती मेरी ही थी, जो ठीक से समझा नहीं पाई और मुझे लगा कि वे समझ नहीं रही हैं। मुझे गुस्सा आ गया। मुझे उनसे इस तरह बात नहीं करनी चाहिए थी। गुस्से में मैं यह भी भूल गई कि वे बड़ी हैं। हम गेम खेल रहे हैं और गेम में हार-जीत होती रहती है। हम बच्चे नहीं कि बस जीतने के लिए मचल जाएँ! उस समय मेरा ध्यान केवल गेम पर था और लग रहा था कि कहीं हार न जाऊँ, इसी तनाव में मुझसे गलती हुई। मुझे अब समझ आया कि हमें बच्चों से कितनी उम्मीदें होती हैं। अगर उनसे गलती होती है तो हम उन्हें कितना डाँटते हैं। कभी ये नहीं समझते कि अगर वे गलती करते हैं तो हमें उन्हें डाँटने की बजाय समझाना चाहिए।"

तभी मेहर ने कहा, "अब समझ में आया, आंटीजी कि आप हमें क्या बताना चाहती थीं! मैंने बच्चों से जिस लहजे में बात की और जिन शब्दों का प्रयोग किया, मुझे वह नहीं करना चाहिए था। मैंने उन्हें इसलिए डाँटा था कि आप सबको ये न लगे कि मैंने बच्चों को कुछ नहीं सिखाया, इसीलिए वे जंगली की तरह चिल्ला रहे हैं। सच तो यह है कि शायद अपने आपको दोष से बचाने

के लिए मैं उन पर चिल्लाई थी। मैं भी अपनी गलती मानती हूँ और बच्चों से भी सॉरी बोलती हूँ। आगे से ध्यान रखूँगी कि पब्लिक प्लेस पर मेरी वजह से वे हर्ट न हों। अब लग रहा है कि हमारी भाषा का उन पर भी असर पड़ेगा। जैसे हम उनसे बोलेंगे, वैसे ही शब्द वे आपस में बोलेंगे। तब हमें वाकई में सुनना पड़ेगा कि बच्चों को हमने कैसे संस्कार दिए हैं?"

□

21

बच्चों को खुद मंजिल तय करने का हौसला दें

मंदिर दर्शन के बाद सब लोग वापस आ गए थे, मगर रास्ते भर झरना यही पूछती रही कि रितिका की मम्मा उसे क्यों डराती हैं? फिर बोली, "हे भगवानजी! आप बच्चों को समझदार क्यों नहीं बनाते? आपने इतना छोटा क्यों बनाया? इसी का फायदा हमारे मम्मा-पापा उठाते हैं और हमें डराते हैं। हमें खूब सारी पावर दे दो, जिससे हम किसी से न डरें।"

उसकी बातें सुनकर वंशिका ने कहा, "आप बड़े लोग बहुत गंदे होते हो। हम बच्चे कितने प्यारे, इनोसेंट और छोटे होते हैं, इसीलिए कुछ नहीं जानते। आपको तो हमें सही रास्ता दिखाना चाहिए। मैं जानती हूँ, भूत-वूत कुछ नहीं होता। इसलिए मुझे डर नहीं लगता, लेकिन झरना तो बहुत छोटी है। देखा, वह कितना डर गई थी और वह रितिका की मम्मा कितना डराती हैं रितिका को। झरना से भी छोटी है रितिका। हम बच्चों के छोटा होने का फायदा उठाते हैं पेरेंट्स।"

"सावनी दीदी, आप भी गंदी हो। आपको तो हमें सही बात बतानी चाहिए थी। आप भी उसे डरा रही थीं। यह तो बिल्कुल भी ठीक नहीं है। बड़े भाई-बहन छोटों को प्यार करने, उन्हें सपोर्ट करने के लिए होते हैं और जब छोटे किसी प्रॉब्लम में हों तो बड़े भाई-बहनों को उनका साथ देना चाहिए, न कि ऐसे डराना चाहिए जैसे आप डरा रही थीं।" वंशिका ने गुस्सा होते हुए कहा।

सावनी ने कहा, "वंशिका और झरना, आई एम सॉरी। मुझे माफ कर दो प्लीज! मैं जानती हूँ कि मुझसे गलती हुई है, पर पता नहीं क्यों, आजकल मन

बहुत परेशान रहता है और छोटी-छोटी बातों पर इरिटेट होने लगती हूँ। मेरा इरादा तुम्हें और झरना को हर्ट करने का नहीं था। बस यों ही मजाक में कह दिया। आगे से नहीं डराऊँगी, प्रॉमिस वंशिका!"

तभी झरना ने पूछा, "ताईजी, वे अंकल कह रहे थे, भगवानजी बच्चों को खूब प्यार करते हैं, इसीलिए वे उनकी हर बात मानते हैं। भगवान् से जो माँगो, वो मिलता है।"

"हाँ, मिलता है।" पायल का जवाब था।

"फिर मैं भगवानजी से कहूँगी कि वे मुझे खूब अच्छे नंबरों से पास करवाएँ। जब वे मुझे प्यार करेंगे। मेरी बात मानेंगे तो मुझे कम पढ़ना पड़ेगा। क्या मंदिर में दीया जलाने से मैं पास भी हो जाऊँगी, ताईजी?" झरना ने बड़ी मासूमियत से पूछा।

पायल ने कहा, "नहीं बेटा, कर्म से भाग्य बनता है। मंदिर जाकर दीया जलाने से नहीं। हम पढ़ेंगे नहीं तो हमें नॉलेज कैसी मिलेगी? हम सीखेंगे कैसे? तुम्हें कैसे पता चलेगा कि तुम्हारी किताबों में क्या लिखा है? अगर मैं तुमसे पूछूँ कि टेन को फाइव से मल्टीप्लाई करने पर क्या आंसर आएगा या कहीं जरूरत ही पड़ गई तो तुम क्या करोगी? तुम्हें तो पता ही नहीं होगा, क्योंकि तुम्हें फाइव का टेबल याद नहीं होगा। भगवान् से माँगो कि मुझे सब अच्छी तरह से याद हो जाए। जो मैं पढ़ूँ, वह समझ आए। पढ़ना तो तुम्हें ही पड़ेगा। मंदिर जाकर शक्ति मिलती है, जिससे हम ताकतवर बनते हैं। हमारे अंदर हिम्मत आती है। एक बात बताओ, हमें पहाड़ पर चढ़ना है, हमारे पास बैग भी हैं और भगवानजी हमारे बदले में चढ़ जाएँ तो क्या हम पहाड़ पर पहुँच जाएँगे? पहाड़ पर तो हमें ही चढ़ना होगा। भगवानजी के चढ़ने से हम तो ऊपर नहीं पहुँच सकेंगे और भगवानजी न सही, अगर तुम्हें या मुझे चढ़ाई करनी हो तो क्या होगा? मेरे चढ़ने से क्या तुम पहाड़ की ऊँचाई पर पहुँच पाओगी? तुम्हें गोदी लेकर तो चल नहीं सकती, पहाड़ पर चढ़ना तो बहुत मुश्किल है, वह तो तुम्हें ही चढ़ना होगा। है न? अब बताओ, हमें उनसे क्या माँगना चाहिए?"

"क्या माँगना चाहिए, ताईजी?" झरना ने पूछा।

पायल ने कहा, "हमें उनसे माँगना चाहिए कि हमें शक्ति दो, हिम्मत दो,

जिससे हम ऊपर चढ़ सकें। इतनी ताकत दो और हमारी पीठ को इतनी मजबूती दो कि हम अपना सामान खुद उठाकर अपनी मंजिल तक पहुँच सकें। कोई बाधा, कोई रुकावट न आए, रास्ते में कोई परेशानी न हो। फिर हिम्मत करो और आगे बढ़ो। देखो सारी परेशानियाँ खत्म हो जाएँगी। इसीलिए कहते हैं कि किसी भी परेशानी में घबराना नहीं चाहिए। हर मुसीबत का मुकाबला डटकर करना चाहिए। कैसे भी हालात हों, सुधरने में समय लगता है। एकदम से चीजें नहीं सुधरतीं। जब भी कोई परेशानी हो तो ईश्वर से प्रार्थना करनी चाहिए कि वह समय आसानी से निकल जाए। हमें किसी रास्ते में रोड़े, पत्थर, कील-काँटे न मिलें। साफ रास्ता मिले, जिससे हमारी राह आसान हो जाए। चलना तो हमें ही होगा।"

□

22

बच्चों को छोटी उम्र से दें संस्कारों की गोली

सभी लोग गरमी की छुट्टियों के बाद घर वापस आ गए थे। नई क्लास की नई किताबों के साथ बच्चे स्कूल गए। वंशिका ने झरना से कहा, "देख, तेरी न्यू बुक्स कितनी अच्छी लग रही हैं, लेकिन तू सँभालकर नहीं रखती, इसलिए ईयर के एंड तक वे फट जाती हैं।"

तभी सावनी ने कहा, "वंशिका, तेरी बुक्स कौन सी अच्छी कंडीशन में होती हैं? तू भी तो नहीं ध्यान रखती। कहते हैं, अगर हम विद्या की इज्जत नहीं करेंगे तो वह हमारी भी इज्जत नहीं करेगी। हमें अच्छी तरह याद नहीं होगा और हमें ठीक से नॉलेज भी नहीं मिलेगी। वैसे भी अगर हम किसी का सम्मान करते हैं तो वह हमारा भी सम्मान करता है और हम किसी के साथ बदतमीजी करते हैं तो वह भी हमारे साथ वैसा ही बिहेव करता है।"

तभी नीला आई और झरना से बोली, "इसीलिए जब भी कोई घर आता है तो तुमसे कहा जाता है कि उसे नमस्कार करो। जब तुम नमस्कार करोगी तो वह भी तुम्हें प्यार करेगा, आशीर्वाद देगा और जब बात किताबों की हो तो और भी ज्यादा अलर्ट रहना चाहिए। ध्यान रखना चाहिए कि वे खराब न हों और कॉपी से पेज फाड़ने की तुम्हारी बहुत गंदी आदत है। पेज फाड़ने से माँ सरस्वती नाराज हो जाती हैं और जब कोई नाराज हो जाता है तो हमारी बात नहीं सुनता। बात मानता भी नहीं। इसलिए भगवान् को नाराज नहीं करना चाहिए, क्योंकि वही हमारी रक्षा करते हैं। माँ शारदा तो विद्या की देवी हैं। अगर वे नाराज हुईं तो हमें ज्ञान कैसे मिलेगा? एक बात और, अब से घर के सारे बच्चे भगवान् के सामने हाथ जोड़कर, प्रार्थना करके स्कूल जाएँगे एवं भगवान् से दुआ करेंगे कि

वे हमेशा अच्छे और सच्चे रास्ते पर चलें। हम जिनको जानते हैं या जिनको नहीं जानते, वे सब खुश रहें। जिसको दुःख मिले तो उन्हें उसे सहने की क्षमता भी मिले। ईश्वर सबको सद्बुद्धि दे।"

झरना ने पूछा, "इसका क्या मतलब होता है?"

नीला ने कहा, "इसका मतलब होता है कि भगवान् सबको ऐसी बुद्धि दे, ऐसा ज्ञान दे, जिससे हम किसी के लिए बुरा न सोचें। सबके बारे में अच्छा सोचें, सबकी हेल्प करें। कभी झूठ न बोलें, बेईमानी न करें। किसी का गलत बात में साथ न दें। हमारे अंदर घमंड न आए। इसका मतलब हमें प्राउड न हो कि हमारे पास बहुत रुपया है। अपने स्टेटस का रोब न गाँठें। इनसान को इनसान समझें, चाहे वह घर में काम करनेवाली बाई हो, रिक्शा चलानेवाला हो या मजदूर ही क्यों न हो! सबसे गंदा काम होता है, भीख माँगना। है न? मजदूर किसी से भीख नहीं माँगता, वह मेहनत-मजदूरी करता है, इसलिए उसकी इज्जत करनी चाहिए और वही क्यों, वे सभी लोग, जो इज्जत के साथ कोई भी काम करके अपना और परिवार का पेट पालते हैं, उन सभी का सम्मान करना चाहिए। क्योंकि वे कोई गलत काम, जैसे चोरी-मक्कारी, बेईमानी, जालसाजी नहीं करते, बल्कि मेहनत करके अपना गुजारा करते हैं। अगर हम कोई बुरा काम करते हैं तो उसका रिजल्ट भी बुरा ही होगा। देर-सवेर हमें उसका बुरा परिणाम ही मिलेगा। जिस काम को करने लिए हमारी आत्मा हमें मना करे, वह नहीं करना चाहिए।"

झरना ने पूछा, "मम्मा, आत्मा कौन है और वह कैसे बताएगी कि हमें क्या करना चाहिए?"

नीला दो मिनट चुप रही, फिर उसने कहा, "इसे ऐसे समझो, जैसे कभी तुम्हारा मन हो कि पराग जो खा रहा है या खेल रहा है, वही तुम्हें चाहिए और चुपके से तुम उसकी चीज उठा लो, पर एक बार मन में सोचो कि नहीं, ये पराग की चॉकलेट है, वह छोटा है और उसकी चॉकलेट मुझे नहीं खानी चाहिए, या कभी तुम हमसे कुछ झूठ बोलो और मन में सोचो कि मुझे मम्मा से झूठ नहीं बोलना चाहिए। ये जो कुछ गलत करते हुए हमें अंदर से कहीं कुछ रोकता है, वही हमारी अंतरात्मा की आवाज होती है। जब भी लगे कि हम जो कर रहे हैं, वह गलत है, तो तुरंत वह बात मानो। ऐसा नहीं होना चाहिए कि अंदर से लगे

कि नहीं, ऐसा नहीं करना चाहिए, फिर भी हम वह काम करें। ऐसा करने पर हम दूसरे को तो धोखा देते ही हैं, खुद को भी धोखा देते हैं, क्योंकि किसी की भी आत्मा झूठ नहीं बोलती। हमेशा सच बताती है। यह बात अलग है, कुछ लोग उसकी बात नहीं मानते और गलत काम करते हैं, जिसकी कीमत उन्हें या उनके परिवारवालों को चुकानी पड़ती है। तो आज से सब बच्चे सच बोलेंगे। सच बोलने के बहुत फायदे हैं और स्कूल जाते समय प्रेयर करके जाएँगे। सुबह की शुरुआत अच्छी होगी तो दिन भी अच्छा होगा।"

□

23

बच्चों को हिंदी जरूर सिखाएँ, ताकि अपनी भाषा न पड़े कमजोर

"दादी माँ, एक पंथ दो काज क्या होता है?" झरना ने पूछा।

नीला ने कहा, "झरना, तुम तो एक बिग क्वेश्चन मार्क हो। तुम्हारे सवाल सुनकर कभी-कभी थकान होने लगती है।"

"मम्मा, अगर बड़े लोग ही हमें नहीं बताएँगे तो हमें कैसे पता चलेगा?" झरना ने बड़ी मासूमियत से कहा।

शारदा देवी ने नीला से कहा, "मैंने तुम सबसे बार-बार यह कहा है कि कभी भी सवालों पर झल्लाओ नहीं। उनकी जो जिज्ञासाएँ हैं, शंकाएँ हैं, उनका समाधान करो और शांत करो। मन में उपजे सवाल बीज की तरह होते हैं, जिनका पौधा बनना ही है। वह बीज किसी कँटीले-जहरीले पेड़ के आस-पास उग गया, किसी सुनसान-बियाबान जगह या जंगल में चला गया तो जंगल का होकर रह जाएगा। इसलिए उस बीज को अगर सावधानी से अच्छी मिट्टी और अपने ही बगीचे में बोया जाए, उसकी देखरेख ठीक से की जाए, तो न केवल पौधे का विकास अच्छी तरह होगा, बल्कि वह आँखों के सामने निगरानी में रहेगा। उसकी प्रॉपर देखभाल से वह सुंदर व स्वस्थ होगा। बीज को अंकुर बनकर कहीं-न-कहीं निकलना ही होता है। इसलिए उसे अपने हाथ में रखो और उचित स्थान पर लगाओ। मतलब अगर तुम बच्चों को उनके सवालों के जवाब नहीं दोगी तो वे किसी दूसरे स्रोत से जानकारी जुटाएँगे। हो सकता है, वह जानकारी आधी-अधूरी हो, गलत भी हो सकती है। इसलिए बच्चों के

सवालों को कभी नजरअंदाज मत करो।"

"झरना बेटा, एक पंथ दो काज को ऐसे समझो, जैसे ताऊजी सुबह वॉक पर जाते हैं और अकसर सब्जी लेकर आते हैं। यह हुआ एक पंथ दो काज! इससे यह फायदा हुआ कि सुबह की वॉक भी हो गई और फ्रेश सब्जियाँ भी ले आए। सब्जी लेने के लिए दोबारा जाना नहीं पड़ा। किसी-न-किसी को तो सब्जी लानी ही होती है, उसका भी समय बच गया। सुबह की सैर सेहत के लिए बहुत फायदेमंद होती है और सुबह-सुबह सब्जियाँ भी फ्रेश मिलती हैं। लोग अपने खेत से तोड़कर लाते हैं और बेचकर जल्दी घर चले जाते हैं। हो गए न, एक पंथ दो काज! सैर की सैर रही और बढ़िया सब्जियाँ भी मिलीं। अब से मैं तुम्हें रोज दो मुहावरे सिखाऊँगी, जिससे तुम धीरे-धीरे मुहावरों के बारे में जान जाओ। वैसे भी तुम लोग हिंदी में जरा पैदल हो।"

फिर से झरना ने पूछा, "अब इसका क्या मतलब ?"

"मतलब यह कि पैदल चलनेवालों की तरह हिंदी बोलने और लिखने में तुम लोगों की रफ्तार धीमी है।"

तभी संजेश आया और बोला, "माँ, इसमें बच्चे क्या करें? अभी हमने हिंदी पखवाड़ा मनाया, हिंदी दिवस मनाया, मगर क्या फायदा? हम फिर वहीं उसी ढर्रे पर आ गए। माता-पिता बच्चों को इंगलिश मीडियम से पढ़ाना चाहते हैं। बच्चे किसी तरह से हिंदी को रो-रोकर पढ़ते हैं और हाई स्कूल के बाद बच्चे हिंदी लेना ही नहीं चाहते। वे भी क्या करें? सारे कोर्सेस और प्रोफेशनल पढ़ाई इंगलिश में ही होती है। सही भी है, जो माध्यम बच्चों को आगे काम दे, वही पढ़ना चाहिए, लेकिन परिवार के सदस्यों को बच्चों को हिंदी सिखानी चाहिए, ताकि वे अपनी भाषा में कमजोर न पड़ें। आपने बच्चों को रोज दो मुहावरे सिखाने की बात सोचकर अच्छा किया। कम-से-कम ये कुछ तो सीखेंगे। झरना को मैं एक कहानी की किताब लाकर दूँगा, उसमें से वह कहानी पढ़ेगी और मुझे सुनाएगी। जब वह मुझे कहानी सुनाएगी तो उसके रिटर्न में मैं भी उसे एक कहानी सुनाऊँगा।"

"क्यों झरना, ठीक है न ?"

"हाँ बड़े ताऊजी, बिल्कुल ठीक है। आप अच्छी सी स्टोरी बुक लाइएगा।

मैं आपको उसमें से कहानी सुनाऊँगी, आप मुझे कोई और कहानी सुनाना तथा वह कहानी मैं सबको सुनाऊँगी, लेकिन सब मुझे अलग-अलग कहानी सुनाएँगे। प्रॉमिस ?" झरना ने पूछा।

तभी राशि ने कहा, "बाप रे, आज के बच्चे! कितने तेज हैं। हम सबसे कहीं ज्यादा तेज इनका दिमाग दौड़ता है। देखा इसकी चालाकी! खुद एक कहानी पढ़ेगी, सबको वही सुनाएगी और बदले में 10-12 कहानी सुनेगी! आज की जेनरेशन बहुत तेज है। खैर, इससे एक बात तो अच्छी होगी कि उसमें पढ़ने की आदत पड़ेगी। जब पराग पढ़ना सीख जाएगा तो उससे भी इसी तरह हिंदी और इंगलिश दोनों की छोटी-छोटी स्टोरी सुनेंगे, जिससे उसमें शुरू से ही रीडिंग हैबिट पड़ जाए।"

तभी शारदा देवी ने कहा, "चलो, आज सब लोग काम जल्दी खत्म करके सो जाओ। कल सुबह जल्दी उठना है, क्योंकि कल से नवरात्र शुरू हो रहे हैं।"

वंशिका ने कहा, "हाँ, मैंने देखा। पूजा के लिए पंडाल भी बन रहे हैं। हर साल की तरह इस बार भी हम सब घूमने चलेंगे न, मम्मा ?"

"हाँ बेटा, जरूर चलेंगे, लेकिन एक शर्त पर।" राशि ने कहा।

"क्या शर्त, मम्मा ?"

राशि ने अपनी बात रखते हुए कहा, "तुम सब हमारी बातें मानोगे और जो जिम्मेदारी तुमको दी गई है, उसे पूरी ईमानदारी के साथ निभाओगे। ईमानदारी मतलब ईमानदारी, नो चीटिंग। वैसे भी एक बात याद रखना बच्चो, हमें कोई भी काम पूरी ईमानदारी से करना चाहिए। जब हम ऑनेस्ट होंगे, तभी अपना काम मन लगाकर कर सकेंगे और जब कोई भी काम मन लगाकर किया जाएगा तो उसका रिजल्ट भी हंड्रेड परसेंट होगा।"

□

24

पढ़ाई में बच्चे की क्षमता का भी रखिए ध्यान

शुभांगी ने कहा, "तुम ठीक कह रही हो, माधुरी और भाभी भी ठीक कह रही हैं, लेकिन मैं उस समय मम्मीजी को मना नहीं कर सकी। पार्थ तीन साल उन्हीं के पास रहा। तब तक पापाजी का रिटायरमेंट नहीं हुआ था और वे लोग बिल्कुल अकेले हो गए थे। इसी अकेलेपन की वजह से वे पार्थ को ले गए। अब लग रहा है कि मैंने सही डिसीजन नहीं लिया। बच्चा मेरा था, इसलिए उसका भला-बुरा सोचना मेरा काम था। उन्होंने उसे इतना जिद्दी बना दिया कि कभी कोई बात सुनता ही नहीं, न खाने में और न ही पढ़ाई में। अब वे मुझसे भी उम्मीद करता है कि मैं उसकी सारी बातें मानूँ। नहीं मानती तो रोता है। अभी यह कहकर पढ़ा रही हूँ कि कल उसे फाइव चॉकलेट और फाइव कुरकुरे के पैकेट दिलाऊँगी। इसलिए वह याद कर रहा है। जिस तरह से मैं उसे पढ़ा रही हूँ, मुझे बहुत दुःख है, लेकिन क्या कर सकती हूँ? माँ जो हूँ। उसका भविष्य सामने है, इसलिए न चाहते हुए भी उस पर सख्ती करनी पड़ रही है। बात-बात पर बोलता है कि दादू से शिकायत कर दूँगा। दादी के पास चला जाऊँगा। मैं समझ नहीं पा रही हूँ कि इस सिचुएशन को कैसे हैंडल करूँ?"

नीला ने कहा, "एक बात कहूँ। अभी वो जितना-जिस तरह से पढ़ रहा है, पढ़ने दो और परसों का उसका इंटरव्यू भी हो जाने दो। इसके लिए उस पर अनावश्यक दबाव मत डालो। तुम ज्यादा सख्ती करोगी तो वह अपने दादू एवं दादी को ज्यादा मिस करेगा और उसे यह लगेगा कि वे लोग मम्मा से ज्यादा

अच्छे हैं, मम्मा से ज्यादा प्यार करते हैं और उसकी सारी बातें मानते हैं। उसे एक बार यहाँ एडजस्ट होने दो, तब कुछ सोचना। फिर कुशल के साथ भी वह बहुत कुछ सीखेगा। रहा सवाल एडमिशन का, तो यहाँ कई और भी अच्छे स्कूल हैं, जिनमें से किसी में भी उसका एडमिशन हो जाएगा और फिर एक-दो साल बाद अगर तुम्हें लगे तो तुम जहाँ चाहती हो, वहाँ उसका एडमिशन करवा देना। इससे उसे लगेगा कि मम्मा भी उसे चाहती हैं और उस पर कोई दबाव भी नहीं डाल रहीं। रहा सवाल उसकी जिद पूरी करने का, तो अभी उसकी कुछ बातें मानो। वरना फिर वह तुम्हारा कम्पैरिजन दादी से करेगा और उसे हर हाल में वे ही बेहतर लगेंगे। इस कारण वह तुमसे दूर हो जाएगा। बच्चे बहुत कोमल होते हैं और उनकी सोच उससे भी कोमल। तुम बड़ी हो, इसलिए स्थितियों को समझ रही हो, लेकिन पार्थ छोटा बच्चा है, उसे अभी नहीं पता कि उसके लिए क्या अच्छा, क्या बुरा है या कौन उसके हित की बात सोच रहा है और कौन नहीं, या किस बात में उसकी भलाई है और किसमें नहीं।"

शुभांगी ने बीच में ही टोकते हुए कहा, "लेकिन भाभी, मैं किसी और स्कूल में उसे नहीं पढ़ाना चाहती। वह स्कूल बहुत अच्छा है और उसमें एडमिशन होना बहुत बड़ी बात है।"

नीला ने कहा, "तो ठीक है, फिर पार्थ के बारे में ज्यादा मत सोचो। उसे पूरी रात जगाकर याद करवाओ। उस पर खूब अत्याचार करो। एक बार दादी-दादू ने उसके साथ खिलवाड़ किया, अब तुम करो। इस बीच बच्चा बेचारा कहीं है ही नहीं। जो बातें उसे प्ले स्कूल में सीखनी चाहिए थीं, उसे अब सिखाई जा रही हैं, वह भी दो दिन में, सुबह से शाम तक रटा-रटाकर। रही स्कूल की बात, तो शुभांगीजी, शहर में एक ही स्कूल अच्छा नहीं है। उस स्कूल के सारे बच्चे आईएएस, पीसीएस, डॉक्टर्स-इंजीनियर्स नहीं बनते। और भी स्कूल हैं, जहाँ का रिजल्ट बहुत अच्छा रहता है। मानती हूँ, अच्छे स्कूल का महत्त्व होता है, लेकिन उससे ज्यादा महत्त्व खुद बच्चे और उसके माता-पिता का होता है। स्कूल से ज्यादा फर्क खुद बच्चे की पढ़ाई और माता-पिता की गाइडेंस से पड़ता है। आपको क्या लगता है कि जो किसी बड़े स्कूल में नहीं पढ़ा या जिस स्कूल की आप बात कर रही हैं, उसमें नहीं पढ़ा तो वह जीवन में कुछ नहीं कर पाएगा?

शहर के बाकी बच्चे और माता-पिता को तो अभी से हार मान लेनी चाहिए कि उनके बच्चे कुछ नहीं कर पाएँगे। किस सोच में जी रही हैं आप? क्या काबुल में सभी घोड़े होते हैं? अगर आप ऐसा सोच रही हैं तो यह निश्चित रूप से गलत है। जिसको कुछ बनना होता है, वह सरकारी स्कूल से पढ़कर भी बन जाता है। हमारे घर में बहुत बच्चे हैं। कुछ कॅरियर बना चुके हैं, कुछ बना रहे हैं तो कुछ अभी बहुत छोटे हैं। सब एक ही स्कूल में नहीं पढ़े, लेकिन जो कोशिश कर रहा है, वह सफल हो रहा है, यही हमारे लिए सबसे बड़ी बात है और हम लोगों का अचीवमेंट भी। वैसे भी आज के समय में हम बच्चों को आजादी से जीने नहीं देते। किसी भी तरह से उनके दिमाग में पढ़ाई ठूँसते रहते हैं, चाहे खेल के ही माध्यम से ही सही। फिर एडमिशन का बर्डन और उसके बाद हमेशा क्लास में फर्स्ट पोजीशन के लिए दबाव, एक नंबर कम होने पर उसे डाँट-डाँटकर डिप्रेस्ड कर देते हैं। यह भी मानती हूँ कि प्रतियोगिता का जमाना है, लेकिन हमें बच्चे की क्षमता का भी ध्यान रखना चाहिए। कॅरियर स्कूल से नहीं, मेहनत, लगन और अच्छी गाइडेंस से बनता है। अच्छे स्कूल का भी अहम रोल है, लेकिन किसी स्कूल विशेष के लिए यह मानना कि उस स्कूल में एडमिशन नहीं हुआ तो कॅरियर खराब हो जाएगा, यह सोच बिल्कुल गलत है।"

□

25

बेटा हो या बेटी, अच्छी परवरिश को दें अहमियत

नीला से मिलने उसके भाई-भाभी सागर-पारुल और उनका पाँच वर्ष का बेटा शिखर आया हुआ था। घर में जब भी कोई बच्चा आता तो घर के छोटे बच्चों की मस्तियाँ बढ़ जातीं। प्रांशु वहाँ आकर खूब खुश था। उसे आए हुए तीन दिन हो गए थे। अगले दिन उसे जाना था। रात में वह रोने लगा। सब परेशान हो गए। सभी प्रांशु से पूछ रहे थे कि बेटा, आखिर हुआ क्या, क्यों रो रहे हो? काफी देर बाद उसने कहा कि मैं यहाँ से तब जाऊँगा, जब आप मेरे लिए एक बहन या भाई लाओगे। मैं वहाँ किसके साथ खेलूँगा? मुझे यहीं रहना है। पराग और झरना के साथ खेलना है। यह सुनकर सब भौंचक्के रह गए। किसी ने नहीं सोचा था कि प्रांशु इस तरह रियक्ट करेगा। सबकी नजरें सागर और पारुल की तरफ थीं। पारुल ने सबको अपनी तरफ इस तरह देखते हुए कहा, "आप सब मुझे ऐसे क्यों देख रहे हैं? मैं जानती हूँ कि आप क्या पूछना चाह रहे हैं। ये हम दोनों का ही फैसला है कि हमारा एक ही बच्चा होगा, दूसरा नहीं। इस महँगाई में हम ठीक से एक बच्चे को ही पाल सकते हैं। उसकी पढ़ाई में हम कोई कसर नहीं रखना चाहते। उसका खान-पान हमें ही देखना है। वह चार गिलास दूध भी पीना चाहेगा तो हम उसे चार बार दूध पिलाएँगे। हम नहीं चाहते कि उस चार गिलास दूध में से हम दो गिलास दूसरे बच्चे को दें। अगर दूसरा भी हमसे चार गिलास दूध की फरमाइश कर बैठा तो कहाँ से लाएँगे हम आठ गिलास दूध? दूध का उदाहरण तो एक बानगी भर है। दो बच्चों के लिए कपड़े,

किताब, खाना-पीना और पढ़ाई का खर्च हम कैसे उठा पाएँगे ? यह हमारे बजट के बाहर है। हम नहीं चाहते कि एक बच्चे को अच्छे स्कूल में पढ़ाने की बजाय दो बच्चों को मीडियम स्कूल में पढ़ाएँ। इस तरह का समझौता हम नहीं करेंगे। हमारे लिए एक बेटा ही काफी है।"

पारुल की बात सुनकर नीला ने कहा, "भाभी, क्या आपको नहीं लगता कि आपकी एक बेटी भी होनी चाहिए?"

"नहीं नीला दी, मुझे बेटा-बेटी से फर्क नहीं पड़ता। प्रांशु की जगह अगर हमारी बेटी भी होती तो भी हम खुश होते। अब प्रांशु है और हम प्रांशु के साथ खुश हैं। उसे मैं समझाने की कोशिश करूँगी। वह समझ जाएगा।"

उसकी बात सुनकर शारदा देवी ने कहा, "पारुल ठीक कह रही है। एवरेज स्कूल में दो बच्चों को पढ़ाने से बेहतर है, एक को ही अच्छे स्कूल में पढ़ाया जाए। हमारे पास साधन सीमित होते हैं। यह हम पर निर्भर करता है कि हम उन साधनों को कई भागों में बाँटें या किसी एक के ऊपर सारे साधन खर्च करें। जैसे सागर-पारुल सोच रहे हैं, वैसे ही सब सोचने लगें तो हमारे देश की बढ़ती आबादी पर नियंत्रण हो सकता है। फिर हम सभी अपने बच्चों को बेहतर जीवन और शिक्षा दे पाएँगे। हम पढ़-लिखकर भी बेटा-बेटी के बीच फर्क नहीं मिटा पा रहे हैं। बेटे की चाहत में आज भी तीन-चार बच्चे हो जाते हैं। फिर वही हालात। जिनके पास बहुत धन है, वे तो मैनेज कर लेते हैं, लेकिन बाकी चार रोटी एक बच्चे को खिलाने की जगह चारों को एक-एक रोटी खिलाते हैं।"

शारदा देवी ने प्रांशु को अपने पास बुलाया और पूछा, "तुम अपने छोटे भाई या बहन के लिए क्या कर सकते हो?"

प्रांशु ने कहा, "सबकुछ दादी माँ।"

शारदा देवी ने पूछा, "अगर तुम्हारी माँ तुम्हारी किताबें और खिलौने दूसरे बच्चे को दे दे, जब तुम टी.वी. पर फेवरेट कार्टून देखो, उस समय तुम्हारा भाई कुछ और देखना चाहे, उसके कपड़े-खिलौने ज्यादा और महँगे खरीदे जाएँ, तुम्हारे गेम उसे दे दिए जाएँ, उसके रोने पर तुमको डाँटा जाए, तुम्हारी सारी चीजें उसे दे दी जाएँ तो क्या तुम्हें खराब नहीं लगेगा?"

प्रांशु ने कहा, "बिल्कुल नहीं, मैं अपने भाई-बहन को खूब प्यार करूँगा।"

शारदा देवी ने फिर कहा, "उसकी देखभाल में मम्मा तुमको प्यार करना छोड़ दे, तुम पर ध्यान और समय कम दे, तुम मम्मा के हाथ से खाने के लिए बैठे रहो और मम्मा दूसरे बच्चे को खाना खिलाए, तुम्हारी जगह दूसरे बच्चे को अपने पास सुलाए तो तुम्हें कैसा लगेगा? अभी तक तो सारा प्यार मम्मा तुम्हें दे रही है, लेकिन छोटा बेबी आएगा तो मम्मा-पापा का प्यार बँट जाएगा। मम्मा-पापा को उसे भी तो प्यार देना होगा और वह तुमसे छोटा होगा तो उसे ज्यादा देखभाल की जरूरत होगी। हर समय वही गोदी में रहेगा।"

प्रांशु ने कहा, "मम्मा, मुझे क्यों नहीं गोदी लेगीं? खाना तो मैं मम्मा के हाथ से ही खाऊँगा और मम्मा के पास भी मैं ही सोऊँगा।"

शारदा देवी ने कहा, "बेटा, वह दो बच्चों को एक साथ कैसे खाना खिलाएगी और कैसे अपने पास सुलाएगी? वह छोटा होगा तो उसे ही मम्मा प्यार करेगी और उसे ही अपने पास सुलाएगी। यह बात तो तुम्हें माननी पड़ेगी, तभी मम्मा दूसरा बेबी लाएगी।"

शारदा देवी के इस बात पर वह बोला, "नहीं, ये कभी नहीं होगा। मम्मा के पास मैं ही सोऊँगा और मम्मा पहले मुझे खिलाएगी। मुझे तो खेलने के लिए भाई चाहिए था। अपना सामान दे सकता हूँ, पर मम्मा नहीं।"

फिर शारदा देवी ने सबसे कहा, "बच्चों को ठीक से समझाया जाए तो वे सब समझ जाते हैं।"

तभी नीला ने कहा, "माँ, क्या हमारा बच्चा हमारे बाद दुनिया में अकेला नहीं रह जाएगा? कौन उसका सुख-दुःख बाँटेगा? किससे वह अपनी बातें शेयर करेगा? कौन उसका साथ देगा?"

□

26

सब रिश्तों की एक सीमा, मगर दोस्ती सबसे परे

"नीला बहू, कोई अकेला नहीं होता और वैसे देखा जाए तो सबके होने के बावजूद हमें अकेले ही जीना पड़ता है। अपना परिवार ही अपने साथ होता है। भाई-बहनों का साथ केवल बचपन तक ही होता है। जहाँ बहनों की शादी हुई, वे दूर हो जाती हैं और भाई भी अपनी जॉब, अपने परिवार में रम जाते हैं। वहीं दूसरी तरफ हम ऐसे शहर चले जाएँ, जहाँ कोई अपना न हो, फिर भी वहाँ पराए, अजनबी अपने बन जाते हैं और जरूरत पड़ने पर वे ही हमारे साथ होते हैं। कभी-कभी मन इतना परेशान हो जाता है कि हम खुद को बिल्कुल अकेला महसूस करते हैं। कहा जाता है न कि 'भीड़ में भी तन्हा दिल, न कोई राह, न कोई मंजिल।' सब लोगों के होते हुए हम एकाकीपन में जीते हैं। अकसर ये देखा जाता है कि सगे भाई-बहन, जो एक साथ बचपन गुजारते हैं, लंबे समय तक साथ रहते हैं और दुःख-सुख साथ सहते हैं, वे ही समय पर साथ नहीं देते। कभी शहर की दूरी की वजह से तो कभी दिलों की दूरियों की वजह से। हर हाल में हम अकेले हैं। साथ देनेवाले हमें कम मिलते हैं, लेकिन मिल जरूर जाते हैं। इसलिए बच्चों को समझाना कोई बड़ी बात नहीं है। तुम बताओ नीला, और केवल नीला ही क्यों, सभी बहुएँ बताएँ कि उनकी शादी को वर्षों बीत गए, उनके घर से कितने लोग, कितनी बार मिलने आए? बहुएँ तो कई बार गई हैं। सभी के मायके वाले बस घर के फंक्शंस में ही आए, लेकिन बहुओं की सहेलियाँ कई बार आईं। हमारे बेटों के भी दोस्त हमेशा हर मुसीबत में खड़े रहते हैं। सभी बेटे-

बहुएँ इस समय यहाँ हैं। सभी लोग एक और बात सच-सच बताएँ, सबने अपनी कितनी बातें आपस में भाई-बहनों से शेयर कीं और कितनी अपने दोस्तों से?" यह पूछने पर सभी चुप थे। फिर शारदा देवी ने कहा, "इसमें ज्यादातर सभी ने अपनी सारी प्रॉब्लम अपने दोस्तों से जरूर शेयर की होंगी, चाहे अपने भाइयों से न बताया हों। हमारी बेटियाँ यहाँ नहीं हैं, लेकिन वे कितनी बार यहाँ आ पाती हैं। कभी हम लोग भी परेशानी में हुए, लेकिन वे नहीं आ सकीं। उनके घरों में भी तमाम समस्याएँ होती होंगी, लेकिन उन्होंने कभी खुलकर नहीं बताया। वे अपने घर की, दिल की बातें अपनी फ्रेंड्स से जरूर बताती हैं, तो कौन ज्यादा अच्छा है? भाई-बहनों की अपनी अलग जगह है, लेकिन दोस्तों का भी अपना अलग स्थान है। अगर भाई-बहन हैं तो बहुत अच्छी बात है और न हों तो भाई-बहनों की कमी एक अच्छा दोस्त पूरी कर सकता है। इसलिए अपने बच्चों को इतने अच्छे दोस्त देकर जाओ, जिससे कभी उन्हें भाई-बहनों की कमी न खले। उन्हें दोस्ती का मतलब समझाओ, दोस्तों की अहमियत बताओ, उनको समझाओ कि सभी रिश्तों की एक सीमा होती है, लेकिन दोस्ती सीमा रेखा से परे है।"

तभी माधुरी ने कहा, "भाभी, अभी शुभांगी के यहाँ तो आप यही कह रही थीं कि हमें अपनी समस्या को दोस्तों से शेयर करनी चाहिए। रिश्तेदार तो टाँग खींचने वाले होते हैं।"

नीला ने कहा, "माधुरी, मैं बातें शेयर करने से मना नहीं कर रही। मैं तो अकेले बच्चे को कंपनी देने के लिए उसका भाई-बहन होने की बात कर रही हूँ, ताकि जब हम न रहें तो भी हमारी कमी वह अपने भाई-बहन के साथ पूरी कर सके।"

"नीला बहू, पहली बात तो माता-पिता की कमी कोई पूरी नहीं कर सकता। दूसरी बात, माता-पिता ही वह धागा हैं, जिससे बच्चे बँधे रहते हैं। धागा टूटने के बाद कुछ कहा नहीं जा सकता है। दूर क्या जाना, पायल और राशि बहू के माता-पिता अब इस दुनिया में नहीं हैं। ईश्वर उनकी आत्मा को शांति दे। उन्हें माता-पिता की याद तो आती है, लेकिन मायके कम जाती हैं। घर ही माता-पिता तक होता है। बहनों का अलग घर-संसार होता है और भाइयों का अलग। वह प्यार-दुलार माता-पिता के अलावा कोई नहीं दे पाता। पहले ये दोनों

बहुएँ अकसर ही जाती थीं, मगर अब साल में एक बार गरमी की छुट्टियों में जाती हैं। वे भी कभी-कभी नहीं जातीं। कारण मैं नहीं पूछूँगी। वह उनके घर का मामला है।"

"मैं दो बच्चों के खिलाफ भी नहीं हूँ। हमारा और तुम्हारे बाबूजी का बहुत बड़ा परिवार था। हमारे भी छह बच्चे हैं, तुम लोगों को किस तरह पढ़ाया, हम ही जानते हैं। तब की जरूरतें और खर्चे इतने नहीं थे। आज की महँगाई में खाना, कपड़ा, रहना और पढ़ाई सभी कुछ बहुत महँगा है। ऐसे में हमें अपनी आय-साधन देखकर ही बच्चों के बारे में सोचना चाहिए। पारुल-सागर को अगर लगता है कि वे दो बच्चों की बजाय एक बच्चे को बेहतर शिक्षा व जीवन दे पाएँगे तो इसमें गलत क्या है? बच्चे कितने ही क्यों न हों, पेरेंट्स के लिए सभी बराबर होते हैं। वे सभी को पढ़ाना चाहते हैं, मगर हमारी आय ही उतनी न हो तो सबकी पेट भरने तक की जरूरतें पूरी करने से अच्छा है, एक-दो बच्चों को भरपूर खिलाया जाए। बेटा-बेटी में फर्क नहीं होता। आजकल बेटा कहाँ साथ रहता है? जॉब लगी वह भी दूर। यह समय की माँग और आम बात है। बच्चों को भाई-बहन देने के चक्कर में अपना परिवार बढ़ाना कोई बुद्धिमानी नहीं है। कल को उन्हीं बच्चों ने हमसे पलटकर पूछ लिया कि जब आप सबको अच्छे कॉलेज में नहीं पढ़ा सकते थे तो जन्म क्यों दिया, तो क्या जवाब होगा हमारे पास? उस समय हम निरुत्तर होंगे।"

□

27

नाम का भी बच्चे पर पड़ता है गहरा असर

आज शाम की ट्रेन से पारुल और सागर वापस जाने वाले थे। प्रांशु ने पराग को अपनी स्टोरी बुक दी और कहा, "पराग, इसमें बहुत अच्छी स्टोरीज हैं। मैं तो पढ़ चुका हूँ, अब तुम पढ़ना।"

पराग ने उसे थैंक्यू बोला, फिर झरना को बुक देते हुए बोला, "झरना दीदी, आप मुझे इसमें से बढ़िया-बढ़िया स्टोरी सुनाना।" झरना ने बुक लेकर देखा तो उसमें नाम शिखर लिखा था।

उसे देखकर झरना ने कहा, "यह बुक तो किसी शिखर की है, तुम्हारी तो नहीं है। तुम इसे ले जाओ। जिसकी बुक है, वह तुमसे माँगेगा तो तुम क्या करोगे?"

तब प्रांशु ने कहा, "अरे झरना दीदी, शिखर भी मेरा ही नाम है स्कूल का।"

यह सुनकर पराग बोला, "पर मेरा तो स्कूल में भी पराग ही है और झरना दीदी का भी झरना है, वंशिका दीदी का वंशिका है, तो तुम्हारे दो नाम क्यों हैं?"

प्रांशु ने कहा, "मुझे क्या पता? नाम तो मम्मा ने रखा है, मम्मा को पता होगा। मैं अभी उनसे पूछकर आता हूँ।"

प्रांशु दौड़कर पारुल के पास गया और बोला, "मम्मा, स्कूल और घर में मेरे अलग-अलग नाम क्यों हैं? यहाँ तो सबका एक ही नाम है। मुझे भी एक ही नाम रखना है।"

पारुल ने कहा, "तुम्हारे दो नाम इसलिए हैं कि हमें दोनों नाम बहुत पसंद हैं। इसलिए एक घर का और दूसरा स्कूल का। स्कूल में शिखर और घर में प्यार से प्रांशु कहते हैं। शिखर मतलब पहाड़ की चोटी और प्रांशु एक मुनि के बेटे का

नाम था और वैसे उसका मतलब भी ऊँचा-उच्च से होता है, साथ ही प्रांशु का मतलब चंद्रमा भी होता है। इतने अच्छे अर्थ हैं दोनों के, इसलिए स्कूल में तुम्हारा नाम शिखर रखा, जिससे तुम हमेशा ऊँचाई पर रहो और घर में प्यार से प्रांशु बोलते हैं। दोनों का मतलब मिलता-जुलता है।" यह सुनकर प्रांशु ने कहा, "नहीं मम्मा, झरना दीदी की तरह मुझे भी एक नाम ही रखना है, दो नहीं।"

तभी पराग माधुरी के पास गया और बोला, "मम्मा, क्या आप मुझे प्यार नहीं करतीं?"

माधुरी ने उसे गोदी में उठाकर कहा, "मैं तो अपने राजा बेटे को खूब प्यार करती हूँ।"

फिर पराग ने कहा, "अगर आप प्यार करती हैं तो आपने प्रांशु भइया की तरह घर में मेरा प्यार वाला नाम क्यों नहीं रखा? मामीजी कह रही थीं कि वे प्रांशु भइया को बहुत प्यार करती हैं। इसलिए उनको घर में प्यार से प्रांशु बुलाती हैं। आप मुझे प्यार ही नहीं करतीं।"

यह सुनकर माधुरी ने कहा, "नहीं बेटा, ऐसा नहीं है। सभी मम्मा अपने बच्चों को बहुत प्यार करती हैं, लेकिन एक नाम ज्यादा अच्छा होता है। अभी तुम छोटे हो, इसलिए नहीं समझोगे। अगर तुम चाहोगे तो हम तुम्हारा प्यार वाला नाम भी रख देंगे।" फिर माधुरी पराग को लेकर बाहर आई और बाहर पारुल को प्रांशु को समझाते देखकर हँसने लगी। उसे सारी बात समझ आ गई। पायल ये सब देख रही थी।

उसने पारुल से कहा, "बिना माँगे क्या तुम्हें एक एडवाइज दूँ?"

पारुल ने कहा, "हाँ दीदी, जरूर बताइए। आप जो कहेंगी, हमारी भलाई के लिए ही होगा।"

पायल ने कहा, "स्कूल और घर में अलग-अलग नाम होने से अच्छा है कि बच्चे का एक ही नाम हो या घर और स्कूल के नाम एक ही अक्षर से हों। साथ ही दोनों नामों के अर्थ विपरीत न हों। अकसर ऐसा होता है कि लोग बच्चे के दो नाम रख देते हैं और दोनों के अर्थ विपरीत होते हैं। विपरीत अर्थ के साथ दोनों नाम अलग अक्षरों से शुरू होते हैं, जिससे राशि भी अलग हो जाती है और हमें तीन राशि देखनी पड़ती हैं। अगर हम ज्योतिष को मानते हैं तो हमें यह भी

समझना चाहिए कि हमारा जो नाम पुकारा जाता है, उसका हमारे ऊपर असर पड़ता है। अमूमन सभी लोग जन्म-पत्री बनवाते हैं। ग्रह-नक्षत्र और राशि को मानते हैं। ग्रहों को फेवरेबल बनाने के लिए यत्न करते हैं। शादी से पहले मैं भी तीन राशियाँ देखती थी। एक तो जन्म-पत्री के अनुसार, दूसरा स्कूल के नाम से और तीसरा घर के नाम से, क्योंकि घर में मुझे बॉबी बुलाते थे। मेरी माँ को बॉबी नाम बहुत पसंद था, लेकिन यहाँ सब पायल ही बुलाते हैं। इसलिए अब दो राशि ही देखती हूँ। विद्वानों का मानना है, जिस नाम से किसी को ज्यादा पुकारा जाता है, उस नाम की राशि का असर ज्यादा होता है। ऐसे में स्कूल या ऑफिस में भी नाम लेकर बुलाया जाता है। घर में भी सभी नाम लेते हैं, तो सवाल उठता कि किस नाम से राशि देखी जाए और कौन सी राशि के ग्रहों की दशा या महादशा को माना जाए? बड़े-बड़े कामों में मसलन घर बनाने या शादी-विवाह के समय जन्म-पत्री द्वारा ही शुभ घड़ी पर विचार किया जाता है, लेकिन आम दिनों में अपने नाम के अक्षर से ही राशि देखी जाती है। हालाँकि सब कनफ्यूजन वाली बातें हैं, लेकिन लोग विश्वास करते हैं। हम लोगों के घर में भी और हमारे ही घर में क्यों, हम जिन-जिन को जानते हैं, सभी के घर बच्चे के जन्म लेते ही सबसे पहले जन्म-पत्री बनवाई जाती है। ग्रहों का हाल पूछा जाता है। ज्योतिष संबंधी तमाम बातें पूछी जाती हैं। जो भी व्यक्ति इन बातों को मानता है, उसे बच्चों का नाम रखते समय इन बातों पर विचार जरूर करना चाहिए। नाम अर्थपूर्ण होने चाहिए। अगर निक नेम रखना ही है तो प्रयास रहे कि जिस अक्षर से बच्चे का नाम स्कूल में लिखाया है, उसी अक्षर से घर के लिए कोई छोटा सा, प्यारा सा नाम रख लिया जाए। जिन बातों के मानने से कोई हानि न हो और लाभ की एक प्रतिशत भी उम्मीद हो तो वह इनसान को मान लेनी चाहिए।"

□

28

बड़ों का फर्ज है छोटों को सही राह दिखाना

सावनी विंटर वेकेशन में घर आई थी। वह अपने कॅरियर को लेकर बहुत टेंशन में थी। उसका इंजीनियरिंग का फाइनल ईयर था। उसे समझ नहीं आ रहा था कि आगे क्या करे? एमटेक करे, एमबीए करे या कभी उसका मन होता कि सिविल सर्विस की तैयारी करे। वह इसी उधेड़-बुन में थी। कभी सोचती कि अगर किसी अच्छी कंपनी में प्लेसमेंट हो जाएगी तो वह ज्वाइन कर लेगी।

उसे परेशान देखकर राशि ने पूछा, "क्या बात है सावनी, तुम परेशान लग रही हो? इज एवरीथिंग ओ.के. ?"

"हाँ चाची, सब ठीक है, बस थोड़ा अधर में हूँ।"

राशि ने पूछा, "वह कैसे?"

सावनी ने कहा, "चाची, इस बार मेरे फाइनल एक्जाम हैं। सोच रही हूँ, उसके बाद क्या करूँ? आगे पढ़ूँ या फिर सिविल सर्विसेस की तैयारी करूँ? एक ऑप्शन और है एमबीए का, जिसको करने के बाद बहुत अच्छी जॉब मिलने के चांसेस हैं, लेकिन मुझे समझ नहीं आ रहा कि क्या करूँ?"

राशि ने पूछा, "यह बताओ तुम्हें सिविल सर्विसेस में सलेक्ट होने की कितनी परसेंट उम्मीद है?"

सावनी ने कहा, "फिफ्टी परसेंट चाची।"

राशि ने कहा, "यानी केवल आधी उम्मीद।"

"चाची फिफ्टी परसेंट तो है न! जब मैं पढ़ाई करूँगी तो विश्वास और बढ़ेगा।"

तब तक संजेश भी वहाँ आ गए। उसकी बात सुनकर उन्होंने कहा, "राशि सही कह रही है, तुम्हें केवल फिफ्टी परसेंट ही उम्मीद है। फिफ्टी परसेंट का मतलब समझती हो, जितना हाँ का पलड़ा भारी, उतना ही न का भी। यानी हाथ में कुछ भी नहीं। अगर फिफ्टी परसेंट से ज्यादा की उम्मीद है तो वही काउंट करना चाहिए।"

सावनी ने कहा, "क्या मतलब, पापा ?"

संजेश ने समझाया, "अगर हमें किसी चीज में फिफ्टी परसेंट की उम्मीद है तो हमें यह नहीं भूलना चाहिए कि बाकी के पचास प्रतिशत की उम्मीद नहीं है। यानी फिफ्टी परसेंट पॉजिटिव और फिफ्टी परसेंट ही नेगेटिव, मतलब मामला बराबर। जितनी काम होने की उम्मीद, उतनी ही नहीं होने की भी।"

तभी शारदा देवी आईं और बोलीं, "तुम्हारा कहना सही है संजेश, लेकिन तुम आधे खाली गिलास पर ज्यादा ध्यान दे रहे हो। तुम यह देखो कि जब गिलास आधा भरा है तो हमें उसे आधा ही और भरना है एवं उसी के लिए मेहनत करनी है।"

संजेश ने कहा, "माँ, गिलास के आधे भरे होने की बात नहीं है, बल्कि उम्मीद की है। अगर उम्मीद आधी है तो मतलब आधी ही है, पूरी नहीं। ये तो सावनी को ही तय करना होगा कि वह कैसे और कितनी तैयारी कर पाएगी। हम उसे हौसला जरूर देंगे, लेकिन उसका मन क्या करना चाहता है, यह बात ज्यादा जरूरी है।"

शारदा देवी ने कहा, "हाँ, यह बात ज्यादा महत्त्वपूर्ण है कि तुम क्या चाहती हो! रहा सवाल सही फैसला करने का, तो एक काम करो। एक कॉपी लो, उस पर अपने सारे ऑप्शन लिखो, जो तुम फाइनल एक्जाम के बाद करना चाहती हो। फिर उन सबके सामने अपनी उम्मीद और विश्वास का परसेंट लिखो। सभी ऑप्शन के फायदे-नुकसान भी लिखो। मसलन आगे पढ़कर क्या फायदा मिलेगा तथा नहीं पढ़ा तो क्या नुकसान होगा, कितना समय लगेगा और उस समय का क्या वह सही इस्तेमाल होगा ? फिर यह देखना कि किसमें कितना फायदा है और कितना नुकसान! जिसमें सबसे ज्यादा फायदा हो, वही ऑप्शन चूज करो। आगे पढ़ना चाहती हो या फिर जॉब चाहती हो। मन क्या कहता है ?

ये सभी बातें बहुत जरूरी हैं। कोई भी फैसला लेने से पहले कई बार सोचना चाहिए। जल्दबाजी में कोई भी कदम नहीं उठाना चाहिए।"

सावनी ने कहा, "ठीक है, मैं अभी आपको बताती हूँ कि मुझे क्या करना है। आपके फॉर्मूले पर अमल करके अभी सारे ऑप्शन पर विचार करती हूँ।" वह अंदर गई और कॉपी निकालकर कुछ लिखती रही। फिर बाहर आकर बोली, "दादी माँ, मैंने डिसाइड किया है कि मैं एमटेक करूँगी। सिविल सर्विसेस के लिए मुझे एक साल तैयारी करनी होगी। प्री, मेंस और फिर इंटरव्यू क्वालीफाई करना होगा। सलेक्शन हो गया तो अच्छा होगा, नहीं तो एक-डेढ़ साल खराब जाएगा। एमबीए करने से अच्छा है कि मैं एमटेक ही करूँ। वैसे जॉब भी कर सकती हूँ, लेकिन यही कॅरियर बनाना है तो इसी में और पढ़ना बेहतर होगा।"

शारदा देवी ने कहा, "वर्षों पहले जब हम शहर आए थे, तब भी हमने और तुम्हारे बाबा ने गाँव व शहर में रहने के फायदे-नुकसान के बारे में, साथ ही भविष्य में होने वाले लाभ के बारे में सोचा था। जब काउंट किया तो शहर में रहने के फायदे ज्यादा दिखे और देखो आज हम व हमारे बच्चे कितनी प्रगति कर रहे हैं! किसी भी समस्या का यह सबसे सरल फॉर्मूला है।"

सावनी ने कहा, "कल से नया साल शुरू हो रहा है और नए साल के लिए मेरा यही एजेंडा होगा। मैं अपने इस एजेंडे को बखूबी अनजाम दूँगी। थैंक्यू दादी माँ, पापा और चाची। आप लोगों ने मेरी प्रॉब्लम चुटकियों में सॉल्व कर दी।"

शारदा देवी ने कहा, "इसमें थैंक्यू की कोई बात नहीं। बड़ों का फर्ज है, सही राह दिखाना और राह को आसान बनाना। आगे से याद रखना, जब भी तुम्हें सही ऑप्शन चुनना हो तो सभी ऑप्शंस के फायदे-नुकसान को ध्यान में रखकर ही फैसला लेना। केवल एक पेन-पेपर की जरूरत होती है। हर पहलू के फायदे-नुकसान लिखो, जिसमें सबसे ज्यादा फायदे मिलें, भविष्य में हमारे लिए बेहतर हो और सबसे ज्यादा पॉजिटिव हो, वही फैसला लेना चाहिए। नया वर्ष परिचित और अपरिचित सबके लिए खुशियाँ लाए, सबके सपने साकार हों। सब सुखी और स्वस्थ रहें, यही मेरी शुभ कामना है। नया वर्ष मंगलमय हो!"

□

29

हमें उम्मीद का दामन कभी नहीं छोड़ना चाहिए

"दादी 'जब जागो तभी सवेरा' का क्या मतलब होता है?" झरना ने पूछा।

शारदा देवी ने कहा, "इसको ऐसे समझो, जब भी हम उठते हैं, हमारे लिए तभी सवेरा होता है। मतलब उठना, ब्रश करना, नहाना, घर के काम करना या ऑफिस जाना। ऐसा तो नहीं होता कि देर से उठकर हम यही सोचकर दु:खी होते रहें कि हम देर से उठे। अब तो दिन निकल चुका। ऑफिस जानेवाला ये सोचे कि ऑफिस जाकर क्या होगा, आधा दिन गया? उसे यह सोचना चाहिए, आधा दिन ही निकला है, आधा दिन अभी बाकी है? वह 'हाफ डे' कर सकता है। सारे काम न सही, इंपोर्टेंट काम तो पूरे हो सकते हैं। अगर सोते रह जाएँगे तो क्या होगा, झरना?"

"क्या होगा, दादी माँ?"

शारदा देवी ने कहा, "तब यह होगा हमारा पूरा दिन बरबाद हो जाएगा। सारा समय सोते-सोते निकल जाएगा। हम जो काम कर सकते थे, वे भी नहीं कर पाएँगे। जितना जल्दी जागेंगे, उतने ज्यादा और सही काम कर पाएँगे। झरना यह तुम्हें समझाने के लिए था। वैसे इसका बहुत विस्तृत अर्थ है। मतलब जितना जल्दी बातों को सही तरीके से समझ सकेंगे, हमारे लिए उतना ही अच्छा होगा। जब भी कोई बात समझ आए, जब भी हमें हमारी कमियों का, गलतियों का एहसास हो, हमें उसे सुधारकर आगे बढ़ना चाहिए। जब भी सही बातें हमारे सामने आएँ, चाहे देर से ही सही, हमें स्वीकारनी चाहिए। ऐसा नहीं सोचना

चाहिए कि अब कुछ नहीं हो सकता। समय निकल गया। अब कैसे क्या करेंगे? देर कभी नहीं होती झरना बेटे, जब तक सबकुछ खत्म न हो गया हो। फिर भी कहीं-न-कहीं उम्मीद की गुंजाइश रहती है। जैसे कहा जाता है 'एवरी क्लाउड हैज अ सिल्वर लाइन।' कभी ध्यान से देखना बादलों की एजेज पर चमकती-सी रेखा होती है। बादल काले-भूरे होते हैं। फिर भी वहाँ चमकती हुई रेखा दिखती है। मतलब इतने काले बादलों में भी एक चमकीली रेखा दिख रही है, जो जल्दी ही अंधकार खत्म होने की उम्मीद जगाती है। जब बादलों में चमकती हुई रेखा दिख सकती है तो हमारी जिंदगी में कितना ही अँधेरा क्यों न हो, उम्मीद की किरण जरूर होगी। इसलिए हिम्मत नहीं हारनी चाहिए।"

झरना ने कहा, "दादी माँ, ऐसी ही कुछ और कहावतें बताइए प्लीज! मुझे अच्छी लग रही हैं।"

शारदा देवी ने कहा, "ऐसी ही एक और कहावत है—'बीती ताहि बिसार दे, आगे की सुधि ले।' हमारे साथ पहले कभी कुछ भी गलत हुआ हो तो उन सारी बातों को भूलकर हमें अपने भविष्य पर ध्यान देना चाहिए। भूत यानी पास्ट में हुई कड़वी बातों को, झगड़ों को, जो बुरा हुआ हो, दुर्घटना हुई हो, कुछ भी ऐसा हो, जिससे मन दुखे, ऐसी तमाम बातें भूलकर हमें आगे बढ़ना चाहिए। उन बातों की वजह से हमें अपना आज यानी वर्तमान तथा कल यानी भविष्य दाँव पर नहीं लगाना चाहिए। हम इनसान हैं और हमसे गलतियाँ होना स्वाभाविक है, लेकिन जो इंपोर्टेंट है, वह यह कि हमें उसे सुधारना चाहिए। गलतियाँ करना आम बात है, मगर सुधारना बड़ी बात है और यही बात हमें दूसरों से अलग करती है।"

उन्होंने पूछा, "अच्छा, यह बताओ, दो व्यक्ति हैं, उन्हें एक किनारे से दूसरे किनारे पर जाना है। उसमें से एक चल रहा है, ठोकर खाकर गिरता है, फिर उठकर चलता है। दूसरा सोचता है, कहीं गिर गए तो? गिरने से अच्छा है, यहीं खड़े रहो। अब बताओ—दोनों में कौन अच्छा है?"

झरना ने सोचा, फिर कहा, "दादी माँ, जो गिरने के बाद भी चल रहा है, वह तो धीरे-धीरे दूसरे किनारे तक पहुँच जाएगा, लेकिन जो चल नहीं रहा, वह तो वहीं रह जाएगा। विनिंग प्वाइंट तक पहुँचना है तो कैसे भी चलना तो पड़ेगा

ही। इसलिए अच्छा वही है, जो ठोकर खाकर भी चल रहा है।"

शारदा देवी बोलीं, "तुमने ठीक कहा बेटा, वही इनसान सफल होगा, जो प्रयास करता रहेगा। कहावत है—'गिरते हैं शहसवार मैदान-ए-जंग में, वह तिफ्ल क्या गिरेगा, जो घुटनों के बल चलेगा।' तिफ्ल यानी बच्चा। बच्चा कैसे गिरेगा, वह तो घुटनों के बल चलता है। इसलिए अगर हम बार-बार असफल हो रहे हैं तो हमें हिम्मत नहीं हारनी चाहिए, क्योंकि हम कोशिश कर रहे हैं और कोशिश करनेवाले हारते नहीं, उनको सफलता मिलती ही है। जैसे कोई बच्चा एक बार किसी एक्जाम में फेल हो गया तो उसे यह नहीं सोचना चाहिए कि वह कभी पास ही नहीं हो सकता। गुजरे कल में जो भी गलत हुआ, उसे लेकर हमें हमेशा रोना नहीं चाहिए। 'जो हुआ सो हुआ', यह मुहावरा याद कर आगे बढ़ना चाहिए, जिससे आगे सब ठीक रहे। ऐसी ही एक और कहावत है, 'मिट्टी डालना।' जैसे पार्थिव शरीर को कब्र में मिट्टी डालकर दफना देते हैं। उसी तरह जो हुआ, उसे खत्म करो। ऐसी कहावतें हमें हिम्मत देती हैं। हमारा हौसला बढ़ाती हैं, सीख देती हैं और रास्ता दिखाती हैं। इन सभी का कमोबेश एक ही मतलब है कि जो हो गया, उसको रोते रहने से अच्छा है कि उसे भूलकर आगे बढ़ा जाए। सबसे महत्त्वपूर्ण कहावत, 'जहाँ चाह, वहाँ राह।' यानी अगर हमारी इच्छाशक्ति मजबूत है और हम मन में ठान लें तो रास्ता निकल ही आएगा। वैसे भी बच्चों को सबकुछ भूलकर सिर्फ अपनी पढ़ाई पर ध्यान देना चाहिए। जब भी हमें एहसास हो कि हम ठीक से नहीं पढ़ रहे हैं, पढ़ाई पर ध्यान नहीं दे रहे हैं, तभी से सारी बातें छोड़कर केवल और केवल अपनी पढ़ाई पर ध्यान केंद्रित करना चाहिए।"

☐

30

पेरेंट्स को सम्मान देंगे, तभी कल हमें सम्मान मिलेगा

"वंशिका कहाँ हो? तुम्हें चलना नहीं है क्या?" दीनानाथजी ने अपने कमरे से आवाज लगाई।

आवाज सुनकर राशि बोली, "बाबूजी, वंशिका और झरना स्कूल से देर से आएँगी। दोनों गणतंत्र दिवस के कार्यक्रमों की प्रैक्टिस के लिए रुकती हैं। कुछ चाहिए, बाबूजी?"

"नहीं बहू, कुछ नहीं चाहिए। वंशिका की कुछ डिमांड थी तो मैंने कहा था कि स्कूल से आने के बाद चलेंगे।"

तभी शारदा देवी आईं और बोलीं, "अगर बाजार जा रहे हैं तो झरना के फंक्शन के लिए सफेद फ्रॉक ले आइएगा।"

भवेश यह सुनकर बोला, "आप परेशान मत होइए, मैं ही ले आऊँगा।"

दीनानाथजी ने मूँछों को ऐंठते हुए कहा, "'यंग मैन', क्या तुम मुझे कमजोर समझते हो या बनाना चाहते हो? अगर ऐसा है तो गलत सोचते हो। मैं कमजोर नहीं हूँ। यदि कमजोर बनाना चाहते हो तो ऐसा मैं होने नहीं दूँगा। मुझमें अभी भी बहुत ताकत है। रोज योगासन करता हूँ, तुमसे ज्यादा फिट हूँ। खाली बैठकर शरीर को जंग नहीं लगाऊँगा। हमारी उम्र में सबको रोज वॉक और योगासन के साथ छोटे-मोटे काम खुद निपटाने चाहिए। खुद को फिट रखने के लिए ये बहुत जरूरी है।"

भवेश ने कहा, "बाबूजी, मार्केट में इतनी भीड़ होती है, कहीं आपको लग

न जाए, परेशानी न हो, इसलिए कहा। फिर देखनेवाले यही कहेंगे कि कैसे बेटे हैं इनके, जो इस उम्र में अकेले बाजार भेज दिया!"

दीनानाथजी यह सुनते ही भड़क गए। उन्होंने कहा, "अच्छा, तो तुम्हारा कंसर्न लोगों के प्रति है कि वे क्या कहेंगे? पहले तय करो कि तुम मेरे लिए फिक्रमंद हो या तुम्हारे जेहन में लोगों की सोच की चिंता है? अगर तुम्हें मेरी चिंता है तो समझ आता है, मगर तुम्हें तो लोगों की परवाह है। काम मन से हो, तभी अच्छा लगता है। तुमने इसलिए मना किया कि लोग क्या कहेंगे, तो इसकी फिक्र तुम करो, मुझे फर्क नहीं पड़ता। जब तुम छोटे थे तो कितनी जिद करते थे कि अकेले साइकिल से जाकर सामान लाऊँगा, मगर हमें लगता था कि उस वक्त अकेले तुम्हें रोड पर साइकिल लेकर भेजना ठीक नहीं। इसलिए हमने तुम्हें और दूसरें बच्चों को अकेले नहीं जाने दिया। ये कंसर्न तुम्हारे लिए था बरखुरदार, लोगों के लिए नहीं। हमने यह सोचकर नहीं रोका कि लोग कहेंगे कि छोटे बच्चे को अकेले साइकिल से सामान लाने भेज दिया, बल्कि इसलिए मना किया, क्योंकि हमें तुम्हारी चिंता थी। जब माता-पिता बच्चों को पालते हैं तो वे अपनी जिम्मेदारी लोगों को दिखाने के लिए नहीं पूरी करते। इसलिए जब बच्चे देखभाल करते हैं और वे इस तरह की बात करते हैं तो बहुत तकलीफ होती है। जैसे किशोरावस्था में अपनी मनमानी के खिलाफ बच्चों को माता-पिता की बातें अच्छी नहीं लगतीं, लेकिन माता-पिता उस समय बच्चों के अंदर हो रहे परिवर्तन को देखते हुए संयम के साथ व्यवहार करते हैं। हमारी यह अवस्था कमोबेश वैसी ही है, मगर तुम बच्चे नहीं समझते कि बूढ़े तन का अपना स्वाभिमान, इच्छाएँ, अपेक्षाएँ और उम्मीदें होती हैं और क्यों न हों? क्या नाती-पोते होने के बाद बुजुर्गों का जीवन खत्म हो जाता है? क्या उन्हें अपना समय मौत के इंतजार में गुजारना चाहिए? जैसे पेरेंट्स पालते हैं, बच्चों को केवल ममता के साथ, क्या बच्चों को अपने बुजुर्ग माता-पिता का ममता के साथ खयाल नहीं रखना चाहिए? उनका वह हक है। पेरेंट्स पूरा जीवन बच्चों के लालन-पालन, पढ़ाई, कॅरियर और शादी में लगा देते हैं। जब पेरेंट्स को देखभाल की जरूरत होती है तो बच्चे मन से नहीं, लोगों के डर से खयाल रखते हैं। लानत है ऐसी सोच पर!"

तभी जयेश आ गया। उसने कहा, "बाबूजी, ठीक कह रहे हैं। हमें उनके

ताकि आत्मसम्मान को ठेस नहीं पहुँचानी चाहिए। इस बात का खयाल रखते हुए उन्हें उनके मुताबिक चलने देना चाहिए। जहाँ हमें ठीक नहीं लगता, वहाँ प्यार से समझाना चाहिए, उन्हें यह महसूस हो कि उनके बच्चों को उनकी चिंता है, इसलिए उन्हें किसी बात के लिए मना कर रहे हैं, 'थोपने जैसे' या 'लोग क्या कहेंगे' की भावना के साथ नहीं। आखिर हमें हमारे मुकाम तक पहुँचाने वाले वे ही हैं। अपने बच्चों के साथ हर परेशानी में ये सोचें कि हमारे माता-पिता ने भी सेम प्रॉब्लम फेस की होगी! हमें बच्चों की जगह खुद को और अपनी जगह अपने माता-पिता को रखकर सोचना होगा, तभी हम अपने पेरेंट्स के साथ न्याय कर पाएँगे। जब हम अपने पेरेंट्स को सम्मान देंगे, तभी हमें सम्मान मिलेगा। हमारे व्यवहार से बच्चों को यह नहीं लगना चाहिए कि हमारे पेरेंट्स हम पर बोझ हैं, बल्कि हमारे व्यवहार से सम्मान झलकना चाहिए। सभी को बुढ़ापे वाली उम्र के पड़ाव पर पहुँचना है। उस समय पके फल मिलेंगे या खट्टे, बहुत कुछ आज के व्यवहार पर निर्भर है।"

भवेश ने हाथ जोड़कर कहा, "सॉरी बाबूजी, मेरी वजह से आपका दिल दुखा, लेकिन मेरा ऐसा इरादा नहीं था।"

तभी वंशिका और झरना आ गईं। आते ही वंशिका दीनानाथजी से लिपटकर बोली, "बाबा, मैं 26 जनवरी की मार्चपास्ट में अपने हाउस को लीड करूँगी और अपने हाउस के फ्लैग को शान से पकड़ूँगी। मैम ने कहा कि जैसे स्कूल में अपने हाउस को हर एक्टीविटी में सबसे आगे देखने के लिए हम खूब मेहनत करते हैं, जिससे विनिंग स्टैंड पर हमारे हाउस का फ्लैग नंबर वन पोजीशन पर रहे, उसी तरह हमें ऐसे काम करने चाहिए, जिससे हमारे देश का नाम हो और हमारा नेशनल फ्लैग भी हमेशा ऊँचा रहे। हम तीन बार 'वंदे मातरम्' बोलेंगे, फिर तिरंगे को सलामी देने के बाद जोश के साथ बोलेंगे (वंशिका ने सैल्यूट देते हुए जोर से कहा)—जय हिंद!"

□

31

कच्ची उमर के बच्चों पर निगाह रखना है जरूरी

दीनानाथजी घर पहुँचे तो गाँव से राधेलालजी का बेटा अमित व बहू दीपाली आए हुए थे। दीनानाथजी उन्हें देखकर खुश हो गए और गले से लगा लिया। दीनानाथजी और राधेलालजी बचपन के दोस्त थे। साथ खेले-कूदे और बड़े हुए थे। दीनानाथजी के सामने वाला फ्लैट राधेलालजी ने खरीद लिया था। अब उसमें शिफ्ट होने की बारी थी। राधेलालजी के दो बेटे थे, अमित और आनंद। अमित के दो बेटे व एक बेटी और आनंद के एक बेटा और दो बेटियाँ थीं। बच्चों को यहाँ बहुत अच्छा लगने लगा था। अमित का बड़ा बेटा बीएससी कर रहा था। दूसरा इंटर की परीक्षा दे रहा था। बेटी नौवीं क्लास में थी। आनंद की बड़ी बेटी टेंथ में, छोटी बेटी छठी में और बेटा तीसरी क्लास में पढ़ रहा था। बड़े बच्चों को छोड़कर सभी खुश थे। कुछ दिनों बाद सभी बच्चों को वापस जाना था परीक्षा के लिए। सभी बच्चे पढ़ाई को लेकर चिंतित थे, मगर राशि को कान्हा की बेचैनी कुछ ज्यादा दिखाई दे रही थी। जबकि कोचिंग के लिए उसका एडमिशन यहीं हो गया था और उसे एक महीने यहीं रहकर परीक्षा की तैयारी करनी थी। सबको सुबह ही गाँव के लिए निकलना था। दीनानाथजी के यहाँ सब लोग रात में खाने के लिए बैठे। सभी बच्चे खा रहे थे, मगर कान्हा का कहीं पता नहीं था। राशि ने कहा, "आप लोग बैठिए। वह शायद आया ही नहीं है, मैं बुलाकर आती हूँ।" राशि उसे बुलाने के लिए उसके रूम में गई, मगर कान्हा को फोन पर बात करते हुए सुनकर रुक गई और बातें सुनने लगी। बातें सुनकर वह

चौंक गई। बातों से लग रहा था कि वह किसी लड़की से बातें कर रहा था। वह कह रहा था कि वह किसी भी कीमत पर शहर में नहीं रुकेगा और उसके पास कल ही वापस आ जाएगा। पापा-मम्मी नहीं ले गए तो वह अपने आप वापस आ जाएगा, मगर उससे मिले बिना वह नहीं रह सकता। राशि कुछ देर वहाँ रुकी, फिर उसे आवाज लगाकर वापस आ गई। राशि ने यह बात शारदा देवी से बताई। खाने के बाद शारदा देवी ने दीपाली को बुलाया और उसे सारी बातें बताईं। दीपाली इन बातों से अनजान थी। शारदा देवी ने कहा कि तुम्हारा बेटा किसी लड़की को चाहता है। उसका मन पढ़ाई में नहीं लग रहा है, यह तुम भी जानती हो, फिर भी तुमने यह जानने की कोशिश नहीं की कि इसके पीछे क्या वजह है?

दीपाली ने कहा, "मुझे तो विश्वास ही नहीं हो रहा। मुझे लगा, उसे पढ़ाई में दिक्कत हो रही है, इसीलिए तो यहाँ कोचिंग में एडमिशन करवाया, ताकि उसका परसेंटेज न बिगड़े। मुझे तो उस पर पूरा भरोसा था कि उसका कोई अफेयर नहीं हो सकता। उसकी बातों से भी ऐसा नहीं लगा। मैं उसके सारे दोस्तों को जानती हूँ। किसी ने कुछ नहीं बताया। अभी खबर लेती हूँ उसकी।"

शारदा देवी ने कहा, "इस तैश में उससे कुछ भी पूछने की जरूरत नहीं। इससे बात बिगड़ेगी ही। तुम्हें क्या लगता है दीपाली कि कान्हा तुम्हें खुद बताएगा या उसके दोस्त तुम्हें बताकर अपने दोस्त को परेशानी में डालेंगे? तुम्हें उस पर ध्यान रखना चाहिए कि वह इतनी देर फोन पर क्यों बात करता है? किससे बात करता है? तुमने कभी उससे उसके स्कूल के बारे में, दोस्तों के बारे में पूछा? क्या अपने और उसके बीच इतनी दोस्ती डेवलप की कि तुम्हें वह अपने दिल की बात बताता?"

दीपाली ने कहा, "हाँ माँजी, कुछ समय पहले मुझे लगा था कि वह फोन पर ज्यादा बात करने लगा है। मैंने पूछा था उससे, तो उसने जवाब दिया कि फ्रेंड्स के साथ डिस्कशन कर रहा हूँ। वह अकसर मोबाइल बाथरूम में ले जाता है, इस बारे में भी जब मैंने पूछा तो उसने कहा कि मम्मी वैसे तो पढ़ता रहता हूँ, जब टॉयलेट जाता हूँ, तभी ले जाता हूँ, क्योंकि उतनी देर ही गेम खेलता हूँ। मुझे लगा, यह ठीक है। वह अपनी तरफ से ठीक से पढ़ाई कर रहा है और अगर बाथरूम में मोबाइल ले जाता है तो कोई हर्ज नहीं।"

शारदा देवी ने कहा, "दीपाली, वह तो अपनी तरफ से प्रयास करेगा कि तुम्हें कुछ न पता लगे। यह रवैया कोई एक दिन का तो है नहीं, काफी समय से चल रहा होगा। मैं प्यार के खिलाफ नहीं हूँ, लेकिन उसके लिए सही समय होना चाहिए। अभी उसने बारहवीं भी नहीं पास की है। तुम जानती हो न, अब इंटर के मार्क्स की भी अहमियत है। दसवीं से बारहवीं तक का समय कितना मायने रखता है! बच्चे का पूरा भविष्य इन चार वर्षों की पढ़ाई पर निर्भर करता है। उसको इस समय सबकुछ भूलकर केवल पढ़ाई पर ध्यान लगाना चाहिए और वह गर्ल फ्रेंड से बात कर रहा है! क्या तुमने अपनी तरफ से सच जानने की कोशिश की? क्या तुमने कभी उसका मोबाइल चैक किया?"

दीपाली ने कहा, "नहीं माँजी, मुझे लगा ऐसा करके मैं उसकी प्राइवेसी में दखल दूँगी। मैं मानती हूँ, बच्चे की भी अपनी प्राइवेसी होती है।"

शारदा देवी ने कहा, "ठीक है, लेकिन प्राइवेसी की दीवार इस हद तक ऊँची नहीं होनी चाहिए, जहाँ से बच्चा ही न दिखाई दे! दोस्तों के साथ उनकी बातें मत सुनो, लेकिन उन पर निगाह तो रखो। वैसे भी अभी काहे की प्राइवेसी? अभी ऐसा क्या है, जो उसे तुमसे छुपाना चाहिए? यह विद्यार्थी जीवन है। अभी निगाह रखना इसलिए जरूरी है, क्योंकि उसकी कच्ची उमर है। अगर वह अभी कुछ छुपाएगा तो वह निश्चित रूप से गलत होगा, वरना किसी छुपाव-दुराव की क्या जरूरत? कोई भी पेरेंट्स अगर बच्चे पर ध्यान नहीं देंगे तो उनके बच्चे की दिशा बदल जाएगी और यही दिशा उसकी दशा भी तय करेगी। तब कोई रास्ता नहीं बचेगा। उसे बुलाओ, मैं उससे बात करूँगी और समझाऊँगी भी, लेकिन पहले मैं शैव से बात करूँगी।"

□

32

समय देने से ही बनता है, बच्चों से मजबूत रिश्ता

शारदा देवी ने शैव से कहा, "मैं तुमसे कुछ जानना चाहती हूँ। मुझे उम्मीद है, तुम सच-सच बताओगे।"

उसने कहा, "जी दादी माँ। पूछिए, मैं सच ही बताऊँगा, लेकिन बात क्या है?"

शारदा देवी ने कहा, "मैं तुमसे कान्हा के बारे में कुछ जानना चाहती हूँ। क्या तुम्हें पता है कि कान्हा आजकल पढ़ाई पर ध्यान क्यों नहीं दे रहा? वह काफी देर तक फोन पर किससे बात करता रहता है, उसने तुम्हें कुछ बताया?" "जी···जी नहीं दादी माँ!" नीची नजरों के साथ शैव ने कहा।

उसे देखकर शारदा देवी ने कहा, "अभी तुमने कहा है न कि सच बोलोगे। कान्हा की दोस्ती किस-किससे है? क्या कोई लड़की भी है? मुझे यकीन है कि तुम्हें सब पता है। अब मुझे सच-सच बताओ।" शैव कुछ देर सिर नीचे करके बैठा रहा, फिर बोला, "दादी माँ, एक लड़की है निशिता। उसी के स्कूल में है। कान्हा उसे चाहता है।"

शारदा देवी ने कहा, "तुम्हें कब पता चला?"

शैव ने बताया, "एक साल पहले, मगर वह उसे दो साल से जानता है।"

शारदा देवी का अगला सवाल, "तुमने मम्मा या पापा को क्यों नहीं बताया?"

शैव ने कहा, "कान्हा ने अपनी कसम दे दी थी। फिर मुझे भी लगा, अगर वह किसी को चाहता है तो इसमें गलत क्या है?" फिर उसने थोड़ा ऊँचे स्वर में पूछा, "दादी माँ, क्या प्यार करना बुरी बात है? मैं जानता हूँ, कोई बुरी बात नहीं। इसीलिए मैंने नहीं बताया। मम्मा को पता चलता तो वे पापा को बतातीं और फिर घर में हंगामा होता।"

इस पर दीपाली उसे डाँटकर बोली, "दादी माँ से क्या ऐसे बात करते हैं?"

शारदा देवी ने तुरंत टोका, "देखो बहू, मुझे तुम लोगों का यही तरीका पसंद नहीं। ऐसा क्या गलत कहा उसने, जो उसे डाँट रही हो? जो कह रहा है, उसकी बात तो सुनो! इतना अनुशासन रखती हो तुम लोग कि आधी बात तो बच्चा इसलिए नहीं बताता, क्योंकि तुम लोग उससे दोस्ताना व्यवहार ही नहीं रखते और आधी बात तुम लोगों के फालतू के अनुशासन की वजह से बच्चे तुमसे नहीं बताते। जहाँ अनुशासन की जरूरत होती है, वहाँ तुम उन्हें पूरी छूट देती हो और जहाँ जरूरत नहीं है, वहाँ घोड़े की तरह बच्चों की लगाम और चाबुक अपने हाथ में रखना चाहती हो। लगाम और चाबुक से बच्चों पर नियंत्रण नहीं होता। तुम्हें पता है लगाम और घोड़े के बीच संतुलन कैसे बनाते हैं। लगाम कसकर पकड़ी हो और उस समय थोड़ी सी ढील मिल जाए तो घोड़ा तेज भागने लगता है और कहीं लगाम हाथ से छूट जाए तो फिर घोड़ा काबू में नहीं आता। इसलिए उतना ही कसाव होना चाहिए, जिससे पकड़ बेहतर रहे और घोड़े को भी लगाम छूटने या ढील की प्रतीक्षा न रहे। एक बात जरूर ध्यान रखो, ये बच्चे हैं, कोई घोड़े नहीं।"

तभी शैव ने कहा, "दादी माँ, मम्मा हमेशा ऐसे ही बात करती हैं। जब देखो, तब डाँटती रहती हैं। किसी के भी सामने कुछ भी कह देती हैं। हम सात-आठ साल के छोटे बच्चे नहीं हैं। बड़े हो गए हैं। ये तो कान्हा पर बिल्कुल ध्यान नहीं देतीं। अपनी जॉब में ही बिजी रहती हैं। मुझे जो ठीक लगा, जितना सोच सकता था, मैंने किया।"

दीपाली ने कहा, "तुम्हें मुझसे इतनी शिकायतें हैं, बेटा? तुम्हें क्या लगता

है, मैं जॉब करके अपने लिए कमा रही हूँ? वह सब तुम बच्चों के बेहतर भविष्य के लिए ही है, ताकि तुम्हारी हायर एजुकेशन में कोई परेशानी न आए और डाँटती इसलिए हूँ कि तुम कोई गलत काम न करो। आप ही बताइए माँजी, मैं क्या गलत करती हूँ? नौकरी के बाद भी इन सब पर ध्यान देती हूँ। इनकी जरूरतों का ध्यान रखती हूँ। सुबह से उठकर जो काम में लगती हूँ तो रात तक फुरसत नहीं मिलती। फिर भी बच्चे बिगड़ जाएँ, संतुष्ट न हों तो एक माँ पर क्या गुजरेगी?"

शारदा देवी ने कहा, "दीपाली, मैं औरतों के नौकरी करने के खिलाफ नहीं हूँ, लेकिन उसके साथ-साथ बच्चों पर नजर रखना, सबसे बड़ी बात, उनको समय देना बहुत जरूरी है। अगर पेरेंट्स बच्चों को उचित समय देते हैं तो नजर रखने की भी उतनी जरूरत नहीं होती। संयुक्त परिवार में बच्चा सुरक्षित रहता है, उसकी देखभाल हो जाती है, फिर भी बच्चे और माँ के बीच जो संबंध होता है, वह कमी कोई पूरी नहीं कर सकता। वह घर में सबके साथ समझौता कर लेगा, सबकी कमी सह लेगा, लेकिन माता-पिता के साथ की कमी कभी नहीं बरदाश्त कर सकता। कोई उसको समय दे या न दे, उसको फर्क नहीं पड़ेगा, लेकिन माँ के पास उसके लिए समय न हो, उसे सहन नहीं होगा। इसीलिए मुझे लगता है कि हम बच्चों को ऐशो-आराम दे पाएँ या नहीं, लेकिन समय जरूर देना चाहिए। इससे बच्चों और माता-पिता के बीच एक मजबूत रिश्ता बनता है। इसके लिए जरूरी है, अपने व्यस्त समय में से बच्चों के लिए थोड़ा वक्त निकालना। कितनी भी परेशानी और थकान क्यों न हों, हमें बच्चों के लिए समय जरूर निकालना चाहिए। आखिर नौकरी भी तो परिवार के लिए की जाती है। फिर उन्हीं को क्यों अनदेखा करना?"

दीपाली ने निराशा भरे स्वर में कहा, "माँजी, मैं हार गई। मैं एक जिम्मेदार माँ नहीं बन पाई।"

शारदा देवी ने कहा, "इस बारे में हम बाद में बात करेंगे। पहले कान्हा की बात कर लेते हैं।" शारदा देवी ने शैव से पूछा, "यह बताओ कि आजकल कान्हा इतना दु:खी क्यों है?"

"दादी माँ, वो क्या है कि···" शैव चुप हो गया।

शारदा देवी ने कहा, "डरने या घबराने की बात नहीं है, बताओ क्या बात है?"

"दादी माँ, कान्हा इसलिए दुःखी है, क्योंकि 'वैलेंनटाइन डे' पर निशिता से मिल नहीं सका।"

□

33

बच्चों के अच्छे भविष्य के लिए ही पेरेंट्स करते हैं सख्ती

शारदा देवी ने कहा, "देखो बेटा, जिस उम्र से तुम गुजर रहे हो, उसमें प्यार की बातें बहुत अच्छी लगती हैं, लेकिन जमीनी हकीकत ये नहीं है। हम में से कोई भी तुम्हारे प्यार के खिलाफ नहीं है। तुम जिससे भी शादी करना चाहोगे, उसी से तुम्हारा विवाह होगा। यह मेरा वचन है, पर अभी यह सोचो कि तुम क्या हो? तुम्हारा वजूद क्या है? अभी तुम छोटे और माँ-पापा की जिम्मेदारी हो। जब तक वे जीवित हैं, तुम्हें खाना-पीना-कपड़ा मिलता रहेगा, क्योंकि तुम उनकी संतान हो। ये उनका फर्ज हुआ। एक बेटे होने के नाते तुम्हारे भी कुछ फर्ज हैं। वे फर्ज क्या हैं, जानते हो? तुमको लेकर उनके भी कुछ सपने होंगे। वे भी चाहते हैं कि जिस बेटे को उन्होंने दिन-रात मेहनत करके पढ़ाया-लिखाया, उसका भी एक अच्छा कॅरियर हो, सुखद और सुरक्षित भविष्य हो, ताकि वे चैन की साँस ले सकें। जिस जगह वे हैं, उनसे भी ऊँची तुम्हारी पोजीशन हो, रुतबा हो, तुम खूब नाम कमाओ और हमेशा खुश रहो। तुम्हें कभी कोई परेशानी न हो। क्या तुम्हारे माता-पिता की यह ख्वाहिश गलत है? जो इनसान इस दुनिया में आया है, उसे जाना भी है। किसी के माँ-बाप जिंदगी भर उसके साथ नहीं रहते। अगर आज तुम्हें इस बात का एहसास नहीं हुआ तो कल जब तुम्हें इस बात का आभास होगा, तब तक बहुत देर हो चुकी होगी। तुम कुछ करने लायक ही नहीं रहोगे। समय निकल चुका होगा और गुजरा हुआ समय कभी वापस नहीं आता। समय तुम्हारा इंतजार नहीं करेगा। तुम अपने दोस्तों से बहुत पीछे

रह जाओगे। यह दुनिया बहुत खराब है। खराब इस अर्थ में कि जब तक हमारे पास कुरसी है, कॅरियर है, कोई हुनर है, हम कुछ करने लायक हैं, तभी तक वह पूछती है, वरना अपने सगे-संबंधी भी साथ छोड़ देते हैं। भिखारी को कोई नहीं पूछता। प्रत्येक इनसान अपनी योग्यता और क्षमता के अनुसार काम करता है। जो भी अपने पैरों पर खड़ा है, हमें उसका सम्मान करना चाहिए। कोई भी नौकरी खराब नहीं होती। सब लोगों की अपनी क्षमता और रुचि होती है। सिर्फ ग्रेजुएशन करने से कुछ नहीं होता। बहुत से लोगों को ग्रेजुएट होने के बाद भी मजदूरी करनी पड़ती है। इसकी वजह है, इस समय कॉम्पटीशन इतना बढ़ गया है कि कुछ भी हासिल करने के लिए जी-तोड़ मेहनत करनी पड़ती है। इसीलिए सभी माता-पिता अपने बच्चों के लिए फिक्रमंद होते हैं, क्योंकि वे अपनी आँखों से बच्चों का उज्ज्वल भविष्य देखना चाहते हैं। किसी भी माता-पिता की यह ख्वाहिश गलत है क्या, कान्हा?"

कान्हा का शांत स्वर में जवाब था, "नहीं, दादी माँ।"

शारदा देवी ने आगे कहा, "तुम ही बताओ, क्या कोई भाई जीवन भर अपने छोटे-बड़े भाई का बोझ उठा पाएगा? उसकी भी शादी होगी, परिवार होगा। यहाँ बात भाई की नहीं, बल्कि उसकी पत्नी की भी है। क्या उसकी पत्नी अपने निठल्ले देवर को हमेशा अपने साथ रखेगी? बहनें भी अपने घर चली जाती हैं। कुछ समय के लिए किसी कोर्स के लिए उनके यहाँ रहा जा सकता है, मगर हमेशा के लिए बहन की ससुराल में नहीं रहा जा सकता। हाँ, हो सकता है, भाभी तुम्हें रख ले और दो समय का खाना भी खिलाए, मगर इसके लिए तुम्हें घर के सारे काम करने होंगे, उसके ताने भी सुनने पड़ेंगे। यह होगा जीने के लिए कैसे भी खाना मिलने का जुगाड़, मगर तुम्हारे अपने सपने होंगे। जिंदगी को लेकर तुमने भी कुछ सोचा होगा! जब तुम शादी के लिए सोच सकते हो तो आगे का प्लान भी बनाया होगा। कैसे रहोगे? घर कैसा होगा? लिविंग स्टाइल क्या होगा? उन सपनों का क्या होगा, कान्हा? इन सबको हासिल करने के लिए पढ़ाई बहुत जरूरी है। बिना पढ़ाई के कॅरियर नहीं बनेगा और जब तुम्हारा कॅरियर ही नहीं बनेगा तो तुम्हारे सपने कैसे पूरे होंगे? तुम्हारे सभी सपने चूर हो जाएँगे। जो मिलेगा, तुम्हें उसी में गुजारा करना होगा और संतोष भी, क्योंकि तुम जो

अभी बोओगे, वही काटोगे। बबूल लगाओगे तो काँटे मिलेंगे और आम का पेड़ लगाओगे तो आम। उससे भी जरूरी है कि बीज बोने से पहले धरती की उर्वरता बढ़ाई जाए। फिर बीज बोकर समय-समय पर निराई, गुड़ाई और सिंचाई की जाए। खरपतवार न बढ़ने दिया जाए। खरपतवार यानी हमारे उद्देश्य की पूर्ति में जो भी बाधा बने, जिस किसी वजह से भी हमारी पढ़ाई में अड़चन आए तो उसे हम उखाड़ फेकें। ऐसा नहीं करेंगे तो जैसे खरपतवार फैलकर फसल बरबाद कर देती है, उसी तरह व्यवधान हमारे उद्देश्य को प्रभावित कर देंगे। इतना सब करने पर ही फसल अच्छी मिलेगी। यही प्रक्रिया पढ़ाई में भी लागू होती है। लगातार कड़ी मेहनत करोगे, वह भी सही तरीके से, तभी अच्छी फसल होगी, यानी सफलता मिलेगी। इस साल अगर फसल बरबाद हुई तो फिर अगले साल ही मौका मिलेगा और तब तक तुम्हारे दोस्त अच्छी फसल उगाकर खुशियाँ मना रहे होंगे। वे आगे निकल चुके होंगे और पीछे मुड़कर नहीं देखेंगे। पीछे छूटने और धीमे चलनेवालों के साथ बहुत कम लोग चलना चाहते हैं। अगर माता-पिता के बस में होता तो अपने बच्चों के लिए वे ये सब भी करते, लेकिन उनकी जगह वे पढ़ नहीं सकते, एक्जाम नहीं दे सकते। चाहकर भी कोई पेरेंट्स यह नहीं कर सकते। इसलिए माता-पिता बच्चों के लिए परेशान रहते हैं और पढ़ाई के लिए टोकते रहते हैं, ताकि बच्चों का भविष्य सुरक्षित हो सके।"

□

34

खुशहाल जीवन की चाबी है अच्छा कॅरियर

"ये तो पेरेंट्स की बात हुई कि वे अपने बच्चों से क्या और किसलिए चाहते हैं। वे जो भी चाहते हैं, अपने बच्चों के लिए और उनके हित में ही चाहते हैं। जानते हो, एक लड़की क्या चाहती है? वह चाहती है कि उसका पति इतना कमाए कि घर की सारी जरूरतें बिना किसी टेंशन के पूरी हो जाएँ। उसका अपना एक घर हो, जिसे वह अपने मन मुताबिक चलाए। लड़कियाँ बचत भी करती हैं, लेकिन वे हाथों की तंगी नहीं देखना चाहतीं। पैसों की कमी और हमेशा मन को मारने का असर कभी-न-कभी खुशहाल जीवन में व्यवधान जरूर पैदा करता है। जिस प्यार की बात तुम कर रहे हो, वह कल तुमसे कोई डिमांड करे, तुम लोगों को कहीं खाना-पीना-घूमना हो तो क्या करोगे? तुम्हारे पास तो रुपए ही नहीं होंगे, क्योंकि तुम कुछ करते ही नहीं। फिर कैसे काम चलेगा? एक-दो बार तो चल जाएगा, मगर जब रोज-रोज पैसे की दिक्कत होगी तो यही प्यार खलेगा। जिंदगी में प्यार की बहुत अहमियत है, मगर जीने के लिए प्यार के साथ खाने-पहनने की भी जरूरत होती है। तमाम जिम्मेदारियों को निभाना पड़ता है, जिसके लिए हाथ में रुपए होना जरूरी है। हाथ में रुपए न हों तो प्यार भी खलने लगता है। कोई बीमार होगा तो उसको डॉक्टर देखेगा, वह फीस लेगा। दवा खरीदोगे तो उसके लिए भी रुपयों की जरूरत होगी। हर कदम पर रुपए चाहिए होते हैं। पढ़ोगे नहीं तो कैसे कमाओगे? अगर कॅरियर के लिए संघर्ष करोगे तो तुम्हारे दोस्त, तुम्हारे परिवारवाले सभी साथ देंगे, लेकिन पढ़ाई ही नहीं करोगे तो कोई साथ नहीं देगा।

एक कहावत है—'भूखे भजन न होय गोपाला।' मतलब भूखे पेट भगवान्

की पूजा में भी ध्यान नहीं लगता। हाँ, प्यार में भूख नहीं लगती, क्योंकि वह खूबसूरत एहसास है, लेकिन यह एहसास कब तक रहेगा, तभी तक न जब तक पेट भरा है? जब तक हममें ताकत है, हम किसी भी स्थिति से लड़ सकते हैं, अगर हममें ताकत ही नहीं होगी तो हम कैसे लड़ेंगे? भूखे रहकर जिंदगी नहीं चलती। जब सपने और इच्छाएँ पूरी नहीं होंगी, खाने के लाले पड़ जाएँगे तो यही प्यार काँटों की तरह चुभने लगेगा। तुम अभी क्या करने के लायक हो? अभी बारहवीं भी पास नहीं की है। हाँ, फोर्थ क्लास की जॉब मिल सकती है। निशिता से पूछना, क्या वह एक फोर्थ क्लास वर्कर से शादी करेगी? जो जवाब हो उसका, मुझे बताना। तुम्हारा अभी कोई कॅरियर नहीं बना और तुम शादी की बात कर रहे हो! बेटा, जीवन इतना आसान होता तो हम लोग इतना संघर्ष नहीं कर रहे होते। इस उम्र में भी हमें घर का खर्च चलाने की फिक्र नहीं होती। तुम कहो तो निशिता के घरवालों से बात की जाए!" कान्हा चुप रहा। "यह बताओ, क्या बात करेंगे? वैसे भी बालिग होने तक यानी 18 साल के पहले वह शादी नहीं कर सकती और तुम 21 साल के पहले नहीं। यही समय कॅरियर बनाने का है। सारे पेरेंट्स यही चाहते हैं कि उनकी लड़की का विवाह जिससे हो, वह वेल सेटेल्ड हो। उसका अच्छा कॅरियर हो। पहली बात तो उसका विवाह अभी हो ही नहीं सकता, क्योंकि यह कानूनन जुर्म है और अगर उसके पेरेंट्स शादी की बात में इनट्रेस्ट लेते भी हैं तो वे पूछेंगे कि लड़का क्या करता है, तो हमारे पास क्या जवाब होगा? आजकल तो अमूमन सभी माता-पिता चाहते हैं कि बेटे की तरह उनकी बेटी का भी कॅरियर बने और कॅरियर बनने के बाद ही उसका विवाह करते हैं।" उन्होंने कहा, "निशिता के पेरेंट्स से क्या कहा जाए कि हमारा बेटा आपकी बेटी को चाहता है, इसलिए आप दोनों की शादी कर दें! बेटा, वे हम सबको अपने घर से भगा देंगे। शादी कोई बच्चों का खेल नहीं। शादी करने के लिए पहले अपने पैरों पर खड़ा होना पड़ता है। जिम्मेदारी उठाने के काबिल बनना पड़ता है। क्या तुम चाहते हो कि हमारी बेइज्जती हो?"

कान्हा ने कहा, "ठीक है, कुछ बनने के बाद उससे शादी करूँगा।"

शारदा देवी ने कहा, "उसके लिए पढ़ाई करनी होगी। पहली बात, अगर बारहवीं में कम नंबर आए तो जीवन भर तुम्हें इसका नुकसान उठाना पड़ेगा।

दूसरी बात, पढ़ाई से जरा भी भटके तो सलेक्शन लेट होगा। अगर ऐसा हुआ तो तुम्हारे दोस्त तुमसे आगे निकल जाएँगे। तुम्हारे साथ तुम्हारे जूनियर होंगे तो क्या तुम्हें अच्छा लगेगा? तुम्हारे दोस्तों का अच्छी जगह सलेक्शन हो जाए, उन्हें अच्छा प्लेसमेंट मिले और तुम्हें एवरेज मिले तो तुम्हें कैसा महसूस होगा? भविष्य में तुम कोई प्रोफेशनल कोर्स तो करोगे ही, हो सकता है वहाँ तुम्हें कोई और लड़की पसंद आ जाए या निशिता को ही कोई और लड़का पसंद आ जाए तो क्या करोगे? इस उम्र में तुम जिसे प्यार कह रहे हो, वह वास्तव में आकर्षण है। आकर्षण हमेशा नहीं रहता। जब तुम कॉलेज में जाओगे तो वहाँ वे लड़कियाँ भी होंगी, जिनका सेम प्रोफेशन होगा। हो सकता है, वहाँ तुम्हें कोई और पसंद आ जाए, क्योंकि तब तक तुम्हारा मैच्योरिटी लेवल और सोच का दायरा बढ़ चुका होगा। तुम्हारी पसंद-नापसंद बदल चुकी होगी। तब भी अगर तुम्हारी दोस्ती बरकरार रहे, तभी शादी की बात सोचना। अगर तुम निशिता से ही शादी करना चाहते हो तो मुझे ये वचन देना होगा, अपना कॅरियर बनाने के बाद भी तुम उसी लड़की से शादी करोगे। यह नहीं कि आज निशिता पसंद है, कल कोई और पसंद आ गई तो तुम निशिता को मना कर दो! इस बारे में ध्यान से सोचना, क्योंकि न मैं इस बात के लिए परमीशन दूँगी, न कोई और देगा, क्योंकि ऐसा करके तुम महिलाओं की इज्जत नहीं, खिलवाड़ करोगे। पहले नारी का सम्मान करना सीखो। साथ ही ये सारी बातें दिमाग से निकालकर पहले तुम अपनी पढ़ाई, अपने कॅरियर पर ध्यान दो।"

□

35

बच्चों के सुख के लिए ही पेरेंट्स करते हैं इतना काम

शारदा देवी ने कान्हा से कहा, "क्या तुम मुझे यह वचन दोगे कि कॉलेज लाइफ में भी तुम दोनों किसी और को अपने बीच नहीं आने दोगे? सबसे बड़ी बात कि अगर तुम कुछ नहीं बन पाए, तब भी क्या वह तुम्हारा साथ देगी? अभी तुम प्यार के बारे में जानते ही क्या हो? तुम्हें पता है शादी क्या होती है? शादी के मायने क्या होते हैं? क्या तुम अपनी बहन की शादी एक चपरासी से करोगे या कल को वह किसी ऐसे लड़के को पसंद कर ले, जो कुछ करता ही न हो तो क्या तुम उसका साथ इसलिए दोगे कि वह उस लड़के से प्यार करती है? क्या तुम उसे सही रास्ता नहीं दिखाओगे? तुम भी यही चाहोगे कि तुम्हारी बहन को सारी खुशियाँ मिलें।"

कान्हा ने कहा, "हाँ, दादी माँ।"

शारदा देवी ने कहा, "जब तुम्हारी और तुम्हारे घरवालों की यह ख्वाहिश होगी तो निशिता के माता-पिता क्या यह नहीं चाहेंगे कि उनकी बेटी एक पढ़े-लिखे लड़के के साथ जीवन बिताए? उसको वाकई चाहते हो तो पहले इस काबिल बनो। क्या एक पढ़ी-लिखी, अच्छे घर की लड़की के माता-पिता अपनी बेटी की शादी किसी ऐरे-गैरे के साथ कर सकते हैं? कभी नहीं। आजकल प्रतियोगिता का जमाना है। कॉम्पटीशन इतना ज्यादा बढ़ गया है कि बच्चों को दिन-रात भूलकर पढ़ाई करनी पड़ती है और तुम अपनी परीक्षाओं के समय उससे मिलने की परेशानी में समय बरबाद कर रहे हो! अगर वह तुम्हारी

भलाई चाहती तो तुमसे कहती कि तुम पढ़ाई करो, लेकिन वह भी क्या करे, वह भी तो तुम्हारी ही उम्र की है, वह भी तो मैच्योर नहीं है। तुम दोनों ही नासमझ हो, इसलिए इस तरह की बातें कर रहे हो। अभी तुम अपने मम्मी-पापा की जिम्मेदारी हो, इसलिए उनको फिक्र होती है। मैं मानती हूँ कि वे अपना ज्यादा समय तुम्हें नहीं दे पा रहे, मगर इसका मतलब यह कतई नहीं कि वे तुम पर ध्यान नहीं देते या तुम्हें चाहते नहीं। वे जो कुछ भी कर रहे हैं, वे तुम बच्चों की बेहतर पढ़ाई के लिए ही कर रहे हैं। अच्छा कान्हा बताओ, तुम्हारी माँ का क्या शेड्यूल रहता है? वे कितने बजे उठती हैं?"

कान्हा ने कहा, "वे सुबह पाँच बजे उठती हैं।"

शारदा देवी ने पूछा, "और सोती कब हैं?"

कान्हा ने कहा, "शायद इलेवन थर्टी के बाद।"

शारदा देवी ने कहा, "मतलब सिर्फ पाँच-साढ़े पाँच घंटे ही सो पाती हैं तुम्हारी माँ। तुम्हें सोचना चाहिए कि इतना थकने के बाद वे कैसे, किस पर, कितना ध्यान रखेगी?"

तभी शैव ने कहा, "मम्मा हमारे लिए इतनी मेहनत नहीं करतीं। अपना कॅरियर बनाने और खुद आगे बढ़ने के लिए इतना करती हैं। उनके लिए हमसे ज्यादा उनका काम जरूरी है। हम कहते भी हैं कि हमारे साथ बैठिए, मगर वे कभी नहीं बैठतीं। उनको अपने कॅरियर की फिक्र है, हमारे कॅरियर की नहीं। अगर होती तो एक्जाम के समय बीच में ही यों हमें डिस्टर्ब नहीं करतीं। उनको ट्रांसफर के साथ ही प्रमोशन मिला। वे हमारी पढ़ाई सफर करा सकती हैं, लेकिन अपना प्रमोशन नहीं छोड़ सकतीं। पापा तो वैसे ही हम पर कोई ध्यान नहीं देते। ऊपर से हमेशा दोनों ही सबके सामने डाँटते रहते हैं। पढ़ाई को लेकर क्या-क्या बोलते हैं! सबके पेरेंट्स कितना ध्यान रखते हैं अपने बच्चों का। मेरे सभी क्लास फेलो बताते हैं कि एक्जाम के समय उनकी माँ कितना ध्यान रखती हैं उनका। मम्मा तो बस इतना ही पूछती हैं, एक्जाम ठीक हो रहे हैं न? ठीक से पढ़ना, तुम्हारी मार्कशीट देखूँगी। मार्क्स कम आए तो किसी सरकारी स्कूल में डलवा दूँगी। ये कहती हैं। क्या कभी साथ बैठकर हमारी समस्या जानने की कोशिश करती हैं? हम स्कूल में क्या करते हैं? क्या पढ़ते हैं? कान्हा का मन पढ़ाई में

क्यों नहीं लगता, क्या कभी यह जानने की कोशिश की इन्होंने ? बस यही कहती हैं, रुपए रखे हैं ड्रार में, कोई चीज की जरूरत हो तो ले लेना। उन रुपयों में से वे कितने रुपए निकालता है, क्या कभी मम्मा ने उससे हिसाब लिया ? आपको पता है कान्हा के मोबाइल का बिल हर महीने ट्वैल्व हंड्रेड से भी ज्यादा आता है ! क्या मम्मा ने जानने की कोशिश की कि उसके मोबाइल का बिल इतना ज्यादा क्यों आता है ? वे किससे बात करता है ? कितना गेम खेलता है और कितना इंटरनेट यूज करता है ? वे अपने मोबाइल पर सारी मूवीज देखता है। मम्मा को ये बातें नहीं पता, क्योंकि उन्होंने कभी जानने की कोशिश ही नहीं की।"

शारदा देवी ने कहा, "शैव, एक बार के लिए मैं मान लेती हूँ कि वे तुम लोगों को समय नहीं दे पा रहीं। इसका मतलब यह बिल्कुल भी नहीं कि वे तुम्हारा ध्यान रखना ही नहीं चाहतीं। उनका अपना कॅरियर है, लेकिन वे जो कमा रही हैं, उसके पीछे यही उद्‌देश्य है कि वे तुम लोगों को बेहतर सुविधा मुहैया करा सकें। माँ को ही देखो, वे सुबह उठकर देर रात तक काम करती हैं। उसके पीछे सबसे बड़ा कारण तुम लोगों को अच्छे से अच्छा खाना, कपड़ा देने के अलावा अच्छी शिक्षा देना है। कल को तुम्हारा कहीं सलेक्शन होता है तो उस समय एकमुश्त रकम की जरूरत होगी, तब कहाँ से आएँगे इतने सारे रुपए एक साथ ? हो सकता है कान्हा पहली बार में ही कहीं सलेक्ट हो जाए, मगर तुम्हारे माँ-पापा के पास इतने रुपए न हुए तो उन्हें तुमसे ज्यादा दुःख होगा, क्योंकि जो खोएगा, उसकी अहमियत तुमसे ज्यादा तुम्हारे माता-पिता समझते हैं।"

□

36

बच्चों को अंधाधुंध रुपए देना उनके हित में नहीं

शारदा देवी ने दीपाली से कहा, "मैं तुमसे पूछती हूँ, क्या तुम्हें कभी भी ज़रा सा भी समय नहीं मिला कि तुम बच्चों के साथ बैठकर उनसे बात कर सकतीं? बच्चों को समय न दे पाने की भरपाई तुमने उन्हें रुपए देकर की। यह तुमने अपनी तरफ से सबसे अच्छा रास्ता निकाला, क्योंकि तुम्हें पता था कि तुम बच्चों को समय न देकर गलती कर रही हो। वे कुछ कहते, इससे पहले तुमने उन्हें उनकी जायज-नाजायज बातें मानकर, उन्हें मनमानी करने की छूट दे दी। खूब रुपए दिए, बाहर खाने-पीने की पूरी आजादी दी। बच्चों को और क्या चाहिए? न तो वे अपनी पढ़ाई को लेकर गंभीर हैं और न ही भविष्य को लेकर। इसकी जिम्मेदार केवल तुम हो दीपाली! बच्चों से किसी भी खर्च का हिसाब न लेकर, उन पर ध्यान न रखकर तुमने सबसे बड़ी गलती की। तुमने इसका परिणाम भी देख लिया। कान्हा ने सीधे घर छोड़ने की बात कही। अगर उस पर ज्यादा सख्ती की जाती तो वह घर से भाग जाता। फिर पता नहीं कहाँ जाता? क्या करता? किसके हाथों में पड़ता? उसका जीवन तो दाँव पर लगता ही, साथ ही यह भी हो सकता था कि वह बच्ची निशिता भी घर छोड़ देती! ऐसी हालत में क्या गुजरती उसके माता-पिता पर? जिन्हें कुछ पता ही नहीं होता और उनकी बेटी इतना बड़ा कदम उठा लेती! उनकी कितनी बेइज्जती होती! उन्हें उस बात की सजा मिलती, जो कुसूर उन्होंने किया ही नहीं।

"अभी भी समाज में बहुत ज्यादा बदलाव नहीं आया है। आस-पास

के लोग सबसे पहले लड़की पर ही तोहमत लगाते हैं। साथ ही सीधे माँ की परवरिश पर ही सवाल खड़े कर देते हैं। क्या कोई माँ चाहेगी कि उसकी बेटी या बेटा घर से भागे? कोई ऐसा काम करे, जिससे उसके घर-परिवार की बदनामी हो? कोई भी माता-पिता हों, वे बच्चों के हित में ही सोचेंगे, मगर बच्चों को अंधाधुंध रुपए देना कहीं से भी बच्चों के हित में नहीं है। दो साल से कान्हा उस लड़की को चाहता है। घंटों फोन पर बात करता है, मगर तुमको कभी जरा सी भी भनक नहीं लगी। उसका फोन बिल भी बढ़ा होगा, मगर तुमने यह जानने की कोशिश ही नहीं कि इतनी लंबी-लंबी बातें वे किससे और क्यों करता है? उससे बात करना तो दूर, तुमने यह जानने की कोशिश नहीं की कि तुम्हारे बच्चे क्या खा रहे हैं? कितना वक्त मोबाइल पर रहते हैं? घर में इंटरनेट का प्रयोग बच्चे कैसे और कितनी देर तक कर रहे हैं? इनमें से किसी भी बात को जानने, समझने के लिए क्या तुमने कभी कोशिश की? ऊपर से प्राइवेसी (निजता) की बात कर रही हो? इस उम्र में कैसी निजता? अगर बच्चे अपनी निजता का प्रश्न उठाते हैं तो उन्हें निजता के मायने समझाने होंगे। अभी किस बात की निजता? यह पढ़ने की, अपना भविष्य बनाने की उम्र है। बच्चे तुम्हें तब समझेंगे, जब तुम बच्चों को समझोगी। उनकी हर जरूरत का ध्यान रखना तुम दोनों, यानी पति-पत्नी का कर्तव्य है। जब बच्चे किशोरावस्था में होते हैं तो तमाम तरह की वस्तुएँ अपनी तरफ आकर्षित करती हैं, लेकिन बच्चों को उन वस्तुओं की अच्छाई-बुराई के बारे में पता नहीं होता। तब यह फर्ज माता-पिता का होता है कि वे बच्चों की भावनाएँ समझें और उनको अच्छे-बुरे का ज्ञान कराएँ। जब बच्चा छोटा होता है, तब कोई डिमांड करता है तो माँ तुरंत जान जाती है कि बच्चा क्या चाह रहा है या उसकी फरमाइश क्या होगी? वही माँ उसकी किशोरावस्था में क्यों नहीं जान पाती कि उसका बच्चा किस तरफ जा रहा है या किन बातों के बारे में सोच रहा है? उसकी वजह है, क्योंकि जब बच्चा थोड़ा बड़ा होता है तो माँ यह जानकर ज्यादा ध्यान नहीं देती कि वह अब बड़ा हो गया है, अपना भला-बुरा समझने लगा है और अपने निर्णय लेने के लायक भी हो गया है। उस वक्त वह यह भूल जाती है कि यही वह समय है, जब बच्चे को उसकी सबसे ज्यादा जरूरत होती है। वह अपनी दिशा से

भटक सकता है। बच्चों के आधे-अधूरे, अधकचरे ज्ञान से उम्मीद भी क्या की जा सकती है?

"जैसे कान्हा ने बताया कि गर्ल फ्रेंड और बॉय फ्रेंड का मतलब कपल से है, जो स्कूल के बाद साथ-साथ घूमते हैं और साथ-साथ खाने-पीने जाते हैं। वे शादी के लिए तैयार हैं, लेकिन शादी के बाद क्या करेगा, कैसे घर चलाएगा, यह नहीं पता। शादी करके कमाना पड़ेगा, घर चलाना होगा, उसके लिए अपने पैरों पर खड़े होना होगा, यह सब बातें माता-पिता ही समझा सकते हैं। लड़कियों को भी समझाना होगा कि ज्यादा देर और देर रात तक बाहर न रहें। बिना बताए कहीं न जाएँ, ताकि किसी भी आपातकालीन स्थिति में उन तक पहुँचा जा सके। इस कच्ची उम्र में कदम बहकते देर भी नहीं लगती। उन्हें हमेशा अपने कॅरियर को लेकर सजग रहने के लिए कहें। उन्हें समझाएँ कि अगर कॅरियर नहीं बना तो उनके सपने भी पूरे नहीं होंगे। अपने सपनों को साकार करना है तो पहले अपना भविष्य सुरक्षित करना होगा।"

□

37

किशोरों की जिज्ञासा शांत करना आपका कर्तव्य

पिछले अंक में सास-बहू के माध्यम से हम बात कर रहे थे बच्चों के बारे में। आपको समझ आ गया होगा कि मैं ये सब क्यों कह रही हूँ! बदलाव केवल बड़ों की मानसिकता और परिस्थितियों में नहीं आते। हमारे जीवन पर काल, स्थान और परिवेश का प्रभाव पड़ना अवश्यंभावी है। इससे जब आप और हम बड़े लोग नहीं बच सके तो बच्चे कैसे बचेंगे? हम तो फिर भी बीते कल की आज से तुलना कर सकते हैं, लेकिन बच्चों के सामने बीता कल नहीं होता, केवल आने वाला कल और आज होता है, जीवन और दुनिया देखने का अपना नजरिया होता है। जैसे सभी लोगों का चश्मा अलग होता है, जिसमें जैसा रंग, वैसी नजर आती है दुनिया। नजर के चश्मे के नंबर भी अलग होते हैं। उसी तरह सबकी सोच और खयाल भी अलग होते हैं। छोटे बच्चों से आप जितनी चाहे पूजा करवाएँ और करवानी ही चाहिए, लेकिन जब वह बड़ा होगा तो भगवान् को मानना या न मानना उसका अपना निर्णय होगा। वैसे भी बच्चे चंचल होते हैं। जरा-जरा सी बात पर उनका विश्वास टूटता-बनता रहता है। कोई बात मनमाफिक नहीं होती तो मूड ऑफ या ईश्वर से विश्वास ही उठ जाता है और तुरंत घोषणा हो जाती है कि भगवान्-वगवान् कुछ नहीं होता। जब हमारे शादी से पहले और एक बच्चे के पिता या माँ बनने के बाद के निर्णय प्रभावित हो सकते हैं तो क्या बच्चों के निर्णय प्रभावित नहीं होंगे? उन प्रभावित निर्णयों और व्यवहार को हम अपनी परवरिश से जोड़ने लगते हैं, जो गलत है। कोई

माता-पिता यह नहीं चाहता कि उसका बच्चा किसी भी गलत राह का राही बने। अब आप ये सोचिए कि जब पीढ़ी-दर-पीढ़ी हम लोगों की सोच और नजरिए में फर्क आता है तो क्या बच्चों की स्थितियों में, सोच में, जरूरतों में, सामाजिक परिस्थितियों में, उनके खान-पान, रहन-सहन, प्रतिक्रिया और व्यवहार में अंतर नहीं आएगा?

पहले आप अपने बचपन को याद करिए, फिर उसकी तुलना अपने बच्चे के बचपन से करिए, अपने माता-पिता की चिंताओं और अब अपनी चिंताओं के बारे में सोचिए, आपको जवाब मिल जाएगा। आपको लगेगा कि आपके माता-पिता की आपको लेकर चिंताएँ जायज थीं, जो उस समय आपको नागवार लगती थीं। उनका डाँटना, परवाह, उनकी मजबूरियाँ, उनका आपके लिए रोना, आपकी जरा सी परेशानी में परेशान होना, आपकी बदमाशियों पर डाँटना और फिर दुःखी होना, आपको थप्पड़ लगाकर खुद रोना, आपका खाना बंद करना और फिर खुद ही आपको खिलाकर खुद खाना, आपको सबकुछ याद आएगा। जितना जुड़ाव माता-पिता बच्चों से करते हैं, उतना बच्चे केवल तब तक करते हैं, जब तक वे छोटे होते हैं, मगर थोड़ा बड़े होने पर उन्हें अपनी आजादी के बीच वह बंधन लगता है। आपने भी कुछ ऐसा ही सोचा होगा। अमूमन ऐसा ही होता है। बच्चे खुलकर जीना चाहते हैं, लेकिन उस खुलने की सीमा को नहीं जानते और जब वही सीमा उन्हें माँ या पिता याद दिलाते हैं तो अचानक से वे हमें खलनायक लगने लगते हैं। इसकी वजह स्पष्ट है कि जिन सीमाओं और प्रतिबंधों की सीमाएँ हम जानते हैं, बच्चे केवल उड़ना जानते हैं, क्योंकि पंख नए होते हैं। वे नहीं जानते कि शुरू में थोड़ी-थोड़ी उड़ान के बाद विश्राम जरूरी होता है। उड़ने से पहले आँधियों, तूफानों और बारिश का अंदाजा लगाना होता है। उड़ने के स्थान से अपने घर को निगाह में रखना जरूरी है। रास्ते पहचानना और ऊँचाई का सही जायजा होना जरूरी है। ये सारे अंदाजे तो समय और हमारा प्रयास हमें सिखाता है। बच्चों में ज्यादा ऊर्जा और उतावलापन होता है। आप सब बड़े हैं, माता-पिता हैं। अपने बच्चों को समझिए। वे धैर्य खो सकते हैं, लेकिन अगर आप ही धैर्य खो देंगे तो उनको कौन सँभालेगा?

मेरी कितने ही साथियों से बात हुई, उन्होंने भी बताया कि जब वे छोटे थे

और घर पर डाँट पड़ती थी तो मन करता था, घर से भाग जाएँ। पिताजी और माँ डाँटती थीं तो लगता था, इनको अपने बच्चे अच्छे ही नहीं लगते। जब देखो, दूसरे बच्चों की तारीफ, ऐसा लगता है, जैसे हम तो इनके बच्चे ही नहीं हैं! हमें तो कहीं से उठाकर ले आए हैं। आप या आपके साथियों में 70 प्रतिशत जरूर ऐसा सोचते होंगे। जब आज से 30-40 साल पहले बच्चे ऐसा सोच सकते थे तो आज के बच्चे इक्कीसवीं सदी के हैं। हर क्षेत्र में प्रगति और उन्नति है, तो क्या प्रगति को अनजाम देनेवाला दिमाग केवल भौतिक क्षेत्र में प्रगति करेगा? दिमाग जब तेज होता है तो वे किसी एक दिशा में नहीं होता। सब तरफ बराबरी से चलता है। इसलिए आप यह मानकर चलिए कि अब आपका नहीं, आपके बच्चे का समय है। छोटे बच्चों को समझाना बड़ी बात नहीं, लेकिन किशोरों को समझाना और उनकी जिज्ञासा शांत करना आपका कर्तव्य है। उनका सपनों में खोना तय है। विपरीत लिंग के प्रति यौनाकर्षण स्वाभाविक है, जिसे वे खुद ही नहीं समझ पाते कि उनके साथ क्या हो रहा है? इस परिवर्तन को सहज भाव से ही लीजिए और प्रत्यक्ष-अप्रत्यक्ष रूप से उन्हें इन सब बातों से बचने, पढ़ाई पर ध्यान देने और सही रास्ते पर चलने के लिए प्रोत्साहित करते रहिए, मगर अपने बच्चे पर नजर जरूर रखिए। इसके लिए जरूरी है कि आप दोनों के बीच तालमेल रहे। आपकी आपसी लड़ाई-झगड़े का और आपके बीच सही तालमेल न होने का सीधा असर आपके बच्चे पर पड़ेगा।

एक बच्चे का मेल है, जिसने लिखा है कि उसके मम्मा-पापा की आपस में नहीं बनती और इसलिए उन्होंने मुझे छोटी सी उम्र में हॉस्टल भेज दिया। दोनों साथ ही रहते हैं, मगर मुझे सँभालने को कोई तैयार नहीं। मैं भी उनके बिना ही बड़ा हुआ। सालों बाद मुझे वापस बुलाया जा रहा है। वे चाहते हैं कि मैं वापस घर आऊँ, लेकिन अब मेरा मन नहीं करता। क्यों लड़ते हैं, ये माता-पिता और बच्चों को हॉस्टल में डाल देते हैं? क्या उन्हें हमारे एहसासों और परवरिश का जरा सा भी खयाल नहीं?

□

38

माता-पिता की देखभाल कोई भी हॉस्टल नहीं दे सकता

पिछले अंक में मैंने आपसे एक किशोर के मेल की चर्चा की थी, जिसे उसके माता-पिता ने अपने झगड़ों की वजह से हॉस्टल भेज दिया था। छोटी उम्र से ही हॉस्टल में पढ़नेवाला वह बच्चा अकेला नहीं है। बहुत से माता-पिता अपने बच्चों को किसी-न-किसी कारण से हॉस्टल भेज देते हैं। अकसर कारण होता है बेहतर शिक्षा। कुछ माता-पिता बच्चों को शरारतों की वजह से या पारिवारिक विवाद और तनाव के कारण हॉस्टल भेजते हैं, जिससे वे अनुशासन सीखें। कभी माता-पिता के पास दौलत तो बहुत होती है, मगर समय नहीं होता, इसलिए वे बच्चों को हॉस्टल भेज देते हैं।

एक बहुत बड़े लेखक, उपन्यासकार और कवि हैं विक्रम सेठ। इन्हें पद्मश्री और साहित्य अकादेमी समेत न जाने कितने पुरस्कारों से नवाजा जा चुका है। ये सेंट माइकल्स स्कूल, पटना, दून स्कूल और ऑक्सफोर्ड में पढ़े हैं। कुछ वर्षों पहले इन्हें दून स्कूल में एक कार्यक्रम में बुलाया गया। करीब-करीब हर कॉलेज और यूनिवर्सिटी प्रत्येक वर्ष अपने उन पुराने स्टूडेंट्स को, जो अपने क्षेत्र में उन्नति कर रहे हैं, जिनका नाम-पहचान है, उनको बुलाकर सम्मानित करती है। अपने नए स्टूडेंट्स से मिलवाती हैं, जिससे अन्य बच्चे मोटिवेट हो सकें। इसी कड़ी में उनको भी बुलाया गया। सबने स्कूल की तारीफ की। हॉस्टल के दिनों को याद किया, लेकिन वे उस जीवन को याद करके दुःखी हो गए और कहा, 'मैं नहीं चाहता किसी भी बच्चे को कभी भी हॉस्टल में रहना पड़े।

मुझे यहाँ कुछ नहीं मिला, बल्कि मैंने खोया—अपना बचपन। अपने माता-पिता, भाई-बहन। मैं नहीं जानता कि माँ की ममता, पिता की डाँट क्या होती है? बहन-भाई का प्यार-झगड़े कैसे होते हैं?' यह बहुत बड़े लेखक का दर्द और हमारे लिए सीख है, जो खुद घर से दूर रहा।

मैं उन सभी माता-पिता से कहना चाहती हूँ, जो अच्छी पढ़ाई के नाम पर अपने बच्चों को दूर रखते हैं। मजबूरी अलग बात है। इसके अलावा बच्चों को हॉस्टल भेजने का कोई और कारण नहीं होना चाहिए। माता-पिता से अच्छी देखभाल भला कौन कर पाएगा? क्या आपका मन नहीं करता कि सुबह का सूरज बच्चों की हँसी के साथ उगे और आपकी शाम बच्चों की खिलखिलाहट के साथ गुजरे? जिन बच्चों के लिए आप जी तोड़ मेहनत कर रहे हैं, उन्हें आप कैसे उपेक्षित कर सकते हैं? बारहवीं के बाद तो बच्चों को बाहर जाना ही होता है। पहले पढ़ाई और फिर जॉब के लिए। उसके बाद शादी, फिर तो दूरियाँ बढ़ती जाती हैं। उस बच्चे का मेल कितना दर्दभरा है—"माँ-पापा की आपस में नहीं बनती और इसलिए उन्होंने मुझे छोटी सी उम्र में हॉस्टल भेज दिया। अब जब वे बुला रहे हैं तो मैं घर नहीं जाना चाहता।" जब उसे उसकी माँ और पिता की सबसे ज्यादा जरूरत थी, तब माता-पिता ने ही उसे केवल अपने झगड़ों के कारण दूर भेज दिया। क्यों? अब तो उसका घर-संसार उसका हॉस्टल और उसके दोस्त हैं। क्या बच्चे के लिए समझौता नहीं हो सकता था? अगर नहीं, तो आज क्यों ममता तड़प रही है? उसके जन्म से पहले ही झगड़े निपटा लेने चाहिए थे। रिश्ते में मिठास रहने का विश्वास नहीं था तो बच्चे को जन्म ही क्यों दिया? जब आपका मन नन्हे से बच्चे को गोद में लेने के लिए मचले, आप माँ-पापा बनना चाहे तो बच्चे को जन्म दिया और फिर उसी के लिए आपको समय नहीं मिलता? माता-पिता को समझना होगा कि बच्चे को माँ और पिता दोनों की जरूरत होती है। अपने रिश्ते के लिए न सही, कम-से-कम अपने बच्चों के लिए तो आप साथ रहिए। याद रखिए, अगर माँ रोटी है तो पिता उसके लिए टॉफी है, जो हर बच्चे की पसंद होती है। रोटी से पेट भरता है तो टॉफी संतुष्टि देती है। वरना टॉफी के लिए वह किसी दूसरे का मुँह ताकेगा। अगर आप माता-पिता दोनों मिलकर बच्चों को नहीं सँभाल सकते तो बच्चे खुद को कैसे सँभालेंगे?

वे किसी भी तरफ मुड़कर दिशाहीन हो जाएँगे। यह उनके लिए सही नहीं होगा। मैं कोशिश करूँगी कि वह बच्चा समझ जाए और घर जाने को तैयार हो जाए, लेकिन जब उसके माता-पिता नहीं समझे तो उस छोटे बच्चे से ही उम्मीद क्यों?

मेरी आप सबसे विनती है कि अगर किसी वजह से आप अपने बच्चों को बारहवीं से पहले हॉस्टल भेजने के लिए सोच रहे हैं तो प्लीज न भेजें। आपका बच्चा आपके प्यार से महरूम हो जाएगा, जो उसका हक है। वह भी विक्रमजी की तरह बड़ा होकर यही कहेगा कि वे माँ की ममता और पिता की डाँट नहीं जानता। जितनी सुरक्षा और संरक्षण उसे आपसे मिलेगा, कहीं और नहीं मिल सकता। एक बच्चे ने लिखा है—"जब मैं छोटा था तो मेरी माँ की डेथ हो गई। पापा ने मुझे पालने के लिए दूसरी शादी की। फिर भी मुझे हॉस्टल जाना पड़ा। मैं वहीं पढ़ा-लिखा। मैं उस सुख से दूर रहा, जिस पर मेरा राइट था। माँ तो नहीं थीं, पापा भी गैर हो गए। अब उनकी दो बेटियाँ और बेटा है। उनका बेटा, यानी मेरा सौतेला भाई घर से भागकर मेरे पास आ गया और यहीं रह रहा है। वह भी घर नहीं जाना चाहता, क्योंकि कोई उससे मतलब ही नहीं रखता। माँ अपनी पार्टीज में बिजी रहती हैं और पापा देर रात तक ऑफिस में काम करते हैं। बहनें अपने दोस्तों के साथ घूमती हैं। शायद बहनें सही नहीं कर रहीं, लेकिन कौन समझाएगा उन्हें? मैं तो पहले से ही दुःखी था। उसका दुःख नहीं देख सका। आखिर था तो मेरा भाई और मैंने रख लिया।" उसने लिखा था—"भगवान् के लिए आप सभी माता-पिता से कहिए कि वे क्यों लड़ते हैं? क्यों बच्चों को समय नहीं देते? हम जब बिगड़ जाते हैं तो दोष भी हमें देते हैं और हमारी पिटाई भी करते हैं? माँ के मरने पर क्यों दूसरी माँ लाते हैं, जब अपने बच्चों को हॉस्टल ही भेजना होता है? इसका मतलब, वे खुद के लिए वाइफ लाते हैं, बच्चों के लिए माँ नहीं। माता-पिता इस तरह का नाटक बंद करें। क्या यह हम बच्चों के साथ खिलवाड़ नहीं?"

□

39

नजर रखकर रोक सकते हैं बच्चों की नादानियाँ

सभी माता-पिता अपने बच्चों के लिए जीते हैं। ऐसा नहीं है कि एक धनी संपन्न व्यक्ति ही अपने बच्चों की खुशियाँ पूरी करता है। मजदूरी करके घर चलाने वाले भी बच्चों की खुशियों का ध्यान रखते हैं। अपने प्यार की छाँव में उसे छोटे से बड़ा करते हैं, लेकिन उनके किशोर होते ही माता-पिता की आँखें तिरछी क्यों हो जाती हैं? क्यों संदेह के बादलों में वे घिरे रहते हैं? उसकी वजह है कि हम प्यार को इतना बुरा मानते हैं कि अगर जरा सा आभास भर हो जाए कि हमारे बच्चे किसी को चाहते हैं तो सारा प्यार एक तरफ धरा रह जाता है और मार-पिटाई के साथ उसे भला-बुरा कहने लगते हैं। ऐसा लगता है, जैसे उसने कभी न मिटने वाला गुनाह कर दिया! यही वह नाजुक समय है, जब बच्चे को सबसे ज्यादा माँ के सहारे की जरूरत होती है। पिता के हौसले की दरकार होती है। आप अपने बच्चे को उसकी कठिन घड़ी में प्यार से समझाकर बाहर निकाल सकते हैं। वह अकेली बेटी या वह बच्चा अकेला बेटा नहीं है, जो आकर्षण की गिरफ्त में है। कभी-कभी बचपन का प्यार भी शादी के मंडप तक पहुँच जाता है। उस बेटी को कितना तनाव है! एक तरफ तो प्यार में धोखा खाने का कष्ट, जो किसी के लिए भी परीक्षा की घड़ी होती है, लड़के की तरफ से धमकी और फिर सबसे बड़ा डर कि घर पर पता चला तो उसका घर से निकलना बंद हो जाएगा! फिर उसके डॉक्टर बनने के सपने का क्या होगा? मैं बार-बार दोहरा रही हूँ कि आकर्षण इस उम्र में बहुत सहज है। इसलिए आप

अपने बच्चों को पूरा सहयोग दें। इस अवस्था में उसकी हर गतिविधि पर नजर रखिए। कहीं आपका बच्चा बहुत खुश, बहुत दु:खी तो नहीं है ? आपसे छुपकर फोन तो नहीं कर रहा ? पढ़ाई के बहाने देर रात तक चैटिंग तो नहीं कर रहा ? उसका दोस्तों के यहाँ आन-जाना बहुत फ्रीक्वेंट तो नहीं हो गया ? कहीं बाहर घूमना-फिरना ज्यादा तो नहीं बढ़ गया ? पार्कों में ग्रुप्स में तो नहीं जा रहे ? वे जो कर रहे हैं, वे नादानियाँ हैं, मगर उन पर नजर रखकर आप उन्हें नासमझी करने से बचा तो सकते हैं; और फिर भी बच्चे नादानियाँ कर बैठते हैं तो अगर वाकई आपको उनसे प्यार है तो मुझे विश्वास है, आप उन्हें उस संकट से सुरक्षित बाहर निकाल लाएँगे। आखिर वे आपकी संतान हैं। यह समय आपके जीवन में भी तो आया था। आपने भी उस आकर्षण को महसूस किया था, जो आज बच्चे कर रहे हैं। तब के और इस समय के माहौल में फर्क इतना है कि तब थोड़ी सी सख्ती होने पर हम मन की बातें दबा जाते थे, मगर आज बच्चे खतरनाक कदम उठा लेते हैं।

एक बेटी ने बड़ी अजीबोगरीब बात लिखी है, मगर यह सभी माता-पिता के लिए एक अलर्ट है। बच्चे ऐसा भी सोच सकते हैं! उसने लिखा है—"मैं नाइंथ स्टैंडर्ड में पढ़ती हूँ। मेरी मम्मा मुझ पर हर वक्त नजर रखती है। मैं कोचिंग क्लासेस भी करती हूँ। एक बार कोचिंग के बाद मेरे एक फ्रेंड ने मुझे घर छोड़ा और जब वह जाने लगा तो मैंने उसे हग किया। ऐसा भी नहीं कि छुपकर किया हो। हम घर के बाहर ही थे, मगर मम्मा ने मुझे इतना डाँटा कि मैं चार दिन तक न तो स्कूल गई और न कोचिंग। वे खुद भी तो अपने फ्रेंड को हग करती हैं तो कुछ नहीं होता। पापा के ऑफिस में एक आंटी हैं, जब वे घर आती हैं तो पापा भी उन्हें हग करते हैं। जब दोनों अपने फ्रेंड्स को हग कर सकते हैं तो मेरे फ्रेंड में क्या खराबी है और मैम हमारा कोई चक्कर भी नहीं। मम्मा ने खूब डाँटा और कहा कि तुम हमारी नाक कटा दोगी। खानदान का नाम बदनाम कर दोगी। बाहरवाले देखेंगे तो क्या कहेंगे। लड़के-लड़कियों को दूर रहना चाहिए। लिपटना-चिपटना अच्छी बात नहीं। फिर जब यह अच्छी बात नहीं तो वे खुद क्यों हग करती हैं ? मुझे भी नहीं अच्छा लगता कि मम्मा मेरे पापा के अलावा किसी और को हग करें।"

आप सब समझदार हैं, अपनी गतिविधियों पर आप खुद नजर रखिए। जब बच्चे किशोरावस्था में होते हैं तो उनकी समझ अधकचरी होती है। पूरी जानकारी और समझदारी का अभाव होता है। उन्हें भी माँ का किसी और को गले लगाना या पिता का अपनी दोस्त को गले लगाना नागवार लग सकता है। आप सब परिपक्व हैं और बच्चे नादान, वे बड़ों जैसा नहीं सोच सकते। बच्चों पर अनावश्यक दबाव मत बनाइए। उन पर नजर रखिए, मगर ऐसे नहीं कि वे ही परेशान हो जाएँ। उन्हें थोड़ा स्पेस दीजिए, उन्हें समझाएँ। उनसे इस तरह की भाषा का कतई प्रयोग न करें कि तुम तो हमारी नाक कटवा दोगे। लोग देखेंगे तो क्या कहेंगे? इससे लगता है कि आपको अपने बच्चे से ज्यादा लोगों की फिक्र है। साथ ही आप अपने व्यवहार पर भी ध्यान दीजिए। हो सकता है कि आप अपने सभी दोस्तों से गले मिलते हों, लेकिन अगर आपके घर में किशोर और बड़े बच्चे हैं तो अपने मित्रों से उचित दूरी बनाकर रखिए। कहीं ऐसा न हो कि बच्चे ही आप पर उँगली उठाने लगें! उस बेटी की तरह आपके बच्चे भी आपके लिए ऐसा ही सोचें! मत भूलिए, वे बच्चे हैं। उनकी समझ आप जैसी नहीं है। उनका अपना नजरिया, अपनी सोच है। आपके उनकी तरफ उठते हर कदम पर बच्चों को यह लगना चाहिए कि माँ-पापा के कंसर्न का सेंटर पॉइंट हम ही हैं। वे जो कह रहे हैं, वे हमारी भलाई के लिए है। बच्चों के दोस्तों से संवाद का पुल बनाए रखिए। यही पुल आपको आपके बच्चों से जोड़े रखेगा और वे आपकी पहुँच में भी रहेंगे।

□

40

किशोरावस्था में बच्चों को सँभालना आपका ही दायित्व

माता-पिता के लिए बच्चों का जीवन उनके भविष्य से ज्यादा महत्त्वपूर्ण होना चाहिए। बच्चे हैं, तभी आपकी खुशियाँ हैं। अपने बच्चे की क्षमता को पहचानिए। सभी बच्चे डॉक्टर, इंजीनियर या आईएएस नहीं बनते। क्या इनके अलावा कॅरियर के लिए और विकल्प नहीं? हमेशा याद रखना चाहिए, किशोरावस्था ही वह समय है, जब बच्चा बनता है या फिर बिगड़ता है। वह इस समय शारीरिक और मानसिक बदलावों के दौर से गुजरता है। इस समय उसे पूरा समय देना, उसे समझना और समझाना आपका ही दायित्व है, क्योंकि आपने उसे जन्म जो दिया है। जब तक आपका नन्हा पौधा एक मजबूत पेड़ नहीं बनता, उसमें आँधी-तूफान से लड़ने की क्षमता नहीं आती, तब तक तो आपको उसकी देखभाल करनी ही पड़ेगी। हर तरह के तूफान में उसे आपको ही सँभालना होगा। आखिर बच्चा है आपका!

पिछले सप्ताह एक नवयुवक का मेल मिला, जो 24 वर्ष का है। जब वे ग्रैजुएशन के पार्ट टू में था, तभी कंप्यूटर क्लास में एक लड़की से मुलाकात हुई और जो आकर्षण होता है, उन दोनों में हुआ। कुछ समय बाद लड़की ने ही उसे प्रपोज किया और लड़के ने भी 'हाँ' कर दी। लड़की ने उसे बताया था कि पहले उसका एक ब्यॉफ्रेंड था, जो उसे मारता भी था। लड़के ने लड़की के बारे में अपने दोस्तों से बात की तो सभी दोस्तों की राय अलग-अलग थी। मगर लड़के ने सोचा, जो हुआ सो हुआ, अब आगे बढ़ा जाए। लड़के के पिता आर्मी में थे,

वे रिटायर हो चुके हैं। माँ पढ़ी-लिखी नहीं हैं। उसकी दो छोटी बहनें हैं। नौकरी करने के लिए घरवालों का थोड़ा दबाव था, लेकिन वे अपना ग्रैजुएशन पूरा कर बैंक की परीक्षा देना चाहता था, मगर लड़की द्वारा नौकरी के लिए दवाब डालने पर पढ़ाई छोड़कर दूसरे शहर में नौकरी करने लगा। लड़की ने भी वहीं नौकरी तलाश की और उसी के साथ रहने लगी। लड़के की माँ ने कई बार बुलाया, मगर लड़का वापस नहीं गया। लड़की भी घर वापस नहीं गई। कुछ समय बाद वह लड़की अन्य लड़कों से भी फोन पर काफी देर तक बातें करने लगी। लड़के को लगा कि उनके बीच कुछ है ही नहीं। माँ भी फोन पर बार-बार वापस आने के लिए कह रही थी। लड़का वापस आ गया, मगर लड़की नहीं आई। फिर लड़की की जॉब छूटने पर लड़का उसे वापस ले आया। लड़की तब भी अपने घर नहीं गई। वह उसी के साथ रहना चाह रही थी। लड़के ने उसे गर्ल्स लॉज में रूम दिलाया और फिर नौकरी करने लगा, क्योंकि लड़की के रूम के किराए के लिए भी रुपए चाहिए थे। लड़की ने फिर उससे कोई अच्छी नौकरी करने के लिए कहा। लड़के ने साथ ही अपनी पढ़ाई भी शुरू की, लेकिन वह ठीक से पढ़ नहीं पा रहा था। लड़की का खयाल, उसकी यादें उसे पढ़ाई से भटका रही थीं। फिर लड़की ने बताया कि उसके घरवालों ने उसका रिश्ता कहीं और तय कर दिया है, उसने भी 'हाँ' कर दी है। उसने लड़के से बात करना, मिलना-जुलना छोड़ दिया। लड़का परेशान रहने लगा। एक दिन लड़के को लगा कि लड़की के घरवाले जानते ही नहीं कि उनकी बेटी कहाँ रहती है, क्योंकि बातें फोन पर ही होती थीं। वे लड़की की माँ को लड़की से मिलाने ले गया तो पता लगा, उसने रूम बदल लिया। जब पता करके उसके रूम पर पहुँचा तो लड़के ने उस लड़की को किसी और लड़के के साथ देखा। इसे देखकर वह पूरी तरह टूट गया। वह उसे भूल नहीं पा रहा है। उसको बेहद याद करता है। उस लड़की के लिए पढ़ाई छोड़कर वह अपना समय बरबाद कर चुका था। अब वह यही सोचता है कि कभी उस लड़की ने उससे प्यार किया भी था या नहीं?

लड़के ने उस लड़की को अपनी माँ से भी मिलवाया था, लेकिन माँ ने लड़की को पसंद नहीं किया। जबकि माँ को पता था, उसका बेटा उस लड़की को पागलों की तरह चाहता था, लेकिन माँ ने सपोर्ट नहीं किया। यह सब वह

अपनी माँ से कहना चाहता था, मगर घर में इस तरह का माहौल ही नहीं रहा। अगर माँ ने अपने बेटे पर ध्यान दिया होता और उसकी बातें ध्यान से सुनी होतीं तो लड़की के बारे में वह उसे सही राय दे सकती थी। जो लड़की अपने ही घर से दूर रहना चाहे, एक शहर में भी अलग रूम लेकर रहे, उसके लिए घर की अहमियत क्या होगी, इस बात का अनुमान लगाया जा सकता है। जो टीनएज में लिवइन में रहना चाहे, उसकी गंभीरता समझी जा सकती है। ये सब गंभीरता के निर्णय नहीं, बल्कि एक रोमांच और आकर्षण के फैसले हैं। बच्चे घर से बाहर रहते हैं किसी अच्छे जॉब या प्रोफेशनल पढ़ाई के लिए, कॉल सेंटर की जॉब के लिए नहीं। जिस लड़की ने इंटरमीडिएट के बाद पढ़ाई ही छोड़ दी हो, उसके घरवाले कैसे तैयार हुए कि एक छोटी सी नौकरी के लिए वे दूसरे शहर में रहे ? नौकरी छूटने पर शहर वापस भी आई तो भी अपने घर में नहीं रही। यह बात उसके घरवालों ने कैसे मानी कि घर होते हुए भी वे लॉज में रहे ? उसके घरवाले ये भी नहीं मालूम कर पाए कि वह कहाँ रह रही है। क्या उनको अपनी बेटी की जरा सी भी परवाह नहीं थी ?

यह मेल बहुत बड़ा था। छोटा करके ही आपको बताया। इसको आपसे साझा करने का मकसद था कि बच्चे जाने या अनजाने में कैसी-कैसी गलतियाँ करते हैं ! इस पर विस्तार से चर्चा अगले कॉलम में करूँगी। आप समझदार हैं, आप भी सोच सकते हैं कि कहाँ-कहाँ गलतियाँ हुईं और अब आपको क्या करना है !

□

41

बेटियाँ बोझ नहीं, ईश्वर का उपहार होती हैं

आज का मेल भी एक बच्ची का है। मामला अलग है, जिसे उसके मामा ने गोद लिया है। वह 19 वर्ष की है। बारहवीं तक पढ़ी है। कंप्यूटर क्लासेस करके एक साइबर कैफे में नौकरी कर रही है। उसकी चार बहनें और हैं, जिसमें से दो बहनों को भी उसके पिता ने अपने रिश्तेदारों को गोद दे दिया। दो बहनें ही अपने माता-पिता के पास हैं। उसने लिखा है—जिस जमाने में 'सेल्फी विद डॉटर' की बात हो रही है, वहीं ऐसे परिवार भी हैं, जो पहले तो बेटे की ख्वाहिश में बेटियों की लाइन लगा रहे हैं, फिर बोझ समझकर गोद दे रहे हैं। कन्या भ्रूण को गर्भ में ही मार रहे हैं। बेटे की चाह में हम पाँच बहनें हो गईं। मैं तो सबसे छोटी दो बहनों से मिल भी लेती हूँ, क्योंकि माँ का मायका-ससुराल एक ही शहर में है, लेकिन बाकी दो बहनों को दूसरे शहर में गोद दिया गया। उनसे फोन पर ही बात होती है। वहाँ से न वे आ सकेंगी और न हम कभी मिल सकेंगी। ऐसा नहीं कि पाँच बच्चों के बाद भी यह सिलसिला थम गया। माँ के मना करने पर भी दो बार गर्भपात कराया गया। जब माँ ने परिवार नियोजन के दूसरे साधनों के इस्तेमाल की बात की तो पिता ने दूसरे विवाह की धमकी दे दी। अब माँ लाचार है। वे अपनी दूसरी बेटियों से मिलना चाहती हैं, मगर पिताजी को लड़कियों से नफरत है। वे तो हमको बोझ समझते हैं।

मेरी दादी को सिर्फ एक दु:ख है कि खानदान का नाम कौन चलाएगा? वे बार-बार कहती हैं कि मैं तो पोते का मुँह देखे बिना ही मर जाऊँगी। वे घर का वारिस चाहती हैं, जिससे उनका नाम चलता रहे और इसीलिए बेटे की चाहत में पाँच बेटियाँ हो गईं। माँ बहुत कमजोर हो गई हैं। पिताजी हम बहनों को गोद देते

जा रहे हैं। क्या हम बेटियाँ इतनी बुरी और बोझ हैं? क्या हमें हमारे जन्म देनेवाले माता-पिता के पास रहने का हक नहीं? मेरे मामा तो मुझे प्यार करते हैं, लेकिन बाकी दो बहनों से तो घर का काम कराया जाता है। क्या नौकरानी बनाने के लिए उन्हें गोद दिया गया?

मामा बाबू ने जब मेरे पिताजी से इस बारे में बात की तो उन्होंने कह दिया कि हम तो पाल नहीं सकते। जब उन्हें गोद दे दिया तो उन पर गोद लेनेवाले का ही हक है। बेटा क्या देता है माँ-बाप को, जो बेटियाँ नहीं दे सकतीं? क्या एक नाम के लिए औरत को तब तक बच्चे पैदा करने होंगे, जब तक लड़का जन्म नहीं लेता? मैं अपनी माँ की हर तकलीफ बाँटना चाहती हूँ। मैं कमाने भी लगी हूँ। मैं उनका सहारा बनना चाहती हूँ। दूसरी तरफ मेरे मामा हैं, जिनकी पहले से ही दो बेटियाँ थीं, लेकिन मैं उनकी बहन की पहली संतान थी। इसलिए वे मुझे दूर नहीं कर सके। किसी और को गोद देने से पहले ही वे मुझे अपने घर ले गए। मुझे पक्का विश्वास है कि मैं अकेली ऐसी लड़की नहीं हूँ, जो इस तरह के परिवार में जनमी है। मेरे जैसी बहुत सी लड़कियाँ होंगी, जो लड़की होने पर खुद को कोस रही होंगी। हमारे जीने का क्या मकसद जब हमें पैदा करनेवाले ही भूल गए?

यह सच है कि वह अकेली ऐसी बच्ची नहीं है। न जाने कितने परिवार ऐसे होंगे, जहाँ बेटे की चाहत में औरत बच्चों को जनमती रहती हैं। जहाँ आए दिन कन्या भ्रूण का गर्भपात करा दिया जाता है। अगर माँ विरोध करे तो उसे दूसरे विवाह की धमकी मिलती है। वहीं हमें नारी का एक घिनौना चेहरा भी दिखता है। उस बच्ची की दादी को परिवार का नाम चलाने के लिए एक वारिस चाहिए। उस वारिस की खातिर उसकी माँ ने पाँच बच्चों को जन्म दिया। दो गर्भपात करवाए। इसके बाद भी यह सिलसिला यहीं नहीं थमेगा, लड़के की चाहत में न जाने उसे कितने और गर्भपात कराने पड़ेंगे।

जिनकी भी ऐसी घटिया सोच है, उन्हीं के लिए बेटियाँ बोझ होती हैं! बेटी तो ईश्वर का वह खजाना, वह उपहार है, जिसके दरवाजे सारे दरवाजे बंद होने के बाद खुलते हैं। जब बेटा घर से माता-पिता को निकालता है तो बेटी ही उन्हें अपने घर की छत देती है। बीमार पड़ने पर सबसे पहले बेटी ही दौड़ती है। किसी

भी परेशानी में बेटी माता-पिता के साथ खड़ी होती है। उनके आँसू पोंछती है।

एक सवाल आप सबसे है। खासकर उन लोगों से, जिन्हें खानदान के नाम के लिए वारिस चाहिए। आप लोगों में से कितने लोग हैं, जिनको अपने खानदान का शिजरा याद है? आप सबको अपने बाबा-दादी का नाम जरूर याद होगा, लेकिन आप में से कितने हैं, जिन्हें अपने परबाबा-परदादी का नाम याद है और वे लोग कितने हैं, जिन्हें अपने बूढ़े बाबा या बूढ़ी दादी (परबाबा के माता-पिता) का नाम याद है और उनके भी माता-पिता का नाम तो किसी को याद नहीं होगा। (जिन्हें क्षेत्रीय भाषा में परबाबा, लकड़बाबा, छकड़बाबा या परबाबा, सरबाबा, तरबाबा या फिर कुछ और भी कहते हों) अगर हमें अपने पूर्वजों के नाम याद नहीं तो हम किसका खानदान चलाने की बात करते हैं? माता-पिता और बाबा-दादी ही अपने बच्चों पर फख्र कर पाते हैं। सदियों तक केवल उन लोगों का नाम याद रखा जाता है, जिसने समाज के लिए कुछ अच्छे काम किए हों। यह दुनिया किसी को याद नहीं रखती। घर-परिवार में भी वही नाम सदियों तक जीवित रहता है, जिसने कोई मिसाल कायम की हो। जब तीन पीढ़ी के बाद हम ही अपने परिवार के मुखिया को भूल जाते हैं तो ये दुनिया भला किसको याद रखेगी? फिर किसका वारिस, किस परिवार का नाम और किसलिए बेटियों का तिरस्कार?

□

42

किशोरावस्था का आकर्षण प्यार नहीं होता

आजकल स्मार्ट फोन ने फेसबुक, ट्वीटर, व्हाट्सएप, हाइक, स्काइप, वीचैट आदि सोशल साइट्स को बच्चों की हथेलियों पर रख दिया। पहले कंप्यूटर खोलने के बाद ही फेसबुक, जीमेल, स्काइप पर चैट हो पाती थी, वह भी एक ही जगह पर, लेकिन अब स्मार्ट फोन हैं। इंटरनेट का जमाना है। फोन में इंटरनेट है तो फिर बच्चों की अपनी अलग दुनिया है। वे और उनके दोस्त! सुबह से देर रात तक सिर्फ दोस्तों से बात। यहाँ तक कि स्कूल में भी फोन ले जाते हैं। नेट पैक भी कम दरों पर उपलब्ध है। बड़ी कक्षाओं में तो स्कूल भी फोन अलाउ कर देते हैं। इसके अलावा कोंचिंग के लिए खुद अभिभावक भी फोन देते हैं, जिससे किसी भी स्थिति में वे बच्चों से संपर्क में रहें।

एक बच्चे का मेल है। वह इंटर कर चुका है। परीक्षाओं की तैयारी कर रहा है। उसका तैयारी में मन नहीं लग रहा। एक तो पहले उसकी किसी लड़की से दोस्ती हुई। लड़की के ग्रुप के कुछ दोस्त भी आपस में रिलेशन में थे। यह बात तब की है, जब वह लड़का उनसे बारहवीं में मिला। पहले भी साथ पढ़ते थे, मगर दोस्ती नहीं थी। लड़के की सोच थी कि प्यार में नहीं पड़ना चाहिए, क्योंकि लड़कियाँ बेवफा होती हैं। उसकी बातें लड़की से लैब में हुईं। फिर फेसबुक फ्रेंड बने और उसके बाद शुरू हुई चैटिंग। यह चैटिंग देर रात तक होने लगी। इसी चैटिंग के दौरान लड़के ने अपने दिल की बात लड़की से कहकर प्रपोज कर दिया। लड़की ने इनकार कर दिया। अगले दिन लड़की ने कहा कि उन मैजिकल शब्दों को सुनकर वह शॉक्ड हो गई थी। फिर उसने कहा कि ऐसा नहीं हो सकता, क्योंकि मुझे लगता है, वह क्रश था। लड़की ने उससे बार-बार कहा

कि उसे भूल जाए और पढ़ाई पर ध्यान दे। लड़का बहुत डिप्रेस्ड हो गया। बोर्ड की परीक्षा थी। वह उदास रहने लगा। लड़की ने फिर कुछ ऐसा मैसेज भेजा, जिसने लड़के को झकझोर दिया। लड़के ने भी मैसेज करना बंद कर दिया। इत्तेफाक से इंजीनियरिंग की तैयारी भी दोनों ने एक ही जगह से की। लड़के ने उसके लिए फिर वही भावनाएँ महसूस कीं। जब उसने अपनी एक मित्र से पूछा कि उस लड़की ने कहाँ एडमिशन लिया है तो उसके मित्र का जवाब था कि क्या तुम दोनों मियाँ-बीवी की तरह शरमा रहे हो? जाकर बात करो।

उस बच्चे ने लिखा है कि आज भी वह लड़की उसे बहुत याद आती है और अकेले में वह खूब रोता है। वह बार-बार यही कह रहा है कि कैसे भी उसे उसका प्यार मिल जाए। बात यहीं तक नहीं है। अब वह यह सोचने लगा कि उसमें क्या कमी थी, जो उस लड़की ने उसे मना कर दिया? उसने लिखा है—मैम, हर चीज की कीमत चुकानी होती है, मेहनत हो या इमोशंस, मैं क्या करूँ?

कुछ समय पहले उस लड़के की रिश्तेदारी में एक लड़की है, जो टेंथ में पढ़ती है। उसने लड़के को प्रपोज किया, लड़के ने मना किया, मगर वह नहीं मान रही। अब लड़के को लगता है कि अगर रिफ्यूज करूँगा तो वह भी वैसे ही हर्ट होगी, जैसे वह खुद हुआ था। उसे समझ नहीं आ रहा कि वह क्या करे? लड़की को भी वह भूल नहीं पा रहा।

अब आप ही सोचिए कि हमारे बच्चों की सोच कैसे-किस दिशा में जा रही है! पहले तो लड़कों का यह सोचना कि लड़कियाँ बेवफा होती हैं, यह ठीक नहीं है। बच्चों को समझना होगा कि किशोरावस्था का बढ़ता आकर्षण ही है कि किसी लड़की-लड़के से थोड़ी ज्यादा दोस्ती हुई तो वे उसे प्यार समझने लगते हैं। जबकि वह क्रश होता है और समझ आने पर कोई भी एक-दूसरे को मना कर देता है। फिर दूसरे के लिए उसे भुलाना मुश्किल हो जाता है। मन में धारणा बनती है कि लड़के या लड़कियाँ बेवफा होती हैं। ऐसी धारणा बनना ही गलत है।

जैसे छोटे बच्चे बहुत चंचल होते हैं। वे एक जगह टिककर नहीं बैठ सकते। माता-पिता उनके पीछे दौड़ते रहते हैं। उसी तरह किशोरों का मन बहुत चंचल होता है। जब बच्चों को बाहर के खाने का टेस्ट समझ आने लगता है, साथ ही वे टॉफी, चॉकलेट, चिप्स वगैरह के संपर्क में आते हैं तो वे हर नई

चीज खाकर देखना चाहते हैं। शॉपिंग मॉल या एड देखकर बच्चे उस चीज के पीछे पड़ जाते हैं। जैसे-जैसे बड़े होते हैं तो उनकी पसंद सीमित हो जाती है। वे अच्छा-खराब समझने लगते हैं। स्वास्थ्य के प्रति भी सजग हो जाते हैं। हेल्दी डाइट, जिम जाना, बहुत सारी चीजें वे खुद करते हैं। लड़कियाँ भी अपने प्रति सजग हो जाती हैं।

इसी तरह जब बच्चे किशोरावस्था में आते हैं तो उनके शारीर में हार्मोंस में हो रहे बदलावों की वजह से वे विपरीत लिंग की तरफ आकर्षित होते हैं। यह सोच-समझकर नहीं होता, बल्कि ऐसा होता ही है। उनकी आवाज के साथ-साथ उनकी भावनाओं और व्यवहार में भी बदलाव स्पष्ट नजर आता है। आपको भी लगता है कि अचानक वे अपनी पर्सनैलिटी, लुक, ड्रेस को लेकर सजग हो गए हैं। उसी समय से आपके बच्चों को लव सॉन्ग्स-गजल अच्छी लगने लगती हैं। लड़के-लड़कियों की आपस में छुपकर बातें शुरू हो जाती हैं। अगर आपकी आपके बच्चों से अच्छी दोस्ती नहीं है, तो जो बच्चे आपके सामने खेलते थे, वे ही आपसे छुपकर कमरे बंद करके बात करने लगते हैं। आपके अचानक आने पर चुप हो जाते हैं। यह बहुत आम बात है और संकेत भी कि आपके बच्चे किशोरावस्था में पहुँच गए हैं। इसलिए अब आपकी जिम्मेदारी बढ़ने और सजग रहने का समय आ गया है। इस मेल पर बाकी चर्चा अगली बार।

☐

43

बच्चे को उसी में कॅरियर बनाने दें, जिसमें उसकी रुचि हो

यह मेल दो वयस्क बच्चों की माँ का है। उन्होंने दो बातों का जिक्र किया है। पहली बात, वे एक कलाकार बनने के लिए फाइन आर्ट्स करना चाहती थीं, लेकिन उनके शहर के एकमात्र डिग्री कॉलेज में फाइन आर्ट्स विषय था ही नहीं और घरवालों ने उन्हें बाहर नहीं भेजा। वे मन मारकर वहीं पढ़ीं। दूसरा, अपने एक रिश्तेदार से प्रभावित होकर वे यूपीएससी की परीक्षाओं की तैयारी करने लगीं। उनके माता-पिता भी चाहते थे कि उनकी बेटी आईएएस बने। इसलिए उन्होंने कहा कि फाइन आर्ट्स छोड़कर अपना कॅरियर बनाओ। उन्होंने वे विषय लिये, जिनका उन्हें सुझाव मिला, मगर उन्हें उसमें रुचि नहीं थी। साथ ही आसान और स्कोरिंग विषय के चक्कर में उन्होंने वे विषय लिये, जो उन्होंने कभी पढ़े ही नहीं थे। उन्होंने कई बार परीक्षा दी, मगर असफल रहीं। विवाह के बाद वे ऐसे शहर गईं, जहाँ उन्होंने संगीत की पढ़ाई की। साथ ही पेंटिंग की क्लासेस भी कीं। आज वे स्कूल चला रही हैं, जिसमें पेंटिंग-संगीत सिखाया जाता है। उन्होंने लिखा है—"यदि यही पढ़ाई मैंने पहले की होती तो मेरा स्कूल दस वर्ष पहले बन गया होता।"

मैं यह बात सभी पेरेंट्स से कहना चाहती हूँ कि कृपया अपनी मर्जी बच्चों पर न थोपें। अहमियत इस बात की नहीं कि माता-पिता क्या चाहते हैं, बल्कि इस बात की है कि बच्चे क्या बनना चाहते हैं? उनकी रुचि साइंस, आर्ट्स या कॉमर्स में से किसमें है? वे डॉक्टर, इंजीनियर, वकील, कलाकार क्या बनना

चाहते हैं? आजकल बच्चों के सामने इतने विकल्प हैं कि वे बहुत कुछ कर सकते हैं। आप उन्हें पल-पल बढ़ते देखते हैं। आपको ध्यान रखना होगा कि उनकी रुचि किन विषयों में है? किसमें वे अच्छा स्कोर करते हैं? दसवीं कक्षा तक उनके विचारों और विषयों के चयन में बदलाव संभव है। इसलिए इस पर अपना विरोध, क्रोध और आपत्ति मत कीजिए। पेरेंट्स को समझना होगा कि पढ़ाई बच्चों को करनी है, जिसमें वे सुरुचिपूर्ण पढ़ाई कर सकें, वही विषय उन्हें पढ़ने चाहिए। जैसा कि इस मेल में लिखा है कि वे फाइन आर्ट्स करना चाहती थीं, लेकिन दूसरे शहर नहीं जा सकीं। फिर उनके माता-पिता ने उन्हें आईएएस बनाना चाहा। वे भी किसी से प्रेरित होकर तैयारी करने लगीं। इसमें उनके कुछ वर्ष बरबाद हो गए। बच्चों में कितनी क्षमता है, यह आपको पहचाननी होगी और बच्चों को खुद भी ज्ञात होना चाहिए कि वे कितनी मेहनत करके क्या हासिल कर सकते हैं? माता-पिता की इच्छा सर्वोपरि होनी चाहिए, मगर कॅरियर बनाने में नहीं। हो सकता है, पेरेंट्स और बच्चे दोनों एक ही दिशा में सोचें, मगर ऐसा कम होता है। जब बच्चे अपनी रुचि से कोई काम करेंगे तो जाहिर सी बात है, अपना सौ प्रतिशत देंगे, मगर जब उन्हें रुचि ही नहीं होगी तो कैसे वे अपना सौ प्रतिशत देकर कामयाबी की तरफ बढ़ेंगे? पढ़ाई तो बच्चों को ही करनी है। इसलिए बच्चे पहले खुद को टटोलें कि वे क्या और कितना कर सकते हैं?

दूसरी बात बच्चों से कहना चाहती हूँ कि किसी के कहने में आकर अपनी दिशा न बदलें। सभी अपने अनुभव बताते हैं। आप उनके अनुभवों से सबक लें, उनके सुझाव आपके लिए उपयोगी हो सकते हैं, मगर उनकी बताई राह पर बिना किसी वजह चलना उचित नहीं और वह भी तब, जब आपके लिए वह राह बिल्कुल अनजानी हो। एडवेंचर अच्छे होते हैं, लेकिन कॅरियर बनाने के लिए आप वही पढ़ें, जिसमें आपकी रुचि हो, जो विषय आपको समझ आता हो, जिसमें आपको अभ्यास करना अच्छा लगे, और सबसे जरूरी बात, जिस विषय में आप तेजी से प्रतियोगी परीक्षाओं में प्रश्न-पत्र हल कर सकें। यह जरूरी नहीं कि अगर घर में सब इंजीनियर हैं तो बच्चे भी इंजीनियर ही बनें। हो सकता है, वह वकालत करना चाहे! जिस बच्चे को गणित ही नहीं सुहाता, उससे आप इंजीनियर बनने की उम्मीद कैसे कर सकते हैं? जो एक चीरा नहीं लगा सकता,

आप कैसे उम्मीद करेंगे कि वह ऑपरेशन करेगा? जिसके जीवन में संगीत रचा-बसा हो तो आप कैसे सोच सकते हैं कि वह विज्ञान पढ़ेगा? जिसकी दिलचस्पी कानून जानने में हो, जो तार्किक ढंग से बात रखता हो, बाल की खाल निकालने में माहिर हो तो आपकी उम्मीद अनुचित है कि वह आपका व्यापार सँभालेगा? और जिसको व्यापार में रुचि होगी, जो अपनी चीजें खुद खड़ी करना चाहेगा, उससे कैसे उम्मीद हो सकती है कि वह सिविल सर्विसेस की तैयारी करेगा, सरकारी या गैर-सरकारी नौकरी करेगा? आप स्वयं को ही देखिए! अगर आप वकील हैं और आपके माता-पिता को संगीत से लगाव है, वे आपसे कहें कि उनकी खुशी के लिए ही सही, आप गायन सीख लें, ताकि वे आपको गाते हुए सुनें। आपका जवाब यही होगा, आपका दिमाग खराब हो गया है क्या? मैं और गाना? एक सुर ठीक नहीं लगता तो गाना कैसे गा सकता हूँ? जब आप अपने पेरेंट्स की खुशी के लिए भी गायन नहीं सीख सकते तो आप उम्मीद भी कैसे कर सकते हैं कि आपके बच्चे आपकी मर्जी के विषय पर ध्यान केंद्रित कर आजकल के इस मुश्किल दौर में लाखों बच्चों के साथ प्रतियोगी परिक्षाओं में सफल हो पाएँगे? हो सकता है, आपके प्रभाव और डर से बच्चे वही बनें, जो आप चाहते हैं, लेकिन उनकी गति धीमी रहेगी। एक कहावत है—'नौ दिन चले अढ़ाई कोस।' वे इसी को चरितार्थ करेंगे। अगर सफल भी हुए तो जीवन भर उन्हें इस बात से घुटन होगी कि काश! उस वक्त उन्होंने अपने दिल की बात सुनी होती! कहीं ऐसा न हो, उन्हें घुटता देख आपको उनसे ज्यादा दुःख हो!

□

44

बच्चों और उनकी खुशियों को समझिए

एक महिला डॉक्टर ने लिखा है—"मैं एक लड़के को नौ वर्षों से चाहती हूँ। हम दोनों शादी करना चाहते हैं, लेकिन मेरे पापा तैयार नहीं हैं, क्योंकि लड़के के पिता उसी विभाग में काम करते हैं, जिसमें मेरे पापा करते हैं, लेकिन वे लोअर पोस्ट पर हैं। लड़का महाराष्ट्र में बिजनेस कर रहा है, चीजें खड़ी कर रहा है। मेरे पापा इसलिए भी तैयार नहीं हैं, क्योंकि जितनी उनकी उम्मीद है, लड़का उससे कम कमा रहा है। वे अभी 27 साल का ही है, लेकिन वे जो लड़का देखते हैं, वह 30-31 साल का होता है तो ज्यादा तो कमाएगा ही। जब मुझे कोई पसंद ही नहीं तो क्या फायदा शादी का? मैंने यह भी कहा कि आप जाकर देख आइए कि लड़का कैसे-क्या कर रहा है, मगर वे बात न मानकर मेरी शादी के लिए लड़के देख रहे हैं। केवल पापा की पोस्ट के कारण अपना नौ वर्षों का संबंध कैसे तोड़ दूँ?"

ऐसा नहीं कि हमेशा गलतियाँ बच्चों से ही हों, बड़ों से भी हो सकती हैं। ये बच्चे चार वर्षों से अलग शहरों में हैं, लेकिन प्यार बरकरार है। पेरेंट्स बच्चों का भला चाहते हैं। उनका घर-संसार सुखी देखना चाहते हैं। वे बच्चों का विवाह वहाँ करना चाहते हैं, जहाँ उन्हें तकलीफ न हो। बेटी है तो ससुराल में राज करे और बेटा है तो बहू ऐसी आए, जो घर बनाए। रिश्तों को और मजबूत करे। आप सभी किस्मत को मानते होंगे, है न? कहीं-न-कहीं मन में होता है कि जो किस्मत में लिखा है, वही मिलेगा। फिर आप बच्चों के फैसले को अहमियत क्यों नहीं देते? अगर किशोरावस्था में वे कोई ऐसा (प्रेम व विवाह) निर्णय लें तो उनकी बातें हरगिज नहीं माननी चाहिए। प्रेम-प्रसंग से दूर रहने के

लिए समझाइए, लेकिन एक बेटी, जो प्रोफेशनल कोर्स कर चुकी है, समझदार है, उसके फैसले को स्वीकारना चाहिए। मैं किस्मत की बात कर रही थी। मान लीजिए, मेरी दो बेटियाँ हैं। बड़ी बेटी किसी को चाहती है। लड़का अच्छा है, मगर वह 20,000 ही कमाता है। इसलिए मैं उसकी शादी के खिलाफ हूँ। वह बार-बार मिन्नतें करने के साथ कई वर्षों तक मेरी रजामंदी का इंतजार करती है। फिर मेरी मर्जी के खिलाफ शादी कर लेती है, क्योंकि मैंने उसके लिए कोई और विकल्प छोड़ा ही नहीं। मैं दूसरी बेटी की शादी धूमधाम से ऐसे लड़के से करती हूँ, जिसका बिजनेस है, उसे प्रतिमाह 70-80 हजार तक का मुनाफा होता है। मैं अपने बड़े दामाद को वह सम्मान भी नहीं देती, जो उसका हक है, क्योंकि मेरी नजर में वह छोटा है, कम जो कमाता है। कुछ वर्षों में ही अपनी मेहनत और काबिलीयत से बड़ा दामाद एक लाख तक कमाने लगता है और छोटे दामाद को व्यापार में बहुत नुकसान होता है। फिर मुझे ही उन्हें सहारा देना पड़ता है, क्योंकि मैं अपनी बेटी को उस हाल में नहीं देख सकती। इसे सिर्फ कहानी की तरह मत पढ़िए। यह जीवन की हकीकत है। ऐसे कई किस्से आपने देखे-सुने होंगे। किस्मत है तो रंक भी राजा हो जाता है और किस्मत नहीं है तो राजा-महाराजा भी दर-बदर की ठोकरें खाते हैं। किस्मत कब किसको फर्श से अर्श पर बिठा दे और कब किसको धूल चटा दे, किसी को नहीं पता। मेहनत और लगन से इनसान बहुत कुछ कर सकता है। प्यार में तो लोग बड़ी-बड़ी बाधाएँ पार कर जाते हैं। घरवालों का सहयोग हो तो क्या आपको अपनी समस्याएँ छोटी नहीं लगतीं? अगर भाग्य में सुख है तो झोंपड़े भी महल बन जाएँगे। धन-ओहदे नहीं, इनसान की कद्र करिए। काबिलीयत से धन कमाया जा सकता है, मगर धन से काबिलीयत नहीं खरीदी जा सकती।

ये बातें केवल कहने की नहीं, बल्कि करने के लिए भी होनी चाहिए। अगर आप दोहरा व्यक्तित्व जी रहे हैं तो कृपया इस दोहरे चरित्र के चोले से बाहर आइए। क्या परिवार द्वारा हुए विवाह में धोखे नहीं मिलते, तलाक नहीं होते, लड़ाई-झगड़े नहीं होते? तो क्यों माता-पिता बच्चों की पसंद को हमेशा हेय दृष्टि से देखते हैं? आप बच्चों को किशोरावस्था में जरूर रोकिए कि वे इन बातों में पड़कर जीवन न बरबाद करें, लेकिन जब वे वयस्क हैं, कॅरियर बना चुके

हैं, कमा रहे हैं, भला-बुरा सोच सकते हैं तो उनके फैसलों पर आपत्ति क्यों? आखिर कभी तो उन्हें उनके अनुसार जीने दीजिए! क्या आपको अपनी परवरिश, अपने संस्कारों पर भरोसा नहीं कि वे जो फैसला लेंगे, सही होगा? आपने उनको अच्छी शिक्षा दी, इस काबिल बनाया कि वे सही-गलत समझ सकें। क्या आप हमेशा उनके साथ रहेंगे? उन्हें आत्मनिर्भर बनाइए। स्वयं उचित फैसले लेने के लिए उनका आत्मविश्वास बढ़ाइए। उनकी अपनी जिंदगी है, उन्हें अधिकार है अपनी तरह से जीने का। जो बच्चे अपना कॅरियर बनाकर आगे बढ़ रहे हैं, मेरी उन सभी के माता-पिता से गुजारिश है कि बच्चों को समझें। उनके फैसले पर अवश्य गौर करें। आपने अभी तक उनकी सभी ख्वाहिशें पूरी की हैं, मनपसंद जीवनसाथी के साथ जीवन जीने की यह खुशी अपने बच्चों को दे दीजिए। देखिए फिर आपके बच्चे जीवन भर कितना खुश रहते हैं! वे जीवन गुजारेंगे नहीं, बल्कि जिएँगे। केवल इसलिए मना करना कि किसी के पिता छोटी पोस्ट पर हैं या लड़का कम कमाता है, सही नहीं है। अगर बच्चे किसी को चाहते हैं और आप उनका विवाह कहीं और करते हैं तो एक साथ कई जीवन बरबाद करेंगे। साथ ही जो बच्चे नया जीवन शुरू करेंगे, वह भी धोखे पर होगा। ऐसा न हो कि बाद में बातें पता लगें और जीवन नरक बन जाए। अगर बच्चे आपका मान रखकर आपकी बात, आपके फैसले मानते हैं तो आपका भी दायित्व है कि बच्चों और उनकी खुशी को समझिए।

□

45

सबकुछ खत्म कर सकती है, छोटी उम्र की एक भूल

पिछली बार आत्महत्या का प्रयास करनेवाले दो बच्चों के मेल आपसे शेयर किए थे। तीसरा मेल उसका है, जो बी-एससी फाइनल में है। उसने लिखा है, "जब मैं 11वीं कक्षा में था तो एक लड़की अपने पापा का तबादला होने के कारण हमारे स्कूल में आई। वह पढ़ने में बहुत तेज थी। मैं भी तेज था। मेरे हमेशा 90 परसेंट से ऊपर ही नंबर आए। जब वह क्लास में आई तो मेरे ग्रुप ने उसकी बहुत हैल्प की। उसमें इतनी अच्छाइयाँ थीं कि मुझे वह अच्छी लगने लगी, लेकिन मैंने कहा नहीं। ट्वैल्थ में मैंने उससे दिल की बात कही। मैं जानता था कि उसके मन में मेरे लिए प्यार है। इसमें मेरे एक दोस्त ने मेरा साथ दिया। उसके मॉम-डैड दोनों जॉब में हैं। अकसर हम उसके घर सुबह ही जाते थे, जब आंटी-अंकल ऑफिस चले जाते और भाई-बहन स्कूल। हमने कई बार स्कूल बंक किया। एक दिन उसकी मम्मी को उसकी अलमारी से कॉन्ट्रासेप्टिव पिल्स मिलीं। उसकी मम्मी ने उसे बहुत मारा और अगले दिन ही उसे उसकी नानी के घर भेज दिया। यह मुझे काफी समय बाद पता चला। बस, उसका स्कूल आना बंद हो गया था। जब तीन दिन हो गए तो हमारे ग्रुप की एक लड़की उसके घर गई तो उसकी माँ ने कहा कि वह नानी के घर चली गई है। अब वहीं पढ़ेगी। वहाँ का मेरे पास न तो नंबर था, न ही उसकी नानी के शहर का पता। दो महीने बाद उसका फोन आया। उसने टेलीफोन बूथ से किया था। उसने पूरी बात बताई। साथ ही यह भी कि उसकी शादी तय हो गई है। उसने कहा कि वह

मुझे अब भी चाहती है। इसलिए उसने स्लीपिंग पिल्स खा ली थीं, लेकिन बच गई। उसकी नानीजी की तबीयत बहुत खराब रहती है। डॉक्टर ने चेतावनी दी है कि अगर उनको जरा सा भी सदमा पहुँचा तो वे जिंदा नहीं रहेंगी। मैं उन्हें बहुत प्यार करती हूँ। मैंने शादी के लिए 'हाँ' कर दी। अब देखें, किस्मत में क्या लिखा है! उसने कहा कि तुम भी भूल जाओ। मैं कैसे भूल सकता हूँ? मैंने उससे सच में प्यार किया। मेरी और हमारे प्यार की वजह से उसकी पढ़ाई छुड़वा दी गई। मैं इतना डिप्रेस्ड हुआ कि मैंने भी मम्मा की नींद की गोलियाँ खा लीं, लेकिन मैं भी बच गया। मेरे इंटर में 65 प्रतिशत ही नंबर आए और किसी कॉम्पटीशन में सलेक्शन नहीं हुआ। अब मैं बी-एससी कर रहा हूँ। मैं उसे भूल नहीं पा रहा और पढ़ भी नहीं पा रहा! लेकिन पढ़ना तो होगा ही, क्योंकि जिंदगी जीने के लिए पढ़ाई जरूरी है। अब लगता है कि हमें अपनी पढ़ाई पर ध्यान देना चाहिए था। यही बात पहले समझते तो हमारी जिंदगी, कॅरियर बरबाद होने से बच जाता। मेरा कॅरियर बिगड़ा, उसकी तो पूरी जिंदगी ही बरबाद हो गई। इसका जिम्मेदार मैं हूँ। मेरी ही जिद के आगे वह बेबस हुई और हमने लिमिट क्रॉस की। इसकी ऐसी सजा मिलेगी, यह तो हमने सपने में भी नहीं सोचा था। उसके पापा का यहाँ से भी तबादला हो गया। अब इतनी बड़ी दुनिया में पता नहीं, वे कहाँ-किस हाल में है! उसने फिर कभी फोन नहीं किया।

एक बच्ची ग्याहरवीं में है। उसका मेल बहुत सारी बच्चियों की आँखें खोल देगा। उसका भी अफेयर दसवीं क्लास में हुआ। वे दोनों छुपकर मिलने लगे। उनके बीच भी सारी दूरियाँ खत्म हो गईं। उनके अंतरंग क्षणों का लड़के के दोस्त ने वीडियो बना लिया। उसके बाद वे और उसके साथी उसे ब्लैकमेल करने लगे। फिर लड़के के दो दोस्तों ने भी लड़की के साथ जबरदस्ती की। छह महीने उसने बरदाश्त किया। एक दिन तंग आकर उसने ट्रेन से कटने का प्रयास किया, लेकिन लोगों ने बचा लिया और उसे घर लाए। जब ये बातें घरवालों को पता चलीं तो उनका गुस्सा होना स्वाभाविक था, लेकिन कोई भी पुलिस के पास नहीं गया, क्योंकि समाज में लड़की और तमाशा बनती। इसका सीधा नतीजा हुआ उसकी पढ़ाई छुड़वा दी। घर से बाहर जाना बंद कर दिया गया। फिर उसे उसके चाचा के पास भेज दिया, ताकि वे नए शहर में दोबारा जीवन शुरू कर

सके। उसने लिखा है—"मेरे अंदर एक आग जलती रहती है। मन होता है जाकर पुलिस को बताऊँ और उन तीनों को सजा दिलवाऊँ। जब कुछ लोगों को मेरे बारे में पता चल गया तो बदनामी कुछ लोगों में हो या ज्यादा में, क्या फर्क पड़ता है? मुझे घिन आती है खुद से, नफरत होती है प्यार से। जिसे मैंने प्यार किया, उसने मेरा शरीर भोगा और फिर अपने दोस्तों के आगे फेंक दिया। मैम, मैं सभी लड़कियों से यही कहना चाहती हूँ कि छोटी उम्र में प्यार की भूल न करें। ये सब मन को बहुत अच्छा लगता है, मगर जीवन-कॅरियर बरबाद हो जाता है। लड़कियाँ भूलकर भी लड़कों से अकेले न मिलें, क्योंकि न-न करते हुए भी वह सब हो जाता है, जो हम लड़कियाँ नहीं चाहतीं। फिर क्या भरोसा, जिसे हम प्यार करते हैं, वह हमारा साथ देगा या नहीं! जिससे मैंने प्यार किया, वह भी मुझे प्यार करता था, लेकिन मैं उसकी मंशा नहीं जान पाई और मेरा जीवन बरबाद हो गया। आज मैं अपने पेरेंट्स से दूर रहकर सबकी नफरत सहती हूँ। सब मुझे कितनी गिरी निगाहों से देखते हैं। मुझसे ऐसा-ऐसा कहा गया, क्या बताऊँ? यहाँ तक कि जवानी की इतनी ही आग थी तो बता देती, तुम्हारी शादी करा देते! इस तरह हमारी नाक तो नहीं कटती। अब भुगतो जीवन भर। "इन चारों मेल्स पर विस्तार से बात अगले कॉलम में।"

□

46

पढ़ाई की राह पर आप विश्वास के साथ आगे बढ़िए

एक बच्चे ने लिखा है कि वे काफी समय से एक लड़की को चाहता है। एक दिन उसने सोचा कि वह प्रपोज करेगा। उसी दिन उसने पढ़ा कि 'प्यार जिंदगी को खूबसूरत बनाता है, मगर जरूरत नहीं पूरी करता।' उसने प्रपोज नहीं किया, लेकिन इस बारे में अपनी फ्रेंड से चर्चा की। उसने भी कहा कि पहले हमें कॅरियर पर फोकस करना चाहिए। घर की जिम्मेदारी निभानी चाहिए। इन बातों में समय बरबाद करने से अच्छा है कि हम कॅरियर पर ध्यान दें। थैंक्यू सो मच मैम। ये बच्चे ग्यारहवीं-बारहवीं के हैं। एक बच्चे ने लिखा—"आपके कॉलम पढ़कर लग रहा है, मैं मैच्योर हो गया हूँ।" उन सभी बच्चों को हृदय से ढेर सारा धन्यवाद, स्नेह और आशीर्वाद कि उन्होंने बातें समझीं। आप सभी बच्चों के मैच्योर होने से आपके मम्मा-पापा कितने खुश होंगे, आप अनुमान भी नहीं लगा सकते, क्योंकि आप ही उनकी सबसे बड़ी पूँजी हैं।

मैं एक खबर बताना चाहती थी, जो 6 नवंबर को 'प्रभात खबर' में छपी थी—'लड़की को बदनाम करने के लिए बनाया वीडियो क्लिप।' खबर में लिखा है—लड़की का एमएमएस बनाने के मामले में पुलिस ने एक युवक को जेल भेजा। उसका एक लड़की से 2014 से प्रेम संबंध था। यादगार के लिए उन लोगों ने कुछ वीडियो क्लिप तैयार किए थे। उसके बाद उनका ब्रेकअप हो गया। लड़की को बदनाम करने के लिए उसने वे क्लिप सोशल साइट पर डाल दिए। हालाँकि लड़के की उम्र को लेकर कुछ संशय है। फिर भी 17-18 का है। बच्ची

भी किशोरावस्था की होगी। यहाँ भी कम उम्र में प्यार, घूमना-फिरना हुआ। सबसे बड़ी गलती यादगार के लिए वीडियो क्लिप बनाए। आप समझ सकते हैं न, लड़की किस कदर शर्मिंदा हुई होगी! इसी तरह के वीडियो ने एक बच्ची को अत्महत्या के लिए विवश कर दिया था, जिसका मेल आपके सामने रखा था।

यह सौ फीसदी सच है कि जितनी जल्दी आजकल संबंध बनते हैं, उससे ज्यादा जल्दी टूटते भी हैं। कोई झगड़ा हुआ कि संबंध खत्म। इससे बच्चों की परिपक्वता यानी मैच्योरिटी पता चलती है। आप बच्चे इन संबंधों को, जो इतना हल्के में लेते हैं तो इसकी स्पष्ट वजह है—आपकी कच्ची उम्र। इस उम्र में आपकी समझदारी भी तो आपकी उम्र के अनुरूप ही होगी। बात-बात पर ब्रेकअप, ब्वॉय-गर्ल फ्रेंड बदलना, आजकल के बच्चों के लिए बहुत सहज है। इसका उन पर खास फर्क नहीं पड़ता, लेकिन इसमें दोनों में से कोई एक भी गंभीर हुआ तो काफी समय तक खुद को सँभाल नहीं पाता। इससे दोनों बच्चों के घरवालों को शर्मिंदगी उठानी पड़ती है। लड़की की भी बदनामी होती है। जब यह सब हो जाता है, तब आँखें खुलती हैं। ये तो वे खबरें हैं, जो पता चल जाती हैं, पर इनसे कई गुना वे खबरें हैं, जो पता नहीं चलतीं।

लड़कियाँ पुरुष मित्रों के साथ निजी वीडियो भूलकर भी न बनाएँ। कहीं सुनसान जगह या मित्र के घर अकेले न जाएँ। क्या पता, कल क्या हो? हो सकता है आपका दोस्त आपका साथ न दे! उसकी नीयत-मंशा क्या है, ये तो आपको नहीं मालूम। हो सकता है, वीडियो बनाकर ब्लैकमेल करे! जैसे उस बच्ची ने लिखा या वह खबर छपी। वैसे भी नजदीकियाँ पति-पत्नी के बीच ही होनी चाहिए। जीवन में कुछ पड़ाव निश्चित होते हैं। बचपन का पड़ाव, जो शिक्षा शुरू होते ही खत्म हो जाता है। किशोरावस्था वह समय है, जहाँ आप बचपन से निकलकर युवावस्था की ओर बढ़ते हैं। यह समय है अपना भविष्य सुनिश्चित करने का। जब भविष्य बन जाता है और आप खुद कमाने लगते हैं तो माता-पिता चाहते हैं कि अब आपका घर बस जाए, ताकि आप भी इस सुंदर सी दुनिया में अपना सुंदर सा घर बना सकें, क्योंकि इस संसार में कोई भी अमृतफल खाकर नहीं आया। जिसने जन्म लिया, उसका संसार से जाना निश्चित है। आपके माता-पिता भी संसार से जाने से पहले अपने बच्चों को हँसी-खुशी

जीवन जीते देखना चाहते हैं, इसलिए बच्चों का विवाह करते हैं। अगर आपका पहले भी अफेयर होगा तो क्या कभी आपको ग्लानि नहीं होगी? क्या सच पता चलने पर पति-पत्नी के संबंध मधुर रह पाएँगे? आप स्वस्थ दोस्ती को बहुत दूर तक ले जा सकते हैं। दोस्त का हमारे जीवन में बहुत अहम रोल होता है। अगर आपको अपने जीवन में कोई ऐसा दोस्त मिल जाए तो खुद को खुशकिस्मत मानिए। दोस्ती ही एक ऐसा रिश्ता है, जो किसी भी तरह के स्वार्थ के ऊपर होता है। स्कूलिंग के बाद या बीच में भी किसी बच्चे को पेरेंट्स के साथ कहीं और जाना पड़ सकता है। हो सकता है, वहाँ उसे कोई और पसंद आ जाए! एक कहावत है—'आउट ऑफ साइट, आउट ऑफ माइंड।' जो अकसर सच होती है। इस तरह की घटनाएँ आप बच्चे ही रोक सकते हैं। आपको सोच-समझकर फैसले लेने होंगे। पढ़ाई की राह पर विश्वास के साथ आगे बढ़ना होगा। हमेशा याद रखिए, यही समय आपका भविष्य तय करेगा।

एक बेटी ने लिखा है कि मैम, आजकल लड़कियाँ, खासकर छोटी बच्चियाँ अपने घरों में सेफ नहीं हैं। रिश्तेदार और पारिवारिक मित्र ही बच्चियों का शारीरिक शोषण करते हैं। आप इस बारे में जरूर लिखिए और सबकी निगाह में यह टॉपिक लाइए। इस बेटी ने सही बात उठाई है। आप बेटियाँ भी अगर ऐसी कोई बात महसूस करती हैं तो जरूर बताइए। बेटियाँ ही क्यों? आप सभी, जो बच्चों के लिए कुछ करना चाहते हैं, सुझाव देना चाहते हैं, क्योंकि यही बच्चे हमारे देश के भविष्य हैं। जब ये जागरूकता की धूप में बड़े होंगे, समझदार-संस्कारित होंगे तो अपने आनेवाले भविष्य को और भी बेहतर बनाने का प्रयास करेंगे। इसलिए जरूर लिखिए। हालाँकि कहानी में मैंने इस तरह की घटना पात्रों के बीच दिखाई थी।

□

47

आज अपने बच्चे को समय नहीं देंगे तो कल बच्चा भी आपको नहीं समझेगा

पिछली बार जब मैं पटना गई थी तो एक युवती ने मुझसे एक समस्या शेयर की थी। उसने बताया कि उसकी एक भतीजी है, जो 5-6 वर्ष की है। जब वह तीन-चार महीने की थी, जब से ही वह उसका खयाल रखती है। एक तरह से उसे पाला है उसने; क्योंकि उसकी भाभी नौकरी करती है और दूसरे शहर में रहती है। आजकल नौकरीपेशा माता-पिता के सामने बच्चों को पालना बहुत बड़ी चुनौती है। उनकी देखभाल की चिंता, उनको किसकी सुरक्षा में छोड़ें, कौन उनके खाने-पीने की देखभाल करेगा? ये बड़े सवाल हैं। क्रैच और मेड सर्वेंट पर कितना भरोसा किया जा सकता है? यह सवाल आज के समय में और भी महत्त्वपूर्ण हो गए हैं। चूँकि वह महिला जॉब करती थी, इसलिए इन्हीं चिंताओं के चलते, उसने निर्णय लिया कि बेटी को अपने माता-पिता के पास रखेंगे, जहाँ उसकी बुआ उसकी पूरी देखभाल करेगी। इतने वर्षों में वह बच्ची बुआ पर इतनी निर्भर हो गई है, इतनी आदी हो गई है कि वह बुआ के बिना एक कदम भी नहीं चलती। उसके मम्मी-पापा छुट्टियों में उससे मिलने आते हैं। बुआ के साथ रहना उस बच्ची की जरूरत है, उसके बिना वह बच्ची कहीं नहीं जाती। ये सब ठीक चल रहा था। अब बुआ की शादी तय हो गई है। समस्या यहाँ आ रही है। अब उसके माता-पिता के पास यही विकल्प है कि वे अपनी बेटी को वापस ले आएँ, मगर सबसे बड़ी समस्या यह है कि वे उनके पास जाना ही नहीं चाहती। वह अपनी बुआ के पास ही रहना चाहती है। अब यह हालत हो गई है कि वह बुआ

को एक मिनट के लिए भी नहीं छोड़ना चाहती है। अब घरवाले परेशान हैं कि क्या करें? वे उसी के हाथ से, उसी के साथ खाना खाती है। उसी के साथ सोती है। ये प्यार तो ठीक है, लेकिन कुछ महीने बाद उसकी बुआ की शादी हो जाएगी तो क्या होगा उस बच्ची का? जो माता-पिता के प्यार से तो दूर रही, लेकिन जिसकी ममता के साथ पली-पढ़ी, वह भी उससे दूर हो रही है। यही घरवालों की परेशानी की सबसे बड़ी वजह है। जब बच्ची से बताया गया कि बुआ की शादी होनी है और उसे वापस मम्मा-पापा के पास जाना है तो उसने कहा कि बुआ की शादी मत करो। वे मम्मी से डरती है। जब वे उस बच्ची से मिलने आती हैं, तब भी वह बच्ची अपनी मम्मी से दूर रहती है। उनके साथ यह वाकई गंभीर समस्या है। मैंने उनसे पूछा था कि क्या कभी ऐसा हुआ है कि उसकी मम्मा ने उसे खूब और बेवजह डाँटा हो? तब उसने बताया कि हाँ, वे ऐसा करती हैं और जब डाँटती हैं तो मेरे पास ही आती है।

आप ऐसे मामले को गंभीरता से लीजिए। अगर आप जॉब करती हैं और संयुक्त परिवार में हैं, जहाँ आपकी सास, ननद, देवरानी-जेठानी साथ हैं तो घर के सभी सदस्य एक बात का ध्यान रखें कि उन बच्चों को उनके माता-पिता से ज्यादा दूर न करें। हर समय उनकी जायज-नाजायज माँग को पूरा कर माता-पिता से दूर न करें। जो महिलाएँ नौकरी करती हैं, वे शाम को आकर बच्चों के साथ समय गुजारें। इस बात से बेफिक्र न रहें कि घरवाले तो सँभाल रहे हैं तो क्या जरूरत है बच्चों पर ध्यान देने की? आप बच्चों के प्यार और उनकी जरूरत को समझिए। छोटे बच्चों की जरूरत माता-पिता होते हैं। प्यार उनकी सबसे बड़ी भूख होती है और जिससे उनकी यह भूख शांत होती है, बच्चा उसी से जुड़ जाता है। केवल जन्म देने से बच्चा आपको मान-सम्मान या प्यार नहीं देगा। जो बच्चे का पालन-पोषण करेगा, बच्चा अपने निश्छल मन से उसी के साथ जुड़ेगा। अगर आप बाहर जॉब कर रही हैं और बच्चे को घरवालों के पास छोड़ा है तो आपको और भी एहतियात बरतनी होगी। सबसे पहले तो यही प्रयास करें कि माँ, बहन, ननद को अपने पास बुला लें, अगर नहीं बुला सकते तो कम-से-कम जब भी बच्चे से मिलें तो उसे बेवजह डाँटें नहीं। वैसे भी जब आप बच्चे को पाल ही नहीं रहे, उसे पल-पल बढ़ते नहीं देख रहे, उसे अपना

प्यार नहीं दे रहे तो वह कैसे और क्यों आपको पहचानेगा? दूर होते हुए भी जब भी आप मिलें तो केवल उसकी गलतियों को बताएँ, यदि डाँटे-मारे तो ऐसा करके आप बच्चे को खुद से दूर कर रहे हैं। कभी-न-कभी तो बच्चा आपके पास आएगा तो कैसे वह आपके साथ दिल से जुड़ पाएगा? और अगर आप घरवालों के साथ रहते हैं तो घरवालों को यह ध्यान रखना होगा कि बच्चे आप पर निर्भर न हों। वे अपने माता-पिता से जुड़े रहें। घर के सदस्य अनावश्यक प्यार न लुटाएँ और माता-पिता अनावश्यक सख्ती न दिखाएँ। सभी को एक संतुलन बनाकर चलना होगा। अगर किसी बात पर माँ डाँटती है तो परिवारीजन को बीच में बोलना नहीं चाहिए। इससे बच्चा माता-पिता को दुश्मन और सपोर्ट करनेवाले को अपना हितैषी समझने लगता है। अगर सदस्यों को कुछ खराब भी लगता है तो बच्चों के सामने ही उनके पापा-मम्मा से कुछ न कहें। अलग से बात करके उन्हें सुधारा जा सकता है। कोशिश होनी चाहिए कि बच्चे ज्यादा-से-ज्यादा माता-पिता के करीब रहें। बच्चे को सँवारने में घर के सभी सदस्यों का योगदान होना चाहिए। अनावश्यक बातों पर माता-पिता को भी बच्चों को डाँटने से बचना होगा। आज अगर आप अपने बच्चों को समय नहीं देंगे, प्यार नहीं देंगे, उनकी भावनाओं को नहीं समझेंगे तो भविष्य में आपका बच्चा आपको भी नहीं समझेगा। आप उसके लिए केवल जन्म देनेवाले बनकर रह जाएँगे। भावनात्मक रूप से वह आपसे दूर हो जाएगा।

□

48

बच्चों पर मत लादिए अपने सपनों का आकाश

हाल ही में कोटा (राजस्थान) में भागलपुर की एक छात्रा ने पढ़ाई के दबाव में आत्महत्या कर ली। हालाँकि यह पहली घटना नहीं है, मगर अंतिम घटना हो, यह जरूर प्रार्थना है ईश्वर से। बहुत दु:ख हुआ और आँखें भी नम हुईं। आखिर माता-पिता ये क्यों नहीं समझते कि अपने सपने थोपने के लिए उन्होंने बच्चों को जन्म नहीं दिया? क्यों ऐसा होता है कि पेरेंट्स कहते हैं कि हम तो डॉक्टर, इंजीनियर, आईएएस, सीए नहीं बन सके, पर मेरे बच्चे यह सपना जरूर पूरा करेंगे! क्यों? क्या उनके अपने सपने नहीं? अपनी रुचि नहीं? क्या यह जरूरी है कि आपने डॉक्टर बनके जो सेटअप खड़ा किया, उसके लिए आपके बेटे या बेटी को उसी ब्रांच का डॉक्टर बनना पड़े? आपने बहुत हाथ-पाँव मारे, मगर आईआईटी में पढ़ने का सपना पूरा नहीं हुआ तो क्या आप यह सपना अपने बच्चे पर थोपेंगे? और यदि वह अपनी लाख कोशिशों के बाद भी न सलेक्ट हो सका तो नाकामयाबी का ठीकरा उसके सिर फोड़ेंगे? आप भी तो तमाम मेहनत के बावजूद सलेक्ट नहीं हो पाए तो क्या कोई पहाड़ टूट पड़ा था? आपने अपने माता-पिता के कितने सपने पूरे किए? तब आपने भी अपनी मर्जी की। बच्चे दूसरे शहर, राज्य में रहकर पढ़ाई करते हैं। वे मेहनत में कमी नहीं रखते। लाखों बच्चे परीक्षा में बैठते हैं। उसमें से कुछ हजार-लाख ही सफल हो पाते हैं। ऐसा नहीं कि आपके बच्चे के 50% हैं और सलेक्ट होनेवाले के 90%। जब मैरिट बनती है तो एक-एक नंबर से सलेक्शन रुकता

है। बताइए कहाँ है आपके बच्चे की गलती? अकसर बच्चे अपने मनमुताबिक नहीं, बल्कि अपने अभिभावकों की इच्छानुसार प्रयास करते हैं। आपका कर्तव्य उन्हें सही राह बताना है। उन्हें प्रत्येक संभावना के सही-गलत, सकारात्मक-नकारात्मक पहलुओं से अवगत कराना है। उनकी क्षमता को पहचानना है। वे क्या और कितना कर सकते हैं, ये जानना है। उनकी रुचि क्या है, वे पढ़ाई से क्यों घबराते हैं, यह सब आपको जानना है। आप बड़े हैं, माता-पिता हैं, ये सारी बातें आपको उन्हें समझानी-बतानी हैं। अगर आप ज्यादा पढ़े-लिखे नहीं हैं, तो उनके अध्यापकों से मिलकर बच्चों की काउंसलिंग करवाइए, पर प्लीज, उन पर अपने सपनों का आकाश मत लादिए!

आप पंछियों को रोज उड़ते देखते हैं न? आकाश का ओर-छोर नहीं, कोई सीमा नहीं। आकाश में कबूतर, चील, बाज, गौरैया, फाख्ता, कौवा, कोयल, तोता, बगुला, सारस न जाने कितने पंछी उड़ते हैं। क्या कभी कबूतर ने अपने बच्चों से यह कहा कि तुम चील की तरह उड़ो? कभी बगुले ने अपने बच्चों को बाज की कलाबाजी करने को कहा? कभी चील ने कहा कि सारस की तरह सीधी उड़ान भरो? आकाश तो सबके लिए है न? तो फिर सब पंछी एक जैसी उड़ान क्यों नहीं भरते? वजह—सबकी अपनी क्षमताएँ हैं। आकाश मिलने का मतलब यह नहीं कि सभी दूर गगन में निकल जाएँ! कुछ प्रवासी पक्षी भी होते हैं, जिनमें इतनी क्षमता होती है कि वे महीने भर उड़कर हजारों मील की दूरी तय करते हैं और अपने अनुकूल वातावरण में रहते हैं। क्या नन्ही गौरैया इतनी दूर उड़ पाएगी?

आप बच्चों में हौसला जगाइए, मनोबल बढ़ाइए, उनका साथ दीजिए, उनकी कठिनाइयों को समझिए। दूसरे बच्चों से तुलना मत कीजिए कि गुप्ताजी की बेटी तो मेडिकल में सलेक्ट हो गई। मिश्राजी के बेटे को देखो, उसको आईआईटी के लिए बेस्ट कॉलेज मिला। आप अपनी जिंदगी में झाँकिए कि आपने कब-क्या किया और किया भी हो तो यह जरूरी नहीं कि आपका बेटा भी वही करे। बच्चे जब बाहर रहकर पढ़ते हैं तो बहुत दबाव में रहते हैं। घर से दूर होते हैं। कोचिंग क्लास के बाद खुद तैयारी करना। सलेक्शन का दबाव बहुत ज्यादा होता है। उनको पता होता है कि आप कैसे खर्च कर रहे हैं। आप यकीन

करें, न करें, उन्हें एहसास होता है। जब उन्हें लगता है कि वे आपकी अपेक्षाओं पर खरे नहीं उतर रहे हैं तो इस जीवन से आसान उन्हें मृत्यु लगती है, तभी वे आत्महत्या जैसा रास्ता अपनाते हैं। पढ़ाई की बात हो या विवाह की, आप क्यों नहीं उन्हें उनके हिसाब से जीने देते? समझाना, सही राह दिखाना आपका कर्तव्य है। आप पूरा प्रयास कीजिए कि आपका बच्चा गलत राह पर न जाए, तो उस पर नजर रखिए। गलती हो तो बताइए। बच्चों के व्यवहार से उनके बारे में अंदाजा लगाया जा सकता है। इसके लिए जरूरी है कि आप उन्हें पूरा समय दें। केवल रुपए खर्च करके आप उनका जीवन नहीं बना सकते। रुपए बेशक कम दीजिए, मगर समय पूरा दीजिए। उनके साथ समय गुजारिए। आपके बच्चे आपके प्यार और विश्वास के भूखे हैं। वे चाहते हैं कि उनके माता-पिता उनको समझें। अगर बच्चा पूरी लगन से पढ़ रहा है, फिर भी सलेक्ट नहीं हुआ तो आपको उसे समझाना चाहिए, "बेटा, कोई बात नहीं, तुमने अपनी तरफ से पूरी मेहनत की। इस बार सलेक्ट नहीं हुए तो क्या हुआ? अगली बार सही। नेक्स्ट टाइम और मेहनत करना। तुम्हारे पापा-मम्मा तुम्हारे साथ हैं। दिल मत छोटा करो।" उसे हौसला दीजिए। उसे सुनाइए, 'गिरते हैं शहसवार ही मैदान-ए-जंग में, वो तिफ्ल क्या गिरेगा, जो घुटनों के बल चले।' कॅरियर केवल इंजीनियर-डॉक्टर बनने से ही नहीं सँवरता, बल्कि आजकल तो इतना कुछ है करने के लिए कि परेशान होने की जरूरत ही नहीं। एक बात बताइए जो मेडिकल, इंजीनियरिंग, मैनेजमेंट, सिविल सर्विसेज में नहीं गए तो क्या उनका नाम नहीं हो रहा? क्या वे अच्छी लाइफ नहीं जी रहे? क्या उनके जीवन में खुशियाँ नहीं? झंडा अपने हाथ में हो तो कहीं भी गाड़ा जा सकता है। जरूरत है तो मेहनत, लगन, आत्मविश्वास और माता-पिता के भरोसे, प्यार व सहयोग की।

□

49

परिणाम कैसा भी हो, अपने बच्चों का हौसला बनाए रखिए

इधर कुछ समय में कॅरियर बनाने में असफल बच्चों ने आत्महत्या जैसे कठोर कदम उठाए। कोई भी अपना जीवन यों ही खत्म नहीं करना चाहता। जीवन से भला किसे मोह नहीं है और जो उम्र सपनों को हकीकत में बदलने की होती है, उस उम्र में बच्चे खुदकुशी करें तो आप खुद ही अंदाजा लगाएँ कि कितने दबाव में होंगे वे बच्चे? उन्हें क्या लग रहा होगा? एक बच्चे ने अपने सुसाइड नोट में लिखा था—"मुझे माफ कर दो पापा। मैं आपको छोड़ के जा रहा हूँ। मैं हमेशा आपके करीब रहूँगा। मुझे याद मत कीजिएगा। पापा आपने दो साल तक मेरा खर्च उठाया। आपने मुझे कभी किसी चीज के लिए नहीं डाँटा। आपने मुझे बहुत सारे पैसे दिए। भाई, प्लीज माँ का खयाल रखना। हमारे माँ-पापा का खयाल रखना। मैं आपके साथ हमेशा रहना चाहता था, लेकिन मैं अगले जन्म में फिर लौटकर आऊँगा।" कुछ और बच्चों के सुसाइड नोट—"मम्मी-पापा, प्लीज, मुझे माफ कर दीजिए। मैं नहीं कर सकी आप लोगों की डॉक्टर बनने की इच्छा पूरी। मैं कितना भी पढ़ लूँ, लेकिन मेरा चयन नहीं होगा। मेरा पिछला साल खराब हुआ, पर इस साल मैं बहुत मेहनत कर रही थी, लेकिन फिर भी कोई अच्छे परिणाम नहीं मिल रहे थे। इसलिए मुझे माफ कर दीजिएगा। मेरी हिम्मत नहीं होगी आप लोगों से नजर मिलाने की। इसलिए अपनी जिंदगी खत्म कर रही हूँ।" एक बच्चे ने अपने दोस्त के बारे में बताया, जिसने खुदकुशी कर ली। दोस्त ने बताया कि उसके दोस्त का चयन केमिकल इंजीनियरिंग कोर्स के लिए हो गया

था, पर उसके माता-पिता चाहते थे कि वह एक साल और ड्रॉप करके कंप्यूटर इंजीनियरिंग कोर्स के लिए तैयारी करे। आखिर में उसने खुदकुशी कर ली और एक चिट्ठी में अपने माँ-बाप से माफी माँगते हुए लिख गया कि वह उनकी सब उम्मीदें पूरी नहीं कर सका।

आखिर इस तरह का दबाव डालनेवाले पेरेंट्स अपने बच्चों को क्या समझते हैं? मशीन? कंप्यूटर? रोबोट? जिससे जब चाहे, जितना काम लो! उनकी भी सीमा है, जितना फीड होगा, उतना ही वह बताएगा। अपने बच्चों पर क्यों थोपते हैं अपने सपने? अगर आप डॉक्टर नहीं बन पाए तो क्या आप अपने बच्चे पर डॉक्टर बनने का बोझ डाल देंगे? वह क्या बनना चाहता है? उसकी इच्छा और रुचि क्या है? क्या ये जानने की आपको जरूरत नहीं महसूस होती? या अपने बच्चों से प्यार नहीं? और प्यार भी है तो आपके ख्वाब, आपके सपने आपके बच्चों से ज्यादा बड़े होते हैं? माता-पिता का फर्ज है—बच्चों को सही गाइड करना। कुछ बच्चे वाकई इतने तेज होते हैं कि आप उन पर जो भी थोप देंगे, वे पूरा कर लेंगे, लेकिन सभी बच्चे ऐसे नहीं होते। उनकी अपनी क्षमता है, पढ़ाई की और समझ की। उससे ज्यादा वे नहीं कर पाएँगे। फिर भी आपकी खुशी पूरी करने के लिए, इंजीनियर की डिग्री के लिए वे दिन-रात एक कर पढ़ाई में लग जाते हैं। अगर सफल नहीं हो पाए तो क्यों उन्हें डर सताता है कि आप नाराज हो जाएँगे, वह आपका सपना पूरा नहीं कर पाया तो आप टूट जाएँगे और आपको वह टूटते हुए नहीं देख सकता। इसलिए वह अपना जीवन ही समाप्त कर देता है। सुसाइड नोट लिखते वक्त भी उसे आपका ध्यान होता है। इसलिए वे भाई-बहन को लिखता है कि माँ-पापा का खयाल रखना। अब आप समझिए कि माता-पिता वे कि आप? वह बच्चा होकर भी आपकी खुशी के लिए जी रहा है और मर भी रहा है तो आपकी फिक्र है उसे। आपके सपने वह नहीं पूरे कर पाया, इसलिए वह जीवन ही खत्म कर रहा है और आप, आप क्या कर रहे हैं? माता-पिता होकर अपने अधूरे सपने का बोझ उसके नन्हे कंधों पर डाल रहे हैं? उसकी मृत्यु के बाद आप जितना भी रोएँ, असल में अपने बच्चे की मौत के जिम्मेदार आप ही हैं। कोचिंग क्लासेस की भी जिम्मेदारी होती है। मेरी एक कोचिंग के टीचर से बात हुई थी। उन्होंने कहा कि सख्ती इसलिए बरती जाती है,

क्योंकि अगर हम ढील देंगे तो कल माता-पिता हमसे ही सवाल करेंगे कि हमने तो आपके हवाले किया था, रुपया भी दिया तो कैसे नहीं हुआ सलेक्ट? इसलिए टेस्ट लेते रहते हैं, जिससे बच्चे रोज पढ़ाई करें और कॉम्पटीशन निकाल सकें। कॉम्पटीशन की तैयारी के लिए पढ़ना तो पड़ेगा ही। कुछ हद तक उनकी बात भी सही है, क्योंकि ऐसे भी पेरेंट्स हैं, जो पूरा-पूरा इल्जाम कोचिंग पर डाल देते हैं। कोचिंग सेंटर्स को तो रेप्यूटेशन बनाए रखनी है, पैसा कमाना है, मगर आपको तो अपने बच्चों को मुसकराते देखना है। कोई माता-पिता नहीं चाहते कि उनके बच्चे की अंतिम यात्रा उनके कंधे पर हो, मगर अव्वल आने की होड़, डॉक्टर, इंजीनियर बनने का ख्वाब उन्हें उनके बच्चों से दूर कर देता है।

अब भी समय है, समझ जाइए, चेत जाइए। आपको किसे दिखाना है? किससे कॉम्पटीशन करना है? ऑफिस के कलीग या बॉस से, किसी रिश्तेदार से या फिर अपने पड़ोसी से? ये ईर्ष्या आपको कहीं का नहीं छोड़ेगी। कहीं ऐसा न हो कि आपका प्रैस्टिज इश्यू आपके बच्चों की जान ले ले! उनको आसमान में उड़ना सिखाइए, मगर उनके पंख में कितनी शक्ति है, उनका हौसला कितना मजबूत है, यह देखना, जज करना आपका दायित्व है। उन्हें समझाइए, तरीका बताइए। परीक्षाओं का हिम्मत से सामना करने के लिए हौसला दीजिए। जरूरी नहीं जिस सब्जेक्ट में आपकी रुचि हो, वही आपके बच्चे पढ़ें। उनकी अपनी क्षमता, रुचि है। अपनी रुचि से पढ़ेंगे तो वे बेहतर करेंगे। आपकी प्रेरणा ही उन्हें हिम्मत देगी। उनकी प्रेरणा बनिए। परिणाम कैसा भी हो, अपने बच्चों का हौसला बनाए रखिए।

□

50

कामकाजी माता-पिता अपने बच्चों के लिए समय जरूर निकालें

कभी घरवालों की वजह से लड़कियाँ पढ़ नहीं पातीं, आगे नहीं बढ़ पातीं, क्योंकि या तो वे ज्यादा पढ़ाई के खिलाफ होते हैं या अभावों के चलते उन्हें पढ़ने नहीं दिया जाता और कहीं माता-पिता कॅरियर-जॉब को लेकर इतना दबाव डालते हैं कि लड़कियाँ परेशान हो जाती हैं। आखिर माता-पिता कब बच्चों की मर्जी समझेंगे? कब उनके अनुसार उन्हें जीवन जीने दिया जाएगा? कहीं पर अनावश्यक दबाव नौकरी न करने को लेकर तो कहीं नौकरी करने को लेकर है, लेकिन इसके पीछे के कारण को पेरेंट्स जानने की कोशिश नहीं करते हैं। यह सच है कि लड़कियाँ अपने पैरों पर खड़ी हों, ताकि उनका भविष्य सुरक्षित हो, लेकिन अगर वे नौकरी करना ही नहीं चाहतीं तो सामाजिक प्रतिष्ठा की खातिर मुद्दा बनाकर बच्चों पर दबाव बनाना कहाँ तक उचित है?

एक 26 वर्षीय बेटी ने लिखा है कि उसने कई परीक्षाएँ दीं, लेकिन वे सफल नहीं हो पाई। उसके घर में हर समय दवाब दिया जाता है—नौकरी करो या शादी। बार-बार कहते हैं, तुम्हारी शादी तय नहीं हो रही। ज्यादा उम्र होने से लड़का नहीं मिलेगा। उसने कुछ प्रतियोगी परीक्षाएँ दीं, लेकिन उसका चयन नहीं हुआ। अब उसका मन नहीं है। वे न तो नौकरी करना चाहती है और न ही कोई परीक्षा देना चाहती है। उसके लिए लड़का ढूँढ़ा जा रहा है, लेकिन उसकी पसंद नहीं पूछी जाती। उसके नौकरी न करने से समाज में उसके पिता के स्वाभिमान को ठेस पहुँचती है। वह एक अच्छी हाउस वाइफ बनना चाहती है, मगर घरवाले

नौकरी के लिए प्रेशर डाल रहे हैं। वह शादी के बाद सारा समय अपने परिवार को देना चाहती है। इसके पीछे की वजह जानकर शायद कुछ माता-पिता को एहसास हो कि उनके लाइफ स्टाइल से वे क्या खोते हैं और क्या पाते हैं? साथ ही बच्चों के जीवन पर क्या असर पड़ा? बचपन से ही उस बेटी के पेरेंट्स कामकाजी हैं। पिता तो नौकरी करते ही हैं, उसकी माँ भी नौकरी कर रही हैं, जिसकी वजह से वह उनके साथ भी कम रही। इसलिए वह माता-पिता के प्यार को तरसी। उसे हमेशा माँ-पापा की कमी खली। उसको नहीं समझ आ रहा क्या करे? कभी-कभी वह इतना व्यथित हो जाती है कि उसे लगता है कि खुदकुशी कर ले या घर से चली जाए! फिर वह लिखती है कि मैम, मैं जानती हूँ कि यह कोई हल नहीं है, लेकिन क्या मुझे मेरी खुशी से जीने का हक नहीं? क्या शादी में मेरी पसंद मायने नहीं रखती? मैंने कई बार ये बातें और अपनी कई समस्याएँ घर में कहने की कोशिश की, लेकिन उन्हें मेरी परेशानी कोई परेशानी ही नहीं लगती। उनको लगता है, ये बेकार की बातें हैं। मुझे लगता है, मैं मानसिक संतुलन खो रही हूँ। क्या मेरी बातों का कोई मतलब नहीं? मेरा जीने का मन नहीं करता और खासकर इस घर में। मैं क्या करूँ?

हो सकता है आपके साथ, आपके परिवार में भी कुछ ऐसा ही हो! आप खुद सोचिए कि अगर आपकी बेटी की शादी नहीं हो पा रही तो इसमें बेटी का क्या दोष? क्यों उसको बार-बार ये कहा जाए कि तुम्हारी शादी नहीं हो रही, उम्र बढ़ती जा रही है? ज्यादा उम्र होने पर लड़का नहीं मिलेगा। आखिर यह कौन सा तरीका है बच्चों से बात करने का? बड़ों को तो बड़े होने की मर्यादा रखनी चाहिए। यह सच है कि बच्चों के विवाह को लेकर माता-पिता परेशान होते हैं, तनाव में रहते हैं, लेकिन उसके लिए बच्चों को इस तरह कहना तो कोई हल नहीं। आप बड़े हैं, परेशान होंगे तो भी कुछ गलत नहीं सोचेंगे, आप माँ-पापा हैं, परिपक्व हैं, कोई गलत फैसला नहीं लेंगे, मगर बच्चे तो बच्चे हैं, परेशानी में, तनाव में कहीं कोई गलत राह पर चल पड़े या उन्होंने गलत फैसला ले लिया तो आप जीवन भर पछताएँगे। ऐसी कौन सी उम्र हो गई? मान लीजिए, हो भी गई हो तो क्या बेटी बोझ हो जाएगी आपके लिए? उचित वर जब तक न मिले, तब तक विवाह तो नहीं किया जा सकता। क्या बोझ समझकर आप उसे किसी

भी खूँटे से बाँध देंगे ? कामकाजी माता-पिता को समझना चाहिए कि बच्चे कैसे उनके प्यार से महरूम रहते हैं और अपने जीवन में इसी कमी को महसूस करते हुए लड़की यह फैसला ले कि उसे नौकरी नहीं करके एक अच्छी पत्नी, अच्छी माँ, अच्छी बहू बनना है तो इसमें हर्ज क्या है ? बच्चे जब विवाह लायक हो जाते हैं तो भला-बुरा समझने लगते हैं। वह भी समझ रही है कि जिस तरह से वह अपने मम्मी-पापा के प्यार से वंचित रही है, वह नहीं चाहती कि उसके परिवार को उसकी कमी खले।

इसलिए यही बात बार-बार दोहरा रही हूँ कि अगर आप पति-पत्नी दोनों नौकरी कर रहे हैं तो कृपया अपने बच्चों के लिए समय जरूर निकालें, वरना जिनके अच्छे भविष्य के लिए आप अपना तन-मन गलाकर धन इकट्ठा कर रहे हैं, उन्हीं का जीवन बिगड़ेगा। वे आपसे दूर हो जाएँगे। कच्ची उम्र की वजह से बच्चे दिल से सोचते हैं, दिमाग नहीं लगाते और जो दिखता है, उसी के अनुसार निर्णय लेते हैं। इसलिए लोगों के बहकावे में भी आ जाते हैं। कहीं ऐसा न हो कि धन के वे इस कदर आदी हो जाएँ कि अपने खर्च पूरे करने के लिए वे अपराध की राह पर चल पड़ें! यह सत्य है कि उन्हें धन की जरूरत है, मगर आपके प्यार की ज्यादा जरूरत है। आपका साथ, आपका प्यार बच्चों के लिए संजीवनी है। अपनी इस संजीवनी से आप उन्हें हमेशा स्वस्थ रख सकते हैं। आप उम्र तो गुजार लेंगे, मगर जीवन नहीं जी पाएँगे। उम्र गुजारने और जीवन जीने में बहुत फर्क होता है।

□

51

जीवन के अहम फैसले बच्चों पर थोपिए नहीं, फैसले लेने में मदद कीजिए

सभी माता-पिता अपने बच्चों का कैलीबर जानते हैं। अगर आपको लगता है कि जो स्ट्रीम वह चुन रहा है, वह उसमें फिट नहीं बैठता तो आप उससे कभी यह मत कहिए कि तुम उसके लिए उपयुक्त नहीं हो। आप उसी से उस प्रोफेशन की डिमांड के विषय में पूछिए कि उसे क्या लगता है, उससे उस प्रतियोगिता, उसकी तैयारी और कितनी तैयारी में वह सफल हो पाएगा? साथ ही सफलता के हिसाब से उसकी तैयारी कितनी है? इस तरह के सारे सवाल उससे पूछिए, उसके विचार जानिए और जब वह बताए, तब उससे यह पूछिए कि क्या उसके लिए वह फिट है? या अब तक जो तैयारी उसने की है, वह सही है? अगर मेहनत करनी है तो कितनी और मेहनत करनी होगी? ये सारी संभावनाएँ उससे ही पूछिए और उसी को जवाब भी तलाशने दीजिए। कभी बच्चों पर अपने विचार थोपिए मत, बल्कि उससे ही सुझाव पूछिए, ताकि उसे लगे कि माँ-पापा अपनी बात थोप नहीं रहे, बल्कि समझा रहे हैं, सुझाव दे रहे हैं। यह मानव स्वभाव है कि जब हम कोई बात थोपते हैं या बंदिश लगाते हैं तो सबसे पहले थोपे जाने वाले काम के प्रति अरुचि उत्पन्न होती है, बोझ लगता है, उसे मन से नहीं कर पाते, और जब मन से करेंगे ही नहीं तो उसकी सफलता की संभावना भी नहीं होगी। जब किसी काम में बंदिश लगाते हैं, कोई नियम-कानून बनाते हैं तो उससे बचने के रास्ते हम सोचना शुरू कर देते हैं। लोग यहाँ तक कहते हैं कि कानून बनते ही हैं टूटने के लिए! होता यह है कि कोई भी कानून बनता बाद

में है, लेकिन उससे बचने के रास्ते पहले निकल आते हैं। अब सवाल यह है कि ऐसे कानून बनाने का क्या फायदा? अपराधों को रोकने, अपराधी को दंडित करने और निर्दोष को सजा न मिल पाए, यही उद्देश्य है कानून बनाने के पीछे। लेकिन घर में हम ऐसे कानून नहीं चला सकते। घर के लिए एक अनुशासन की जरूरत होती है, ताकि बच्चों को सही-गलत का फर्क समझ आए। उन्हें घर और घर के सदस्यों का महत्त्व मालूम हो। कोई भी अपने ऊपर पाबंदियाँ सहन नहीं करता। हो सकता है छोटे बच्चे प्रतिक्रिया न व्यक्त करें, लेकिन बड़े बच्चे ज्यादा पाबंदियाँ नहीं बरदाश्त करते, वे भी आज के समय के और ये सब हमें उन तक पहुँचाना होगा, अपनी मर्जी बताकर नहीं, बल्कि सही राह बताकर।

जैसे उस बेटे के पिता ने कहा कि वकील बनकर क्या करेगा? उसमें वह तेजी ही नहीं है। अब यह फैसला कैसे सही ठहराया जा सकता है या आप कैसे कह सकते हैं? आप भले ही बच्चे की रग-रग से वाकिफ हों, लेकिन बच्चा तो यह स्वीकार नहीं करेगा कि उसमें वकील बनने के गुण नहीं हैं। यह भी हो सकता है कि आपका बच्चा आपके सामने कुछ और हो, लेकिन अपने मित्रों के बीच कुछ और हो। वह कैसे मान ले कि वह जो कॅरियर चुन रहा है, वह सही नहीं है? इसके लिए बेहतर है कि आप खुद उससे उस बारे में पूछें, विचार करें, संभावनाएँ तलाशें, बाकी जो विकल्प हैं, उन पर भी चर्चा करें। उसे सोचने के लिए समय भी दें। उससे सभी विकल्पों पर खुलकर बात करें कि अगर फलाँ कॅरियर अपनाएगा तो क्या, कब, कैसे होगा और वह कितना बेहतर कर पाएगा और क्या खुद को उसके अनुरूप पाता है या नहीं? मेरे कहने का सीधा-सा मतलब है कि फैसले उससे ही करवाइए, जिससे वह भी उस बारे में सोचे और समझे। इस तरह से अगर आप बच्चों से उनके कॅरियर को लेकर बात करते हैं तो निश्चित रूप से आप खुद ही उसके अंदर बदलाव पाएँगे। जब वह खुद समझेगा तो बेहतर ढंग से कोशिश करेगा। आपका मकसद बच्चों की बेहतरी ही है, मगर बच्चे नहीं समझते तो वे जिस तरह समझें, उन्हें उसी तरह समझाना पड़ेगा। वे तो बच्चे हैं, तरीके हमें ही ढूँढ़ने होंगे। हमारा मकसद उनकी भलाई है तो उसके लिए हमें रास्ते भी तलाशने होंगे।

बच्चे भटकते भी हैं तो उस पर ऐसी प्रतिक्रिया मत दीजिए, जिससे वे

अपराधबोध में जिएँ। अगर आप उन पर दोषारोपण करेंगे तो वे व्यथित होंगे, खुद को कोसेंगे, तरह-तरह के विचार आएँगे उनके मन में। वे दोष स्वीकार नहीं कर पाएँगे, क्योंकि वे उसे दोष समझते ही नहीं। कुछ बातों को केवल गलती समझकर भूलना होगा। उनको बताइए कि गलती होना स्वाभाविक है। इससे घबराना या परेशान नहीं होना चाहिए। गलती करने के बाद मानव में और बेहतर करने और उससे सबक लेने की भावना आनी चाहिए। गलती पर गुस्सा होने के बजाय उससे ही समाधान की तलाश करवाइए। गलती करनेवाला भी खुद को गलत नहीं मानता। अगर ऐसा होता तो अपराध ही न होते। अगर आपने बच्चों का विश्वास जीत लिया तो वे आपकी किसी बात को मना नहीं करेंगे। बात केवल इतनी सी है कि उन्हें विश्वास हो कि आप जो भी करेंगे, उसमें उनका हित है। उनका दुःख आप देख नहीं पाएँगे। जब कभी टकराव की स्थिति आए तो आप गुस्से से बचिए। अभिभावक एक बार गुस्सा भी होंगे तो अनुचित कदम उठाने से पहले कई बार सोचेंगे, मगर बच्चे नहीं सोचेंगे, उन्हें जो ठीक लगेगा, करेंगे। माता-पिता की अनावश्यक टोका-टोकी और फैसले थोपने के कारण कई बच्चों ने लिखा कि उन्हें लगता ही नहीं कि उनके माता-पिता ही उनके असली माँ-बाप हैं, क्योंकि यह एक सर्वविदित सत्य है कि माता-पिता कभी बच्चों का अहित नहीं चाहते और उनको दुःखी भी नहीं देख सकते। फिर चाहे कॅरियर चुनने की बात हो या जीवनसाथी। आप उन पर कुछ भी थोपिए मत। अगर आप उन्हें कन्विंस कर उनसे ही फैसले करवाते हैं तो इससे बेहतर कुछ हो ही नहीं सकता।

□

52

घर के झगड़ों का बच्चों के मन पर पड़ता है गहरा प्रभाव

वह बच्चा छोटा था। उसको यह समझ नहीं थी कि जो बात उसे छोटी लग रही है, उस बात पर कितना बड़ा झगड़ा हो सकता है। वह तो केवल अपने बाबूजी को सबकुछ इसलिए बताता था, जिससे उसे चॉकलेट और गिफ्ट मिले। घर को चलाना कितना मुश्किल होता है। एक महिला कम पैसों में भी खर्च चलाती है और मुश्किल ऐसी जगह होती है, जहाँ महिला को घर खर्च पति गिनकर देता हो। संबंधों को निभाने में जितनी जागरूक महिलाएँ होती हैं, पुरुष थोड़ा लापरवाही बरतते हैं। वे कह देते हैं कि जितना है, उतना ही देंगे या कह देंगे कि हमारे पास रुपए ही नहीं हैं तो कहाँ से करें खर्च? वहीं महिला अकसर अपने घर से मिले रुपयों या अपने गहने बेचकर अपनी ससुराल की साख नहीं गिरने देती। ऐसी बातों को लेकर उन आंटी-अंकल के बीच अकसर झगड़े होते थे। एक बार उन आंटी ने केवल अंकल के मान के लिए अपने जेवर बेच दिए और यह बात वह छोटा बच्चा जान गया तथा उसने अंकल को सारी बात बता दी। तब अंकल ने आंटी पर हाथ उठाया, जबकि उन्होंने अपने कंगन बेचे थे, वह भी ननद की ससुराल के लिए। यह बात उनके बड़े बेटे ने मुझे बताई थी। उसने कहा था कि दीदी, उस दिन बाबूजी पर बहुत गुस्सा आया था। मन हुआ कि जाकर उनका हाथ पकड़ लूँ। एक तो मम्मी ने अपने कंगन बेचे, वह भी इसलिए कि बाबा-दादी नहीं हैं। पापा सबसे बड़े हैं। बुआ के घर शादी है तो सबकुछ बाबूजी को करना चाहिए, मगर उल्टा उन्होंने मम्मी पर हाथ उठाया! छोटे की

वजह से बाबूजी और अम्मा में खूब कहा-सुनी होती है। अंकल ने कह रखा था कि उनकी अनुपस्थिति में जो कुछ होता है, अगर वह बच्चा उन्हें बताएगा तो उसे चॉकलेट्स व अन्य गिफ्ट्स मिलेंगे। यह केवल एक उदाहरण है। हकीकत इससे ज्यादा भयावह है। यहाँ दो बच्चे हैं। छोटा बिल्कुल नासमझ। बड़ा बच्चा बहुत संवेदनशील और माँ का साथ देनेवाला। क्या आप समझ सकते हैं, उस बच्चे का आक्रोश, जिसने कहा कि मन हुआ बाबूजी का हाथ पकड़ लूँ? शायद ये माँ के संस्कार थे, नहीं तो वह कुछ और भी कह सकता था। इसलिए आप कभी यह मत समझिए कि बच्चों पर घर की बातों का असर नहीं पड़ता। निश्चित रूप से उन पर प्रभाव पड़ता है और व्यापक रूप में पड़ता है। संवेदनशील बच्चे इससे गहरे तक प्रभावित होते हैं और जिन बच्चों पर उस समय तो फर्क नहीं दिखाई पड़ता, लेकिन उनमें कहीं-न-कहीं मेल डोमिनेशन की भावना रहती है और वह उनके युवा होने पर परिलक्षित होती है।

लड़कियाँ भी माँ और बुजुर्ग महिला को देखकर बहुत कुछ सीखती हैं। जो व्यवहार आप बच्चों के सामने करते हैं, वे उस पर अपनी प्रतिक्रिया भले न दें, मगर उनका असर उन पर पड़ता है। अकसर कहा जाता है कि हमने ऐसे संस्कार नहीं दिए थे, मगर आपने कभी गलत बातों का प्रतिरोध भी नहीं किया होगा। चालाकी की होगी, झूठ बोला होगा, अपने फायदे के लिए दूसरों का नुकसान किया होगा। ये सब बातें बच्चों के मन में अर्ध चेतनावस्था में दबी रहती हैं और जब जहाँ उनके अनुरूप माहौल मिलता है, वे बाहर निकल आती हैं। जैसे किसी रोग के कीटाणु हमारे शरीर के अंदर होते हैं, मगर जैसे ही उन्हें उनके मुताबिक माहौल मिलता है, वे आक्रमण कर हमें बीमार कर देते हैं।

इसीलिए घर के भेद जानने के लिए अकसर परिवारीजन बच्चों को प्रलोभन देकर बातें जानने का प्रयास करते हैं। खींचा-तानी सास-बहू में हो या परिवार के अन्य सदस्यों में, बच्चों पर इसका खराब असर पड़ता है। ऐसे मामलों में अकसर माँ या दादी रो-रोकर बच्चों की सहानुभूति पाने की कोशिश करती हैं। कभी-कभी बच्चे बड़ों से ज्यादा स्मार्ट होते हैं, वे दोनों तरफ से रुपए ऐंठते हैं। इस तरह से बच्चों को बरगलाकर रुपए या उपहार देना बिल्कुल भी सही नहीं है। ऐसा करके आप उन्हें भविष्य में लोगों को ब्लैकमेल करने की शिक्षा दे रहे

हैं। उसको रास्ता बता रहे हैं कि वे लोगों के लूपहोल ढूँढ़ें और उसके बल पर मनमर्जी का काम करवाएँ या अपनी फरमाइशें पूरी करवाएँ।

साथ ही बच्चों के मन पर यह प्रभाव भी पड़ सकता है कि वे दोनों में से एक को अपना दुश्मन मान बैठें। उसे लगे कि दादी माँ बहुत बुरी है, जो मेरी मम्मा को रुलाती रहती है या उसे लगे कि माँ बहुत बुरी है, जो बूढ़ी दादी को तंग करती रहती है। इस तरह की बातें बच्चों के मन में आ सकती हैं। आपको ध्यान रखना होगा, बच्चे आप जितने समझदार नहीं और न ही वे आपकी योजना को समझ रहे हैं। इसलिए अगर आपको अपने बच्चों, बुजुर्गों को नाती-पोतों से प्यार है तो बच्चों के साथ इस तरह का व्यवहार न करें। आप बड़ों की समस्या आप लोग शालीनता से बैठकर सुलझा लें। बच्चों के सामने रोज-रोज के झगड़े बंद करिए। किसी भी कीमत पर उनको बीच में न लाएँ और उनके सामने कोई ऐसी बात न करें, जिससे उनके कोमल मन पर विपरीत प्रभाव पड़े। न ही बुजुर्ग और न ही माता-पिता एक-दूसरे को नीचा दिखाने के लिए उनका इस्तेमाल करें। आपके लिए आपके बच्चे और बुजुर्गों के लिए उनके पोते-पोती बहुत महत्त्वपूर्ण हैं। आपका एक गलत कदम उनकी मानसिकता, उनके विचारों में ऐसे बदलाव लाएगा कि आप फिर चाहकर भी उसे सुधार नहीं पाएँगे। प्रदूषण चाहे मन का हो या समाज का, हमें उसे रोकना ही होगा, वरना परिणाम बहुत भयावह होंगे। बच्चों को सीख देने या सुधारने से पहले खुद को सुधारिए। घर के झगड़े खत्म कर अपने बच्चों को सुंदर, शालीन व प्रेमपूर्ण वातावरण दीजिए।

□

53

बच्चों को शुरू से ढील देने की भूल बिगाड़ सकती है उनका भविष्य

बच्चों के जीवन में माँ का सबसे अहम स्थान है। कहते हैं, माँ जैसा प्यार कोई नहीं दे सकता, क्योंकि माँ ही केवल निस्स्वार्थ भाव से प्रेम करती हैं। बाकी सभी कहीं-न-कहीं या तो कर्तव्य से बँधे होंगे या किसी अन्य वजह से। माँ जितना प्यार करती हैं, गलती पर उतना डाँटती भी हैं, मगर बहुत सी माँएँ ऐसी भी हैं, जो केवल लाड़ ही करती हैं। बच्चे लाख गलती करें, मगर वे न तो कुछ कहती हैं और न किसी को डाँटने देती हैं। यह स्थिति बेहद खराब है। ऐसे में बच्चे को बुरी बातों का, गलत बातों का पता कैसे चलेगा? जब आप एक कमरे में बंद हों और रोशनी आने वाली खिड़की ही बंद हो जाए तो रोशनी कहाँ से आएगी और जब रोशनी ही नहीं आएगी तो कुछ दिखाई ही नहीं देगा। इसी तरह जब राह दिखानेवाली, गलती बतानेवाली माँ नजरअंदाज करेगी तो कौन बताएगा बच्चों को सही-गलत में फर्क? बच्चे कैसे समझेंगे कि गलत क्या है और सही क्या है? अकसर माँ, बच्चों, खासकर बेटों की, गलतियाँ खुद तो नजरअंदाज करती हैं, बल्कि पिता से या अन्य सदस्यों से छुपाती भी हैं। घर में कोई बात करता है तो उसे भी चुप करा देती हैं। उस वक्त वे यह भूल जाती हैं कि उसकी आज जरा सी चूक बच्चे का भविष्य खराब कर सकती है। यहाँ तक घर के अन्य सदस्यों से छुपकर बच्चों को रुपए भी देती हैं। खुद ही बच्चों की सारी जिदें पूरी करती हैं। कहीं-कहीं माँ सख्त होती हैं, लेकिन पापा इतनी ढील देते हैं कि माँ को खामोश कर बच्चों की माँगें ही पूरी नहीं करते, बल्कि

उनकी सभी जिदें पूरी करते हैं। इस तरह आप खुद ही अपने बच्चों को इतना जिद्दी बना देते हैं कि आप खुद ही उसे सुधार नहीं पाते और फिर आपको उसकी सही-गलत हर जिद पूरी करनी पड़ती है। अगर आप में से जो भी ऐसा कर रहे हैं, उनसे अनुरोध है, ऐसा न करें। ऐसा करके अपने बच्चों के भविष्य से खिलवाड़ न करें।

हमारे बच्चे हमें हमेशा छोटे लगते हैं। यह सच है कि उनमें अनुभव की कमी तो होती ही है, साथ ही जानकारी भी कम होती है, मगर वे अपनी बात मनवाना हमसे बेहतर जानते हैं। अगर वे समझ जाएँ कि मम्मा, दादी या बाबा कोई भी, जो उसे सपोर्ट कर रहा है, तो फिर वे उसी के सहारे अपनी सारी बातें मनवाते हैं। जैसे-जैसे बड़े होते हैं, भावनात्मक रूप से आप पर दबाव बनाना भी सीख जाते हैं और जब बच्चा एक बार झूठ बोलना सीख जाता है तो वह अपनी मर्जी से काम करने, खेलने या जाने के लिए ऐसे झूठ बोलता है कि आप पकड़ ही नहीं पाते। झूठ बोलकर वह कहाँ जाता है? क्या योजना बनाता है? पता नहीं चलता और जब पता चलता है तो बहुत देर हो चुकी होती है। कुछ समय पहले ऐसे दो किस्से छपे थे। वैसे तो ये अकसर घटित होते रहते हैं। एक में बेटा झूठ बोलकर शादी में कहीं दूर गया और वहाँ पर छेड़खानी की, किसी घटना के बाद दोस्तों में ही कहा-सुनी हुई और वह जान से मारा गया। दूसरी घटना, कुछ दोस्त कहीं पढ़ने के लिए कहकर किसी वॉटर फॉल पर गए और पानी में उतर गए। बहाव तेज हुआ तो दो दोस्त एक साथ बह गए। ऐसी न जाने कितनी घटनाएँ होती रहती हैं। ऐसी घटनाएँ अभिभावक और बच्चों के बीच कम्यूनिकेशन गैप की वजह से होती हैं, या फिर अभिभावक को समय नहीं है कि वे बच्चों पर ध्यान दें या फिर बच्चे ही मनमर्जी करने में इतने आगे निकल चुके होते हैं कि घर से अकसर ही झूठ बोलकर जाते रहते हैं। घर का कोई भी सदस्य या तो ध्यान नहीं देता या ध्यान देकर भी इसलिए खामोश रहता है कि कहीं हंगामा न हो, लड़ाई या कहा-सुनी न हो। कहा-सुनी की नौबत तब आती है, जब आप शुरू से बच्चों को ज्यादा ढील देते हैं। हमेशा आप इस बात को याद रखिए कि बच्चों को न तो ज्यादा ढील देनी चाहिए और न ही उनके साथ ज्यादा सख्त होना चाहिए। उनकी कमियों को नजरअंदाज मत करिए। समय

रहते उन्हें उनकी कमियाँ बताइए, डाँटिए नहीं, बल्कि प्यार से समझाइए। उनको सुधारने का प्रयास कीजिए। बार-बार यह कहना कि 'अब बच्चे बड़े हो गए, अपने मन के हो गए, हम क्या कर सकते हैं?' यह कहना बिल्कुल भी उचित नहीं। आप माता-पिता होकर कैसे हार मान सकते हैं? अगर हम बीच धार में फँस गए हैं तो क्या हार मानेंगे? हार मानने का मतलब कि हमने सोच लिया कि अब डूबना ही है। डूबने का खतरा जितना भी हो, जब तक हममें ताकत रहेगी, हम तैरना न जानते हुए भी हाथ-पैर मारेंगे। जब तक हमारी नाव किनारे पर नहीं लगती या हम किनारे पर नहीं आते, हम कोशिश करना नहीं छोड़ते; क्योंकि प्रश्न हमारे जीवन का है। हम लगातार कोशिश करेंगे न? तो फिर बच्चों को लेकर क्यों निराश हो जाते हैं? यहाँ प्रश्न हमारे बच्चों के जीवन का है। वे बच्चे, जिन्हें हमने जन्म दिया, जिनकी जिम्मेदारी हम पर है, अगर हम हार मान रहे हैं तो बच्चों का दोष कहाँ है? आपकी सामाजिक व्यस्तता या काम जितना भी हो, आपको बच्चों के लिए तो समय निकालना ही पड़ेगा। वरना नाम, प्रसिद्धि और रुपया तो खूब होगा, मगर बच्चे बिगड़ जाएँगे, गलत रास्ते पर चल पड़ेंगे। फिर आपके पास दु:खी होने के सिवाय और कुछ नहीं होगा। इसलिए वक्त रहते आपको सँभलना होगा।

□

54

बच्चों को चाहे रुपए कम दें, मगर प्यार भरपूर दें

एक बेटी, जो इस वर्ष दसवीं की परीक्षा दे रही है, उसने लिखा है कि उसके एक भाई हैं, जब घर आए तो वे बिल्कुल बदले हुए थे। वे भाई लग ही नहीं रहे थे। उनका व्यवहार बिल्कुल बदला हुआ था। वे हर छोटी-छोटी बात पर पापा-मम्मी से चिल्लाकर, झुँझलाकर बात कर रहे थे। उनका तरीका, अंदाज ही बदला हुआ था। मेरे पापा-मम्मी भी बहुत अपसेट हैं। मैं भी कन्फ्यूज हूँ और वे भी। माँ-पापा तो बहुत धीमी आवाज में बात करते हैं, मगर भाई बहुत लाउडली बात करते हैं। समझ नहीं आ रहा क्या करें? मेरे भी बोर्ड के एक्जाम हैं। मेरी पढ़ाई भी सफर कर रही है। क्या करूँ?

हम लगातार बात करते रहे हैं कि हमें बच्चों पर नजर रखनी चाहिए। नजर रखने का मतलब जासूसी करना नहीं, बल्कि उनकी संगत कैसी है, वे कहाँ जा रहे हैं, क्या कर रहे हैं, कहीं आपसे झूठ तो नहीं बोलने लगे? इन बातों का खयाल रखना है। हमें उन पर सिर्फ नजर ही नहीं रखनी है, बल्कि उन्हें अपना पूरा समय देना होगा। अगर वे हमारा समय न भी चाहें तो भी कोशिश करके किसी-न-किसी बहाने हमें उनके साथ समय बिताना होगा। अगर हम शुरू से उन्हें अपना समय देंगे तो वे हमसे कन्नी नहीं काटेंगे। अकसर ऐसा होता है कि बच्चे स्कूल से आते हैं और माँएँ उन्हें खाना देकर थोड़ा आराम करने को कहती हैं। फिर शाम को खेलने का समय हो जाता है। बच्चे खेलते हैं और मम्मियाँ भी वॉक या आस-पास की महिलाओं के साथ गप-शप करती हैं। फिर लौटकर

बच्चे होमवर्क करते हैं और माँएँ खाना बनाती हैं। फिर खाना बनाकर टी.वी. देखना, खाना खाना और सोना, यही दिनचर्या होती है। जो कामकाजी महिलाएँ हैं, वे बच्चों के बारे में जानकारी लेती रहती हैं। ऑफिस से आकर खाना बनाना या मेड है तो बच्चों को खाना खिलाने का इंस्ट्रक्शन देना, खेलने और होमवर्क की हिदायत देते रहना। घर आने पर थोड़ी-बहुत स्कूल के बारे में बातें करना, ट्यूटर से पूछ लेना कि सब ठीक चल रहा है न? बस इतनी ही दिनचर्या रहती है। जब आप बच्चों की प्रतिक्रिया में फर्क देखें, तभी उनसे बात करना शुरू करें। उन्हें समझाना शुरू करें। उनके अंदर हो रहे बदलावों से उन्हें परिचित कराएँ। कहीं वे फिजूल का गुस्सा तो नहीं कर रहे हैं? कहीं छुपकर वे सिगरेट तो नहीं पी रहे हैं? कहीं कोई गलत मैगजीन तो नहीं पढ़ रहे हैं? किसी गलत साइट पर तो नहीं जा रहे हैं? पढ़ाई के नाम पर फिल्में तो नहीं देख रहे हैं? स्कूल बंक तो नहीं कर रहे हैं? क्योंकि उनकी गलत संगत उनका पूरा भविष्य बिगाड़ देगी। फिर वह समय दोबारा नहीं आएगा और आपके बच्चे पीछे रह जाएँगे।

हम लगातार इस बात पर चर्चा करते आ रहे हैं कि हम बच्चों को चाहे एक बार रुपए-पैसे कम दें, मगर अपना समय भरपूर दें। हम किसके लिए और क्यों कमा रहे हैं? बच्चों के लिए, पत्नी के लिए, घर के लिए न! और अगर वही उपेक्षित रहें तो हमारे कमाने की सार्थकता क्या रही? क्या वजह है, जो हम सुबह से शाम तक खटते हैं? जब हम अपने बच्चों को अपना समय ही नहीं दे पा रहे, तो क्या फायदा पैसा कमाने का? आप ये क्यों नहीं समझते कि इस तरह की समस्याएँ, जो बच्चे या अभिभावक लिखते हैं, वे अकेले उनकी नहीं हैं, ये समस्याएँ न जाने उन जैसे कितने बच्चों की हैं, कितने अभिभावकों की हैं। रुपयों से केवल आप सामान खरीद सकते हैं, बच्चों के लिए समय आप कभी नहीं खरीद सकते। वे आपको खुद देना पड़ेगा। कहते हैं न कि प्यार के साथ मिली सूखी रोटी भी आपके शरीर को ताकत देती है, आपके शरीर में लगती है और पीड़ा के साथ खाई गई मलाई भी आपके शरीर को खोखला ही करेगी। यहाँ बात मन के सुख की है। बच्चे खुद जितना जानते हैं, उसी में खुद को ज्ञानी मानते हैं, मगर यह बात माता-पिता जानते हैं कि उनका ज्ञान कितना कम है। जैसे चिड़िया अपने नन्हे बच्चों के साथ हरदम रहती है, जब तक कि वे ठीक से खाना और

उड़ना नहीं सीख जाते। जिस दिन चिड़िया को विश्वास हो जाता है कि उसके बच्चे उड़ने में माहिर हो गए हैं, वह उनको अपने पास भी नहीं फटकने देती और उन्हें खुले आकाश में छोड़ देती है, क्योंकि उसे भरोसा हो जाता है कि वे अब पूरी तरह परिपक्व हैं, खुद से उड़ने और खाने के लिए।

इसीलिए जब बच्चे पहली बार कोई गलती करें तो माता-पिता का कर्तव्य है कि वे उस पर अपनी कड़ी प्रतिक्रिया व्यक्त करें। अगर आपने पहले गलत कदम पर ही बच्चों को रोका तो अगले गलत कदम पर उसे खुद एहसास होगा तथा वह खुद सोचेगा कि उसे ऐसा कदम नहीं उठाना चाहिए और अगर उठा भी लेता है तो उसे गलती का एहसास भी होगा। लेकिन इस सबके लिए जरूरी है कि आपके पास बच्चों के लिए समय हो। उन गलतियों का एहसास तो आपको ही कराना होगा। घर में छोटे-बड़े का लिहाज कराना, सही रास्ता दिखाना, बार-बार समझाना आपका ही कर्तव्य है। कच्ची मिट्टी को सही आकार देकर पकाना आपका ही काम है।

□

55

बच्चों की जिद के आगे हार मानना ही बच्चों को बना देता है जिद्दी

कामकाजी पेरेंट्स के साथ अकसर बच्चों की परवरिश को लेकर समस्या आती है। वजह दोनों का काम करना और फिर बच्चों की देखभाल उस तरह नहीं हो पाती, जिस तरह माँ घर पर रहकर करती है। उन्हें अपने बच्चों को क्रैच में रखना पड़ता है या फिर उनकी देखभाल के लिए किसी को रखना पड़ता है। बहुत से लोग क्रैच में बच्चे नहीं रखना चाहते और मेड के सहारे भी बच्चा छोड़ा नहीं जा सकता, क्योंकि भरोसेवाले सपोर्टिंग हैंड मिलना मुश्किल है। ऐसे में लोग अकसर ये तरीका अपनाते हैं कि या तो ददिहाल या ननिहाल में बच्चों को छोड़ देते हैं और थोड़ा बड़े होने पर घर लाते हैं। उस बीच बहुत कुछ बदल चुका होता है। बच्चा जहाँ रहता है, उसे ही अपना घर मानने लगता है। वह केवल और केवल प्यार, स्नेह जानता है। जहाँ वह पलता-बढ़ता है, जहाँ उसके दूध, खाने से लेकर शाम को पार्क में घूमने का खयाल रखा जाए, जहाँ उसकी सारी जरूरतें पूरी होती हों, जिस नानी, दादी या मौसी रूपी माँ के साथ सोता हो, वह भला उसे कैसे भूल सकता है ? अगर आप जबरदस्ती घर ले भी आएँ तो उसे दूसरे घर के अनुरूप अपने को ढालने में समय लगेगा। ऐसे पेरेंट्स को यह याद रखना चाहिए कि बच्चों को हमेशा के लिए नहीं छोड़ रहे। उन्हें वापस लाना है, इसलिए बच्चों से संपर्क बनाए रखिए। आप उन्हें खूब प्यार दीजिए, ताकि जब आप उन्हें अपने पास लाना चाहें तो वे खुशी-खुशी आपके साथ आ जाएँ। छुट्टियाँ उनके साथ बिताइए। जहाँ तक संभव हो, उन्हें अपने पास रखिए।

यह बात सबको याद रखनी चाहिए कि हमारे रिश्तेदार कितना ही बच्चों का ध्यान रखें, लेकिन अगर एक माँ के पास एक गिलास दूध है और एक तरफ उसके रिश्तेदार का बच्चा दूध के लिए रो रहा है और दूसरी तरफ उसका अपना बच्चा, तो वह क्या करेगी? आधे से ज्यादा महिलाएँ पहले अपने बच्चे को दूध देंगी। कुछ हो सकता है, आधा-आधा दोनों को दें। 2-4 प्रतिशत ही ऐसी होंगी, जो रिश्तेदार के बच्चे को पहले दूध पिलाएँ। इसलिए आप दूसरी माँ की भावनाएँ समझिए। वह कितना भी आपके बच्चे को प्यार क्यों न करे, मगर जहाँ अपने और आपके बच्चे में तुलना की बात होगी, तो वह अपने बच्चे का पक्ष लेगी। अपने बच्चे का ध्यान पहले रखेगी। अगर आपकी बहन अविवाहित है तो ध्यान रखिए कि उसकी शादी के बाद आपका बच्चा उसके बगैर कैसे रहेगा? अविवाहित बहनें अपने भाई या बहन के बच्चों को इतना प्यार करती हैं कि बच्चे उन्हें माँ का स्थान देते हैं। इसलिए जब भी आप अपने बच्चों को किसी के पास छोड़ें तो यह मानकर चलिए कि वहाँ या तो माँ से ज्यादा प्यार करनेवाली होगी या उससे कम प्यार करनेवाली। वैसे भी जब हम अपने किसी संबंधी का बच्चा पालते हैं तो हमारे ऊपर भी दवाब होता है। अपने बच्चे पर हाथ उठ जाता है, मगर दूसरे के बच्चे पर हाथ उठ नहीं पाता। उसे डाँटने में संकोच होता है, क्योंकि वहाँ ये खयाल रहता है कि कहीं वह ये न समझे कि मेरे पापा-मम्मा यहाँ नहीं हैं, इसलिए मुझे ऐसा कहा जा रहा है। इस तरह की भावनाओं का आना ही बच्चे और आप दोनों के लिए ठीक नहीं। जब भी आप अपने बच्चे को किसी के पास छोड़ें तो उसे छोड़कर भूलें नहीं। बच्चे में जिद की आदत आ रही है तो उसे आप भी समय-समय पर समझाइए और अपने संबंधी को भी ऐसा करने को कहिए। जहाँ बच्चे जिद्दी होते हैं, वहाँ उन्हें जिद्दी बनाने में घर के सदस्यों का भी हाथ होता है। कोशिश करिए कि आप बच्चों को डाँटें-मारें नहीं, वरना बच्चे आपसे दूर होते जाएँगे।

कभी भी ज्यादा भावनाओं में बहकर निर्णय मत लीजिए। अगर आप अपने बच्चे को अपने किसी रिश्तेदार के पास छोड़ रही हैं और जो आपके बच्चे की जिम्मेदारी उठाने के लिए तैयार है, दोनों को पहले व्यावहारिक बातों पर ध्यान देना चाहिए। नानी और दादी दोनों ही सहर्ष अपने बच्चों के बच्चों की जिम्मेदारी

उठाने को तत्पर रहती हैं। पहले तो आप यह देखिए कि वे कितनी स्वस्थ रहती हैं, अगर घर में आपकी अविवाहित बहन है, तब तो आप निश्चिंत हो सकते हैं, लेकिन ऐसे मामले में उसके विवाह के बाद परेशानी आती है। अगर घर में भाई के बच्चे हैं तो भी यह सोचना चाहिए कि बच्चों में आपकी तरफ से फर्क न हो। जब बच्चे किसी तकलीफ में या जिद में चीख-चीखकर रोते हैं तो उन्हें चुप कराना बहुत मुश्किल होता है। ऐसे में कई बार खुद माता-पिता बच्चों के चीखने के आगे हारकर उनकी जिद मान लेते हैं, जो उनके जिद्दी होने का कारण बनती है। जब माता-पिता जिद मान सकते हैं तो दूसरे लोग कैसे बच्चे का इतना चीखना-चिल्लाना बरदाश्त कर सकते हैं? जैसे उन सज्जन के संबंधियों ने कहा कि भाभी को परेशानी होती थी। उन्हें अपने बच्चे को पढ़ाना होता था, इसलिए वह उनकी बेटी की हर जिद मान लेती थी, जिससे वह शांत हो और उसकी मामी अपने बच्चे को पढ़ा सके। यहाँ गलती है भी और नहीं भी। कोई भी माँ अपने बच्चे की पढ़ाई में व्यवधान नहीं चाहती, उसकी मामी ने भी वही किया, मगर सैद्धांतिक रूप से देखें तो गलत है। अगर आपने दूसरे के बच्चे की जिम्मेदारी ली है तो उसे माँ की तरह पालना भी हमारा कर्तव्य होना चाहिए। वह जिद्दी उनकी वजह से बनी। उसको मालूम था कि वह इस तरह चीखेगी-चिल्लाएगी तो उसकी जिद पूरी होगी और उसने चीखने को अपना हथियार बना लिया। बच्चे अच्छी-खराब आदत नहीं जानते, मगर कैसे वे बात मनवा सकते हैं, यह जरूर वे अच्छी तरह समझते हैं।

□

56

किसी बच्चे को आप गोद लें या जन्म दें, सही ढंग से परवरिश करें

एक युवती ने लिखा है कि वह एक बच्ची को गोद लेना चाहती है, लेकिन उसके ससुरालवाले इसके पक्ष में नहीं, जबकि उसके मायके में उसके मम्मी-पापा और उसके भाई-बहन सभी इस बात से खुश हैं। उसने लिखा है कि उसके दूर के रिश्ते के एक भाई हैं। भाभी की मृत्यु हो गई। उनकी बेटी है एक वर्ष की। उसने पूछा है कि क्या ससुरालवालों की रजामंदी के विरुद्ध जाकर वह बच्ची गोद ले सकती है? क्या उसे ऐसा करना चाहिए? इस विषय में कानूनी बातें तो आपको वकील से मिलकर ही जाननी होंगी, लेकिन इसके व्यावहारिक पहलू बहुत गंभीर हैं। देखने में यह जितना आसान लगता है, दरअसल उतना आसान नहीं है गोद लेना। वैसे इनसानियत के तौर पर देखा जाए तो यह एक बहुत अच्छा कदम है, जिससे किसी अनाथ बच्चे को एक घर मिल सकता है, भरा-पूरा परिवार मिल सकता है। अगर हममें से 50 प्रतिशत लोग भी एक बच्चा गोद लें तो इतने अनाथालयों की जरूरत ही न पड़े। समाज में रहने के कारण एक सामाजिक कर्तव्य भी है और जिस दुर्दशा से बच्चे-बच्चियाँ गुजरते हैं, कम-से-कम कुछ को तो हम बचा पाएँगे। कुछ समय पहले एक युवक ने भी पूछा था। उसने लिखा था कि वह शादी नहीं करना चाहता। जब कभी मन होगा तो करूँगा शादी। क्या बच्चा गोद लेना उचित होगा?

जब आप एक बच्चे को बाहर से अपने परिवार में लेकर आते हैं तो सबके लिए उसे स्वीकार करना मुश्किल है। सभी सदस्यों की सोच, ख्वाहिश एक जैसी

नहीं हो सकती। जब आप खुद के बच्चे के लिए योजना बनाते हैं तो उसके लिए हर तरह से तैयार होते हैं। परिवार में उस खुशी के लिए इंतजार किया रहता है। नौ महीने तक होने वाली माँ भी उस एक-एक पल को जीती है, जो वह महसूस करती है। पिता भी वह जुड़ाव महसूस करता है। यहाँ तक कि घर के अन्य सदस्य भी पूरी तरह उस गर्भवती महिला का खयाल रखते हैं। उसके खाने-पीने, टहलने, सोने, आराम, दवाई, सभी बातों में सब सम्मिलित रहते हैं, मगर जब हम एक बच्चे को गोद लेने की बात करते हैं तो अधिसंख्य मामलों में तो यह होता है जब सभी जगह इलाज के बाद पति-पत्नी की अपने बच्चे की आशा टूट जाती है, तब गोद लेने की बात होती है। ऐसी स्थिति में माँ और पिता तो बच्चे से जुड़ जाते हैं, मगर अन्य सदस्य उस तरह नहीं जुड़ पाते। कई मामलों में यह भी होता है कि बाद में खुद का बच्चा भी हो गया, ऐसे में अकसर खुद के बच्चे से ज्यादा प्यार होने लगता है और गोद लिया हुआ बच्चा खुद को उपेक्षित महसूस करता है। कभी-कभी बच्चे समझदारी दिखाते हैं, लेकिन अकसर ये मतभेद दोनों बच्चों में आपसी तनाव भी पैदा करते हैं। अगर बचपन में आपने बच्चे को नहीं बताया कि उसे गोद लिया है और कभी गुस्से में आपके मुँह से निकल जाए कि 'हमारा बेटा होता तो ऐसे न बोलता' तो उस बच्चे पर क्या गुजरेगी? आप कल्पना भी नहीं कर सकते। इसीलिए बचपन में ही बच्चे को इस बारे में बताना चाहिए, क्योंकि अगर बड़ा होने पर आपका कोई रिश्तेदार उसे बताएगा या ताना देगा तो उसे जो झटका लगेगा, उससे उबरने में उस बच्चे को काफी वक्त लगेगा। उसके माता-पिता कौन थे? उन्होंने उसे क्यों छोड़ा? किसलिए छोड़ा? अब उसका परिवार कौन सा होगा? उसको अपना कहनेवाला कौन होगा, क्योंकि जो माता-पिता हैं, जिन्होंने पाला-पोसा, वही उसे ऐसा ताना दें, तो वह बच्चा क्या करेगा? कहाँ जाएगा? उसमें असुरक्षा की भावना आ जाएगी, जबकि इसमें उस बच्चे का कोई दोष नहीं। बच्चे को तो हम ही गोद लेते हैं। वह तो नहीं कहता कि मुझे गोद लो! बच्चा कभी भी अपनी मर्जी से नहीं आता, चाहे उसे जन्म देने की बात हो या फिर गोद लेने की। वह माता-पिता नहीं चुनता, बल्कि उसका जन्म हम निर्धारित करते हैं। आज भी बेटी पता लगने पर गर्भपात करा दिया जाता है। हम बच्चे को जन्म दें या गोद लें, जिम्मेदारी हमारी ही है कि

हम उसका लालन–पालन उचित ढंग से करें।

दूसरी बात, अगर आपका अपना बच्चा होता है, तब भी आपको अपनी जायदाद को दो बराबर भागों में बाँटना होगा। आपकी संपत्ति पर आपके गोद लिये हुए बच्चे का भी उतना ही हक है, जितना कि आपके जन्म दिए हुए बच्चे का। बच्चों के बड़े होने पर माता-पिता के मन में भी यह बात आ सकती है कि अब तो हमारा खुद का बच्चा है तो हमारी जायदाद किसी और के बच्चे को क्यों दें? यह प्रश्न केवल अभिभावक ही नहीं, बल्कि आपके अपने बेटे के मन में भी आएगी कि सारी संपत्ति पर मेरा हक है, इसे क्यों दिया जाए, ये तो गोद लिया हुआ है? फिर भी अगर आप दोनों को आधा–आधा दे भी देते हैं तो दुश्मनी बढ़ेगी ही कि अगर ये न होता तो मुझे आधी जायदाद नहीं, पूरी मिलती। यह विचार खाई को और गहरी करता जाएगा।

सबसे बड़ी बात, जो करीबी रिश्तेदार होते हैं और आपका वारिस न होने पर आपकी संपत्ति पर उनका कानूनन हक हो सकता है, वे भी दुश्मनी निभाने में पीछे नहीं हटते। वे येन–केन–प्रकारेण चाहेंगे कि घर की संपत्ति घर में रहे, गोद लिये हुए के पास न जाए। जितने भी अपराध होते हैं, उसमें आधे से ज्यादा के पीछे जमीन–जायदाद का मामला होता है, जिसमें भाई–भाई का दुश्मन बन जाता है। वैसे भी अगर आपके ससुरालवाले ही तैयार नहीं हैं, यहाँ तक कि आपके पति तैयार नहीं हैं, तो पहले उनको तैयार कीजिए। इसके अलावा बच्ची की सुरक्षा का मामला भी है, जिस पर अगली बार बात करूँगी।

□

57

अनाथाश्रम के बच्चों से प्यार जताकर तो देखिए

बहुत से लोग अनाथाश्रम से बच्चों को गोद लेना चाहते हैं, उन्हें पढ़ाना चाहते हैं, मगर पारिवारिक कारणों से गोद नहीं ले पा रहे हैं। इसका कारण वैचारिक मतभेद हैं। आपसी सहमति का न होना है। जब हम परिवार में रहते हैं तो कहीं-न-कहीं समझौते होते ही हैं। जिन मुद्दों पर परिवार में मतभेद हों, वे भी ऐसे मुद्दे, जिनसे जीवन भर का नाता हो, उन मुद्दों को छोड़ना ही बेहतर है। बच्चा गोद लेने की इच्छा रखनेवाले लोगों के लिए एक सुझाव है। जरूरी नहीं कि आप बच्चे को घर लेकर ही आएँ। अगर आप पत्नी-पति या फिर आपके माता-पिता किसी भी कीमत पर तैयार नहीं हैं कि आप किसी बच्चे को गोद लें तो जिस बच्चे को शिक्षा और प्यार का जो हक आपके द्वारा मिलने वाला था, उस बच्चे के हक को मारिए मत। आप अनाथाश्रम जाइए और उस बच्चे की पढ़ाई की जिम्मेदारी उठाइए। जितने में आप एक बच्चे को घर में रखकर उसका पालन-पोषण करते, वहाँ दो बच्चों की शिक्षा की जिम्मेदारी उठा सकते हैं। साथ ही त्योहार में सभी के लिए मिठाई ले जाइए। मेरा मतलब मिठाई से नहीं, मिठाई तो बहाना है, आप उस दिन कुछ वक्त उनके साथ बिताइए। पारिवारिक सदस्यों के जन्मदिन पर अपनी खुशियाँ उनके साथ बाँटिए। उनकी परीक्षा के परिणाम के दिन भी जाइए। उनके अच्छे परिणाम पर हौसला बढ़ाइए। त्योहारों पर आप परिवारीजन के लिए कपड़े खरीदते हैं, माना कि आप सब बच्चों के लिए कपड़े न खरीद पाएँ, तो कोई बात नहीं, आप उनके लिए कॉपी, पेन या कलर्स वगैरह

खरीद सकते हैं। कुछ ऐसे गेम्स दें, जिसे सब बच्चे खेल सकें। आपके मन में जो बच्चे को गोद लेने की इच्छा है, वह काफी हद तक जरूर पूरी होगी। जितना आप उनके करीब जाएँगे, उनसे जुड़ेंगे, वे आपसे जुड़ेंगे, उनको जो आपसे अपनापन मिलेगा, उस अपनेपन के बदले वे आपसे इतना प्यार करेंगे कि आप सँभाल नहीं पाएँगे। आपको अंदर से खुशी महसूस होगी।

कहते हैं—'जिसका पेट सदा भरा होता है, उसे भूख की तड़प का एहसास नहीं होता।' जिसके सामने हर वक्त पक्वान्न रहे, भोजन के तमाम विकल्प रहें, उसे अन्न का महत्त्व कैसे पता होगा? मगर जिसे मुश्किलों से 'दो वक्त की रोटी' मिलती हो और 'विकल्प' का तो 'विकल्प' ही न हो, तो उसे 'अन्न-देवता के रूप' में ही नजर आएगा।' बस ऐसा ही 'प्यार' के साथ भी है। अनाथाश्रम में ऐसे ही बच्चे रहते हैं, जो परिवार का 'प' नहीं जानते। पारिवारिक रिश्ते, प्यार, आपस की तकरार नहीं जानते। जिनकी अपनी माँ, पापा, चाचा, मामा, बुआ, मौसी, चाची वगैरह नहीं होतीं। वे उन रिश्तों के लिए तरसते हैं। कुछ अनाथाश्रमों में मैं भी जाती हूँ। वहाँ जो बड़ी लड़कियाँ होती हैं, छोटे बच्चे उनके पीछे 'दीदी' कहकर ऐसे लगे रहते हैं, जैसे वे उनके लिए दीदी न हों, बल्कि 'माँ' हों और वे भी छोटे बच्चों को उसी तरह प्यार करती हैं, डाँटती और समझाती भी हैं। वहाँ एक अलग माहौल होता है। 'बच्चों का अपना परिवार होता है, जो बच्चों से शुरू होकर बच्चों पर ही खत्म होता है।' वहाँ प्यार भी है और अनुशासन भी। समय से खाना और समय से सोना।

अगर हममें से कोई गोद न भी ले तो कभी-कभार ही सही, अनाथाश्रम जरूर जाए। हो सकता है, कई लोग जाते हों, मगर जो नहीं गए, वे एक बार तो जरूर जाएँ। आपको जो आत्मसंतुष्टि होगी, शायद पहले न हुई हो। आप उन बच्चों को अपना बनाकर देखिए, आपको दुनिया अपनी लगेगी। आपके अपनेपन से उन बच्चों के चेहरों पर फैली मुसकान आपको किसी बाजार में नहीं मिलेगी। वह रुपए-पैसे से नहीं खरीदी जा सकती, लेकिन आप अपनेपन और प्यार से वह मुसकान उनके चेहरों पर ला सकते हैं। बस, आप ये बीड़ा उठाएँ कि आप कुछ बच्चों की पढ़ाई करवाएँगे, उनकी जरूरतें पूरी करेंगे। इससे आप अपने मन की आवाज भी सुन सकेंगे और अपनी इच्छा अनुसार कुछ कर भी

सकेंगे। वैसे भी हम सबका समाज के प्रति कर्तव्य भी है। साथ ही हम अपने घर के सदस्यों की इच्छा का मान रख सकेंगे। ऐसे मामलों में आप जबरदस्ती भी नहीं कर सकते। पति या पत्नी के विरुद्ध जाकर बच्चा गोद नहीं ले सकते। यह तभी संभव है, जब दोनों सहमत हों। अगर आप वाकई चाहते हैं कि किसी बच्चे की पढ़ाई कराएँ या अपने आस-पास किसी ऐसे बच्चे को जानते हैं, जो बहुत होनहार है, पढ़ाई में बहुत तेज है, लेकिन फीस के कारण नहीं पढ़ पा रहा है, ऐसे बच्चों की जरूर मदद करिए। अगर आप सक्षम हैं तो आप बच्चे की जिम्मेदारी लेकर अच्छे हॉस्टल में भेजिए, जिससे उसे अच्छी शिक्षा मिल सके। समय-समय पर जाकर उससे मिलते रहिए। उसे आभास कराइए कि वह अकेला नहीं, आप उसके साथ हैं।

अनाथाश्रम ही क्यों, वृद्धाश्रम भी जाना चाहिए। शायद हमारे ही किसी अपने की आँखें खुलें और कोई बुजुर्ग वृद्धाश्रम जाने से बच जाए। साथ ही बच्चों को भी ले जाइए, जिससे उनमें मानवीय संवेदनाएँ गहरे पैठ बना सकें। बच्चे वैसे भी बहुत भावुक होते हैं, क्योंकि वे मन से सच्चे होते हैं। उनमें छल-कपट नहीं होता। ये सारे गुण (नकारात्मक) उम्र के साथ हमारे अंदर आते हैं। अगर बच्चों में मानवीय संवेदनाएँ होंगी तो वे कभी कोई गलत कदम उठाने से पहले सौ बार सोचेंगे। किसी को कष्ट नहीं पहुँचाएँगे। आप उन्हें अनाथाश्रम ले जाएँगे तो उन्हें रिश्तों का महत्त्व समझ आएगा। उनको पता चलेगा कि माँ-पापा के साथ, परिवार के साथ रहने का महत्त्व क्या है! आपके बच्चों में अनाथाश्रम के बच्चों के प्रति 'दया' नहीं, बल्कि 'प्यार' होना चाहिए। आप उनके प्रति 'बेचारेवाली' भावना मत प्रदर्शित करिए, बल्कि उनके प्रति 'स्वाभिमान' जगाइए।

□

58

शिशुकाल से ही पढ़ाएँ संस्कारों का पाठ

अब पहले वाला वह समाज, वह समय नहीं रह गया, जब लड़कियों को पढ़ाया जाए या नहीं, लेकिन कढ़ाई, बुनाई, सिलाई और पाक कला जरूर सिखाई जाती थी। उसे सिर उठाकर चलने की अनुमति नहीं थी। लड़कियाँ सड़क पर निकलती थीं, मगर नजरें नीची होती थीं। मानो किसी गुनाह के बोझ तले दबी हों! उनके मुँह में जबान होती थी, जिसे चुप रहने की सीख दी जाती थी। अब न तो वह दौर रहा, न ही वह तौर। उस समय की जरूरतों के अनुसार उस दौर के लिए शायद वह सिलाई, बुनाई और कढ़ाई का हुनर काबिलेतारीफ था। इतने टेलर्स, बुटीक नहीं थे। महिलाएँ खुद कपड़े सिलती थीं। उस पर कढ़ाई करती थीं। कॅरियर को लेकर मारा-मारी नहीं थी, इसलिए वक्त-जरूरत पड़ने पर सिलाई, बुनाई, कढ़ाई कमाई का जरिया भी बन जाता था। चूँकि उस समय की जरूरतें बड़ी नहीं थीं तो उसमें काम चलता था, मगर आज इससे काम नहीं चलेगा और अगर इसी में कोई भविष्य बनाना चाहे तो फिर उसके लिए फैशन डिजाइनिंग जैसे तमाम रास्ते हैं, जिनके लिए अलग से बहुत सारे कोर्स हैं। घर सँभालनेवाली महिलाएँ तो आज भी समय निकालकर अपने थोड़े-बहुत काम कर ही लेती हैं, मगर कामकाजी महिलाओं के लिए समय निकालना थोड़ा मुश्किल है। बाकी हर वस्तु आज रेडीमेड मिल जाती है, लेकिन आप संस्कार खरीदकर बच्चों को नहीं दे सकते। यह वह धरा है, जिसकी सिंचाई, निराई, गुड़ाई और देखभाल अगर आपने नियमित रूप से नहीं की तो संस्कारों की फसल तो बरबाद होनी ही है। इससे किसी और का कुछ नहीं बिगड़ेगा। अलबत्ता आपको और आपके परिवार को खामियाजा अवश्य भुगतना पड़ेगा। जैसे फसल खराब

होने से नुकसान किसान का ही होता है, उसी तरह बच्चों में अच्छे संस्कार न पड़ने से आपके बच्चे ही बिगड़ेंगे, गलत राह पर चलेंगे। लॉन्ग टर्म में देश और समाज भी अवश्य ही प्रभावित होगा। एक किसान की फसल एक बार बरबाद होगी तो उसको और परिवारीजनों को दिक्कतें-परेशानियाँ होंगी। साथ ही वह अपनी कमाई के लिए देशवासियों के लिए जो अन्न उगाकर बेचता था, उसमें उतना योगदान नहीं दे पाएगा, लेकिन वह किसी तरह मैनेज कर लेगा। अगली फसल बरबाद हुई तो उसे खाने-पीने के लाले पड़ जाएँगे। जब वह खुद का परिवार नहीं पाल सकेगा तो देश-समाज के लिए क्या योगदान देगा? ये तो एक किसान की फसल बरबाद होने की बात हुई। अगर सभी किसानों की फसलें बरबाद हुईं तो देश के सामने संकट-ही-संकट है। फिर तो संकट गुणात्मक रूप में बढ़ेंगे। फसलें बरबाद होंगी, तो हमें खाने के लिए कहाँ से मिलेगा? बाहर से अन्न खरीदा जाएगा। महँगाई बढ़ेगी। उचित देखभाल और संसाधनों की कमी से जमीन बंजर हो जाएगी। फिर तो हम दोबारा जमीन उपजाऊ होने की उम्मीद खो बैठेंगे और उसके लिए कितना प्रयास करना पड़ेगा, आप बेहतर समझ सकते हैं। यह है फसल की बरबादी का असर, जो हम और फिर हमारा देश भुगतेगा। इसलिए हम सचेत रहकर अपने बच्चों में अच्छे संस्कार डालें, उन्हें पूरा समय देकर एक जागरूक, जिम्मेदार और समझदार नागरिक बनाएँ, जिससे हमारे परिवार के साथ देश-समाज का भी हित हो।

हमारी असली फसल तो हमारे बच्चे हैं। जिनमें संस्कारों, आदर्शों, मर्यादा और इनसानियत की खाद और पानी हमें शुरू से देना होगा। आप किसी भी तरह का अपराध देखिए, सबसे पहले हमारे गलत संस्कार ही सामने आएँगे। परिस्थितियाँ लाख विपरीत हों, अगर हमारे संस्कार सही हैं, हमारे अंदर उनसे निपटने की काबिलीयत है, सहने की शक्ति है और अपनी महत्त्वाकांक्षाओं में अंधे न होकर हम सही-गलत की पहचान करने में सक्षम हैं तो हमसे अपराध नहीं होंगे। अगर बड़े-से-बड़ा दुःख सहने की क्षमता हमारे अंदर है, 'किसी भी कीमत पर' अपनी महत्त्वाकांक्षाओं को पूरी करने की जिद हममें नहीं है तो हम गलतियाँ नहीं करेंगे। लेकिन अगर हम अपनी महत्त्वाकांक्षाओं को 'किसी भी कीमत पर' पूरा करने का जुनून पाल लेते हैं तो फिर हमें गलत राह पर जाने से

कोई रोक नहीं सकेगा। कम समय में ज्यादा पाने और प्रसिद्धि की चाह हमारे लिए ही कब गड्ढा खोदना शुरू कर देगी, हमें पता भी नहीं चलेगा। हमें होश तब आएगा, जब हम गड्ढे में गिर चुके होंगे और तब कुछ नहीं हो पाएगा। हालाँकि अच्छाई के रास्ते पर चलने के लिए कभी देर नहीं होती। 'जब जागो, तभी सवेरा', मगर शर्त है कि आपकी आँखें खुलनी चाहिए। गलती-नादानी एक बार होती है, दो बार होती है, बार-बार नहीं। अगर आप बार-बार गलतियाँ करते हैं तो उसे गलती की श्रेणी में नहीं रखा जाता, उसे गुनाह कहा जाता है। गलतियाँ अनजाने में होती हैं, लापरवाही से होती हैं, मगर बार-बार गलतियाँ नहीं होतीं। गलत राह पर चलनेवालों के परिणाम कभी अच्छे नहीं होते। हो सकता है—आपको सुगम-चमचमाता रास्ता मिले, मगर मंजिल काँटों भरी अवश्य होगी, और जब मंजिल पर आपको काँटे मिलेंगे तो सुगम रास्तों का मतलब नहीं। शॉर्ट कट जल्दी पहुँचाते हैं, मगर खतरे ज्यादा होते हैं। अगर हम जान जाएँ कि शॉर्ट कट पर चलकर मंजिल के करीब जल्दी पहुँचेंगे, लेकिन खतरे ज्यादा हैं, जिसमें जान का भी जोखिम है। दूसरी तरफ लंबा रास्ता जरूर है, मगर उसमें आप सुरक्षित हैं। आपको समय जरूर लगेगा, मगर दिक्कतें नहीं होंगी। साहस हमेशा ही अच्छा होता है। रोमांच भी जीवन में होना चाहिए, मगर दुस्साहस नहीं करना चाहिए। खुद को जानबूझकर आग के हवाले करना उचित नहीं, बुद्धिमत्ता भी नहीं। इस वजह से हमारा परिवार परेशानी में पड़ सकता है। ऐसे शॉर्ट कट पर कभी नहीं चलना चाहिए। इसलिए बच्चों को उनके शिशुकाल से ही संस्कारों का पाठ पढ़ाना चाहिए। अगर वे न समझें तो भी सिर्फ आदत में लाने के लिए उनके सामने बार-बार वही बातें रिपीट करनी चाहिए, जिससे वे उनमें आत्मसात् हो जाएँ।

□

59

पिता और पति का फर्ज निभाइए

"साब, मैं तो आज ही आपसे यह वादा करता हूँ और कोशिश भी करूँगा कि खैनी और शराब की लत छोड़ सकूँ। बाकी सब अल्लाह की मर्जी।" उनमें से एक ने कहा।

"क्यों आपकी मर्जी क्यों नहीं?" आशु ने उससे पूछा।

आशु ने कहा, "अरे जनाब, अल्लाह को बीच में क्यों ला रहे हो? उन्हें तो बहुत से काम हैं। फिर आपकी लत छोड़ने की भी जिम्मेदारी उन पर क्यों? यही कमी है आप लोगों में। आत्मविश्वास का न होना। अरे, आप मन से सोचिए, फैसला कीजिए, फिर उस पर अमल करिए। इसमें भगवान् या अल्लाह की मर्जी कहाँ से जिम्मेदार है? आप अगर ये आदतें नहीं छोड़ पाए तो इसका क्या मतलब हुआ कि आपका अल्लाह नहीं चाहता कि आपकी यह लत छूटे। क्या भगवान् चाहेंगे कि उसके भक्त, उसके बच्चों में कोई गलत आदतें पड़ें? क्या आप चाहते हैं कि आपका बेटा गलत रास्ते पर जाए? नहीं न? तो फिर भगवान् कैसे चाहेंगे कि आप गलत रास्ते पर चलें। हम सब उन्हीं के बच्चे हैं, भक्त हैं। वे कैसे चाहेंगे कि हम कोई भी गलत काम करें। गलत आदतें डालें और उन्हें पालें। अपनी कमजोरी के लिए भगवान् को जिम्मेदार मत ठहराइए और न ही उसकी मर्जी का सहारा लीजिए। यह तरीका गलत है। अपने मन के विश्वास को मजबूत बनाइए और दृढ़ निश्चय करिए कि आप आज के बाद नशे की किसी भी चीज को हाथ नहीं लगाएँगे। जब आप अपने इस फैसले को घर जाकर अपने बच्चों और अपनी पत्नी को बताएँगे तो देखिएगा, उनके चेहरे पर कितनी चमक और खुशी होगी। उसका तो आप अंदाजा भी नहीं लगा सकते। अपने पिता और पति होने का फर्ज निभाइए।

"असली खुशी तो आपकी बीवी, आपके बच्चे हैं और अपने परिवार को बीवी-बच्चों तक ही क्यों सीमित रखते हैं? आप में से कई लोगों के माता-पिता अभी जीवित होंगे। भगवान् न करे कि किसी के माता-पिता का साया उसके सिर से उठे। आपके परिवार में आपके माता-पिता, भाई-बहन भी हैं। क्या आपको और आपके परिवार की इस हालत को देखकर वे खुश रहेंगे? आपके बच्चे आपके सामने गलत काम करें तो आपको दुःख होगा। इसी तरह आप कुछ गलत करेंगे तो आपके माता-पिता को भी दुःख होगा। इस उम्र में उन्हें दुःख देना ठीक नहीं है। धीरे-धीरे अपने दोस्तों और सगे-संबंधियों की भी इस आदत को छुड़वाने की कोशिश करिए। अगर एक व्यक्ति की भी आदत आपने छुड़वा दी तो समझिए आपने एक परिवार को उसकी खुशियाँ लौटा दीं। एक पत्नी को उसका पति, बच्चों को पिता और बूढ़े माता-पिता को उनका बेटा वापस मिल जाएगा। ऐसे ही हर व्यक्ति प्रयास करे तो बहुत सारे परिवारों के हालात सुधर सकते हैं। इसके लिए पहले अपने परिवार और बच्चों से प्यार जरूरी है। अगर आपको अपने बच्चों और पत्नी से जरा सा भी प्यार है तो आप किसी भी तरह के नशे से दूर रहेंगे।"

इस बीच वहाँ बहुत सारी महिलाएँ भी आ गईं। उनमें से कई ने बताया कि शराब पीकर उनके पति उन्हें मारते हैं और घरों में काम करने पर उन्हें जो रुपए मिलते हैं, वे छीनकर ले जाते हैं और शराब पीते हैं। परेश ने उनसे कहा, "अगली बार जब वे आएँगे तो वे उनके पतियों से जरूर मिलेंगे और उन्हें समझाने का प्रयास भी करेंगे, लेकिन घर की महिलाओं को भी अपना व्यवहार बदलना होगा। अपने पतियों को ताने मारना बंद करना होगा। बात-बात पर होने वाले लड़ाई-झगड़ों को बंद करना होगा। सबसे बड़ी बात जब कोई व्यक्ति किसी भी तरह का नशा छोड़ता है तो उसे परेशानी होती है। बेचैनी होती है। उसे उस समय प्यार और सहयोग की जरूरत होती है। उसका मन बार-बार यही होता है कि किसी तरह से छोड़ा हुआ नशा उसे एक बार पीने या खाने को मिल जाए, लेकिन उसे खुद पर नियंत्रण रखना होगा और जब भी इस तरह का मन हो तो आप केवल यह सोचें कि जो रुपया आप अपने नशे पर खर्च कर रहे हैं, उससे आपके बच्चों का भविष्य बन सकता है। बच्चों का भविष्य आप न तो नशे में डुबो सकते हैं, न

ही धुएँ में उड़ा सकते हैं। आप घर के मालिक हैं और आपके घर की जिम्मेदारी आप पर ही है। आप बच्चों में अच्छे संस्कार डालिए। उन पर इन गंदी आदतों का साया भी मत पड़ने दीजिए। घर के लड़ाई-झगड़ों का, पति-पत्नी के बीच मन-मुटाव का बच्चों पर, उनके दिमाग पर बहुत गलत असर पड़ता है। बच्चे बहुत कोमल होते हैं। आप जैसा करते हैं, वे भी वैसा ही करने की कोशिश करते हैं। इसलिए आपका प्रयास यही होना चाहिए कि बच्चों के बेहतर विकास के लिए आप अपने व्यवहार में भी परिवर्तन लाइए। अपने आसपास किसी बच्चे को पान मसाला खाते हुए देखें तो उसे मना कीजिए, समझाइए और जरूरत हो तो डाँटिए, पर उसे खाने मत दीजिए।"

एक व्यक्ति ने कहा, "जब हम किसी भी तरह का नशा छोड़ते हैं तो डॉक्टर भी कहते हैं कि एकदम से नहीं छोड़ना चाहिए।" इस पर आशु ने कहा, "यह आदमी-आदमी पर निर्भर करता है। मतलब कोई व्यक्ति बहुत शराब या सिगरेट-बीड़ी पीता है और एकदम से छोड़े तो उसके साथ कुछ परेशानी हो सकती है, लेकिन ऐसा बहुत कम मामलों में होता है। उसे धीरे-धीरे छोड़ना चाहिए, क्योंकि आपके शरीर को उसकी आदत लग चुकी होती है। इस मामले में मैं तो यही कहूँगा कि एक ही झटके में छोड़ देना चाहिए, क्योंकि अगर आप एक बार कमजोर पड़े तो बार-बार कमजोर पड़ेंगे। मन में यह विश्वास होना चाहिए कि कुछ भी हो नशे को हाथ नहीं लगाना है। तभी हमें इससे छुटकारा मिल सकता है। इस तरह के फैसले को कल पर मत छोड़िए, क्योंकि न तो कल कभी आएगा और न ही आप कभी इस लत से छुटकारा पा सकेंगे। इसलिए अभी से फैसला करिए कि आपको किसी भी तरह के नशे से दूर रहना है। अगर अपने बीवी-बच्चों से आपको जरा सा भी प्यार है तो आप नशे की लत छोड़ देंगे। ऐसे में पत्नियों और बच्चों का सहयोग बहुत जरूरी है। बिना उनके सहयोग के आपका यह सपना अधूरा ही रहेगा।"

□

60

कंप्यूटर जरूर दीजिए पर नजर रखिए

झिलमिल की बात सुनकर दीपा ने कहा, "अरे हाँ झिलमिल, मैंने तो ऐसा कभी सोचा ही नहीं। मैं कितना परेशान हो रही थी, पर तूने तो झट से समस्या का हल निकाल दिया।"

"दीदी, आखिर पत्रकार हूँ मैं। हर मसले की बारीकी को समझती हूँ और बारीकी से समझती हूँ। दोनों बातें हैं।" झिलमिल ने थोड़ा इतराते हुए कहा।

"अच्छा पत्रकार महोदया, अब सो जाओ। कल से क्या होगा, जब तुम रोज उसे दो पैकेट चिप्स दोगी।"

"दीदी देखना, धीरे-धीरे उसकी आदत छूट जाएगी और वैसे भी बच्चा अगर खाना ठीक से खा रहा है तो क्या प्रॉब्लम है, अगर वह चिप्स भी खाए। चिंता की बात तब होती है, जब बच्चा खाना न खाए और खाली चिप्स या अन्य अटरम-सटरम चीजें खाता रहे। इसलिए आप चिंता मत करो। वह ठीक से खाएगा। धीरे-धीरे उसे शाम को भी एक कटोरी दाल देना शुरू कर दो। देखना दीदी पार्थ का असर नव्या पर भी पड़ेगा। वह भी अपने भाई की देखा-देखी ठीक से खाना खाएगी। दीदी, हम बड़े हैं और हमें उन्हें किसी भी तरह से अच्छी बातें समझानी होंगी। अगर हम नहीं समझा पा रहे हैं तो यह हमारी कमी है और गलत आदत डालने के लिए भी हम जिम्मेदार हैं। एक गलत आदत बच्चे का जीवन बिगाड़ सकती है। इसलिए बच्चों की बुरी आदतों को नजरअंदाज नहीं करना चाहिए। दीदी अगर आपने उसे चिप्स देने की आदत न डाली होती, शुरू से समझाया होता तो वह ठीक से खाना खा रहा होता।

कोई बात नहीं, अच्छे काम की शुरुआत कभी भी की जा सकती है, उसके लिए समय कभी खत्म नहीं होता। मैं तो कहती हूँ कि हर माँ-पिता को अपने बच्चों को इस तरह की आदतों से दूर रखना चाहिए। जंक फूड और फास्ट फूड बहुत नुकसानदेह है बच्चों के लिए, लेकिन माता-पिता ही यह बात नहीं समझते।"

अगले दिन पार्थ उठा और उठते ही कंप्यूटर खोलकर बैठ गया। बीच में उठकर नाश्ता किया, कार्टून देखा और दोपहर के खाने तक फिर गेम खेलता रहा। तब झिलमिल ने कहा, "दीदी, पार्थ की एक और आदत मैं देख रही हूँ, वह यह कि ज्यादा-से-ज्यादा समय वह इंटरनेट पर बैठा रहता है। गेम खेलता है या कार्टून देखता है। अगर यही हाल रहा तो धीरे-धीरे ये आदतें नव्या को भी लग जाएँगी। हालाँकि अभी भी जब पार्थ टी.वी. देखता है या गेम खेलता है तो नव्या उसी के पास बैठी रहती है, बड़े मजे से कार्टून देखती है। गेम खेलने की जिद भी करती है। अभी तो छुट्टियाँ हैं तो कोई बात नहीं, लेकिन छुट्टियों के बाद क्या होगा और मुझे पक्का यकीन है कि वह स्कूल के दिनों में भी इंटरनेट पर बैठा रहता होगा।"

तभी घंटी बजी, झिलमिल ने दरवाजा खोला तो सामने उसकी ऑफिस की दोस्त शगुन खड़ी थी। "हाय शगुन दी, व्हॉट अ प्लेजेंट सरप्राइज! हाँ, झिलमिल बहुत दिन हो गए थे तुझसे मिले हुए, सोचा मिल आऊँ। बहुत अच्छा किया। आइए, आपको अपनी दीदी से मिलवाऊँ। ये मेरी दीदी दीपा और यह मेरी ऑफिस की दोस्त शगुन दी।"

"क्या गुफ्तगू हो रही थी बहनों में?"

"शगुनजी, कुछ खास नहीं, लेकिन बहुत खास।"

"मतलब?"

"मतलब यह शगुनजी कि बच्चों के मुद्दों पर बात हो रही है और यह झिलमिल है न; है तो मुझसे छोटी, पर समझ में मुझसे कहीं ज्यादा बड़ी।" दीपा ने कहा।

"तो बच्चों की बुराइयाँ हो रही हैं और वैसे सही ही है, हर माँ को अपना बच्चा अच्छा लगता है, लेकिन तारीफ दूसरों के बच्चों की करती हैं

कि आपका बच्चा तो बड़ा अच्छा है, समझदार है, पढ़ता है। एक हमारा है, कुछ सुनता ही नहीं। है न?" शगुन ने कहा।

"हाँ, शगुन दी, आप ठीक कह रही हैं।" झिलमिल ने कहा। इस पर तीनों हँस दीं।

फिर उसने कहा, "मैं पार्थ को बराबर देख रही हूँ कि वह सारे दिन केवल कंप्यूटर पर बैठा रहता है और गेम खेलता है।"

"अरे, झिलमिल ऐसा केवल पार्थ ही नहीं करता, बल्कि मेरा बेटा भी यही करता है, वह तो टेंथ में है। उसके लिए ये तीन-चार साल बहुत ही क्रूशियल हैं, पर वह समझता ही नहीं। मुझे तो यह भी फिक्र रहती है कि वह क्या देख रहा है। उस पर नजर रखनी पड़ती है। कहीं इंटरनेट पर किसी गलत वेबसाइट पर न चला जाए। आजकल नेट पर सबकुछ मिल जाता है। इसीलिए जब बाहर जाती हूँ तो कंप्यूटर लॉक कर देती हूँ। ताकि मेरी या उसके पापा की अनुपस्थिति में वह गलत साइट पर न जा सके, पर कब तक ऐसा कर पाऊँगी? वह बड़ा हो रहा है। इंटरनेट कनेक्शन हटवा भी नहीं सकते, क्योंकि आजकल पढ़ाई के लिए कंप्यूटर बहुत जरूरी है। वैसे भी आजकल छोटी क्लासों से ही बच्चों को कंप्यूटर के बारे में पढ़ाया जाता है। उसके बाद पढ़ाई से संबंधित बहुत सारी बातें बच्चे इंटरनेट पर सर्च करते हैं। हमें उन्हें कंप्यूटर तो देना ही होगा, लेकिन उन पर नजर रखना बहुत जरूरी है। "

"हाँ शगुन दी, आप ठीक कह रही हैं।" झिलमिल ने कहा, "पहली बात तो यह कि अगर बच्चे पर ध्यान न दिया जाए तो उसकी सेहत के लिए ठीक नहीं होगा। उनके लिए आउटडोर गेम बहुत जरूरी हैं। दीदी, वहाँ पार्थ खेलने के लिए बाहर जाता है या नहीं?"

"नहीं झिलमिल, कभी-कभी ही जाता है। उसके दोस्त आते हैं तो वे भी कंप्यूटर पर ही गेम खेलते हैं। कितनी बार कहा है कि अकेले हो तो गेम खेलना समझ में आता है, लेकिन जब दोस्त आते हैं तो बातें करो, बाहर जाओ, मिलकर खेलो। कुछ एक्सरसाइज ही होगी। सारे दिन मेज-कुरसी पर बैठे रहते हो, लेकिन वह सुनता ही नहीं। सुबह से उठकर गेम खेलेगा या फिर कार्टून देखेगा। अब अकसर भाई-बहन में लड़ाई होती है। दोनों गेम खेलना

चाहते हैं, पर पार्थ बड़ा है तो नव्या की सुनता ही नहीं और वह रोती है। मैं सोचती थी कि बच्चे बड़े हो जाते हैं तो उन्हें सँभालना आसान होता है, लेकिन अब समझ में आ रहा है कि बड़े बच्चों को सँभालना तो और भी मुश्किल है। मैं तो परेशान होने लगी हूँ। मेरी बात तो वह सुनता ही नहीं और रजत को फुरसत नहीं।"

□

61

बच्चों पर कुछ थोपिए नहीं

आदमी का नाम उसके काम से जिंदा रहता है। हमारा वंश चल रहा है। हमारे चाचा, बुआ, मौसी, बाबा, बाबा के भाई-बहन सभी का वंश चल रहा है, लेकिन क्या हमें अपनी दादी की दादी या परदादी का नाम याद है? बाबा के परबाबा का नाम याद है? क्या यह पता है कि वे कितने भाई-बहन थे? अगर किसी का नाम याद भी होगा तो वह किसी विशेष कारण से, न कि वंश वृक्ष की बेल से, तो क्या फायदा बेटे की चाहत का? इससे तो बेटियाँ भली, जो कम-से-कम बीमार होने पर सेवा तो करती हैं। बेटा हो या बेटी आज सभी बच्चे अपना कॅरियर बनाते हैं और जब वे कुछ अच्छा काम करते हैं तथा उनकी किसी उपलब्धि पर हमको नाज होता है तो हम गर्व से कहते हैं कि ये हमारी बेटी या बेटा है। बस, हमें अपने बच्चों को इस काबिल बनाना है कि हम उन पर नाज कर सकें। समाज को, देश को एक अच्छा नागरिक दे सकें। देखो न सरिता की देवरानी को, बेटे की चाह उसे कहाँ ले गई। अभी भी हमारे समाज में अंधविश्वास की जड़ें बहुत गहरी हैं। बाबा उन्हें बेटा दे सकता है, इसे उनका भोलापन नहीं कहा जाएगा। यह सोच निश्चित रूप से उनकी अशिक्षा, पिछड़ेपन और अंधविश्वास के कारण है। अगर वह पढ़ी-लिखी होती तो उसे समझ आता कि बेटा-बेटी के जन्म के लिए औरत जिम्मेदार नहीं होती और किसी बाबा के भभूत या कुछ और देने से बेटा नहीं होता। ऐसी न जाने कितनी औरतें होंगी, जो बाबा के चक्कर में पड़कर अपनी इज्जत गँवा बैठती हैं। हाँ, अगर कोई महिला माँ नहीं बन पा रही है या बार-बार गर्भपात हो रहा है तो उसे किसी अच्छे डॉक्टर से इलाज करवाना चाहिए, न कि किसी बाबा से भभूत लेकर खानी चाहिए; और

यह सोच केवल अनपढ़ होने की वजह से नहीं है, बल्कि अच्छे-खासे पढ़े-लिखे लोग मुल्ला-मौलवी और पंडितों के चक्कर काटते हैं। झिलमिल तुम लोग तारापुर बस्ती जा रहे हो न?" शगुन ने पूछा।

"हाँ।" झिलमिल ने कहा।

"तो एक बात अपने एजेंडे में और जोड़ो कि उन लोगों को इस बारे में भी बताओगे, समझाओगे और इस तरह के अंधविश्वास से बाहर निकालोगे। वहाँ लोगों को इस बारे में बताना बहुत जरूरी है और यह तब होगा, जब सबसे पहले उनके दिमाग से लड़के-लड़की का फर्क खत्म होगा। ये लोग जो घरों में काम करके, रिक्शा चलाकर, मजदूरी करके, ठेला लगाकर जीवन गुजारते हैं या जो मध्यम वर्गीय या निम्न वर्गीय परिवार हैं, जिनकी आय बहुत कम है, जहाँ बच्चों का पेट पालना मुश्किल होता है, वहाँ उनकी पढ़ाई-लिखाई के लिए तो सोचा भी नहीं जा सकता और जब प्रतिभा अमीरी-गरीबी, बेटा-बेटी देखकर नहीं आती तो हम क्यों बेटा-बेटी में उलझे हैं। दीपाजी, आपने इस बार के दसवीं और बारहवीं के परिणाम देखे? अव्वल आनेवालों में कितने बच्चे उन घरों से थे, जहाँ माँ घरों का काम करती थी या आया थी, पिता चपरासी था या छोटी-मोटी दुकान करता था। कितनी खुशी होती है ऐसे होनहारों और उनके माँ-पिता को देखकर, उन बच्चों की लगन, माता-पिता का परिश्रम और सोच देखकर। तुझे याद है, पिछले साल एक रिक्शा चलानेवाले का बेटा आई.ए.एस. बना था और हर साल एक-दो बच्चे उन परिवारों से सलेक्ट होते हैं, जो अभावों में तो रहते हैं, पर इसे अपनी राह को रोड़ा नहीं बनने देते। वे पढ़े-लिखे न सही, पर दिन-रात मेहनत करके बच्चों को पढ़ा रहे हैं और अंधविश्वास नहीं, बल्कि अपनी मेहनत के बल पर अपने बच्चों का भविष्य बना रहे हैं। ऐसे लोगों को तो सम्मानित किया जाना चाहिए, जिससे दूसरे लोगों को प्रेरणा मिले। वहीं दूसरी तरफ ऐसे लोग भी हैं, जो बाबा से बेटा पैदा होने की उम्मीद लगाते हैं और तीन बच्चे होने के बाद भी चौथे बच्चे को जन्म देना चाहते हैं। इनको कौन समझाए कि ये दुनिया है, यहाँ रोज कितने ही बच्चे जन्म लेते हैं और कितने ही लोग मरते हैं, लेकिन कोई किसी को नहीं याद रखता। खुद के रहने का, खाने का ठिकाना नहीं होता, फिर भी बच्चों को जन्म देते रहते हैं।

"आपको जानकर हैरानी होगी कि हमारे समाज में कुछ लोगों की सोच इतनी दूषित हो चुकी है और वे यह सोचते हैं कि जितने ज्यादा बच्चे होंगे, उतने ही हाथ कमाएँगे। कोई चाय की दुकान पर कमाएगा तो कोई होटल में बरतन साफ करेगा, कोई पन्नी बीनकर ही पाँच-दस रुपए कमाएगा, लेकिन सभी कुछ-न-कुछ कमाकर लाएँगे। वे बच्चों को ईश्वर की देन मानते हैं और ये कहते हैं कि जब भगवान् ने उन्हें इस दुनिया में भेजा है तो खाने को भी देगा। कैसे समझाया जाए उन्हें कि जब हम बच्चों की जरूरतें पूरी करना तो दूर उन्हें खिला-पिला नहीं सकते, पढ़ा नहीं सकते, तो बच्चों को जन्म ही क्यों देना? क्या भूखा मरने के लिए या अपराधों में ढकेलने के लिए? जब ये बच्चे पढ़े-लिखे नहीं होंगे तो जीवन गुजारने के लिए, अपनी इच्छाओं को पूरा करने के लिए गलत रास्ते अपनाएँगे, क्योंकि इच्छाएँ सभी में होती हैं। सपने सभी देखते हैं। परिस्थितियों के कारण अगर वे पढ़ नहीं सके तो इसमें उनका दोष नहीं और पढ़े-लिखे न होने से सपने देखने का, इच्छाओं को पालने का अधिकार तो नहीं छिन जाता। आजकल के हालातों को देखकर मैंने तो यही सोचा है कि मैं अपने बच्चों को पूरी छूट दूँगी। बेटे के साथ बेटी को भी पूरी छूट होगी कि वह जो भी पढ़ना चाहे, वही पढ़ेगी। जिन विषयों में उसे रुचि होगी और जिनमें उसे बेहतर करने का आत्मविश्वास होगा, वह वही पढ़ेगी और अपनी इच्छा मैं संभव पर भी नहीं थोपूँगी। वैसे मैं तो चाहती हूँ कि वह डॉक्टर बने, लेकिन अभी से उसकी इच्छा इंजीनियर बनने की है। मैं और उसके पापा उस पर कभी भी डॉक्टर बनने का दबाव नहीं डालेंगे। अपने बच्चों पर कुछ थोपूँगी नहीं। वे वही करेंगे, जो वे करना चाहेंगे। इसी में उनकी भलाई है। हाँ, उन्हें हर बात के अच्छे-बुरे पहलू से रू-ब-रू जरूर कराऊँगी, ताकि वे बेहतर तरीके से सोच-समझकर सही फैसला कर सकें।" शगुन ने कहा।

□

62

माता-पिता व बच्चों, दोनों को एक-दूसरे को समझने के लिए वक्त देना चाहिए...

"आज मैं शीना के लिए बहुत खुश हूँ। इतने दिनों के तनाव के बाद आखिर सब ठीक हो गया। अंत भला तो सब भला। इसमें शीना ने जो समझदारी दिखाई, वह तो काबिले तारीफ है ही, पर माँ ने भी अपनी जिम्मेदारी और बेटी की खुशी को समझा। माँ समझ गई थीं कि शीना जिद्दी है और वह धवलजी के अलावा किसी से भी शादी नहीं करेंगी। यह भी नहीं हो सकता था कि जीवन भर उनकी शादी न करें। रहा सवाल परिवार का तो घर-परिवार अच्छा है। इसलिए बात पक्की होनी ही थी। यही होते हैं संस्कार। उन्होंने माँ-पापा की मर्जी से ही शादी करने का फैसला लिया और माता-पिता कब तक नहीं मानते? उन्हें तो मानना ही था। शीना घर के विरुद्ध जाकर भी शादी कर सकती थीं, लेकिन उन्होंने सही रास्ता चुना। बच्चों को अपने माता-पिता को बात को समझने और मानने के लिए पूरा समय देना चाहिए। बच्चों के एक गलत कदम से माता-पिता की समाज में बहुत बदनामी होती है और फिर वह कदम रिश्तों के बीच खाई बनाने का काम करता है, जिसे पाटना केवल समय के हाथ ही होता है। कोई भी फैसला लेने से पहले उन्हें सौ बार सोचना चाहिए। नए रिश्ते जुड़ने का यह मतलब कतई नहीं है कि पुराने रिश्ते खत्म कर दिए जाएँ। नई खुशियों की और नए जीवन की शुरुआत घरवालों के आशीर्वाद से हो, यही प्रयास करना चाहिए।" झिलमिल ने कहा।

"हाँ, तुम सही हो। छोटी और कच्ची उम्र में लड़कों के बहकावे में आकर लड़कियों का घर से भागना उचित नहीं है। यह अकसर तब होता है, जब लड़की समझदार नहीं होती, शिक्षित नहीं होती, उसकी सोच परिपक्व नहीं होती। ऐसे में किसी लड़के द्वारा भविष्य के सुनहरे सपने दिखाने पर, उसके द्वारा प्यार जताने पर, उसे यह कहने पर कि तुम्हारे माता-पिता कभी मंजूरी नहीं देंगे, इसलिए हम घर से भाग जाते हैं, लड़की सपनों की सुंदर दुनिया में खोकर हकीकत नहीं देख पाती और भाग जाती है। लड़की बालिग है तो अपना फैसला ले सकती है, लेकिन केवल 18 बरस की हो जाने से लड़कों को, लोगों को परखना, जिंदगी को समझना आ ही जाए, यह जरूरी नहीं। समझदारी उम्र के साथ आती है। अनुभवों से परिपक्वता आती है। ऐसे में बच्चों को माँ-पिता से कोई बात नहीं छुपानी चाहिए और यदि बेटी पिता से इस तरह की बात नहीं कर सकती तो उसे माँ से जरूर अपने दिल की बात बतानी चाहिए और उन्हें समझाने एवं समझने का प्रयास करना चाहिए। माता-पिता बच्चों के दुश्मन नहीं होते। वे हमेशा बच्चों का भला चाहते हैं। माता-पिता और बच्चों के बीच टकराव वहाँ होता है, जहाँ जाति भेद या अहं बीच में आता है तथा प्रेम को खानदान की इज्जत से, अपनी झूठी शान से जोड़कर देखते हैं। इस तरह के मामले में नवयुवकों का खून ज्यादा खौलता है और वे जान लेने पर उतारू हो जाते हैं। ऐसे मामलों में भी माता-पिता जिम्मेवार होते हैं। उनके रहने-सहने का ढंग, तौर-तरीके बच्चों के व्यक्तित्व और उनकी सोच को प्रभावित करते हैं। दुश्मन के सामने नाक नीची न हो, इसके लिए वे किसी की जान भी ले सकते हैं। इसी के चलते ऑनर किलिंग होती है। ऑनर किलिंग अधिकतर जातिगत मामले में या दुश्मनी के चलते होती है, जिसके लिए परिवार की सोच जिम्मेवार होती है।

"इसके अलावा, कितने ही ऐसे किस्से पढ़ने को मिलते हैं कि लड़का लड़की को भगाकर ले गया। कुछ दिन साथ रहने के बाद लड़की को बेच दिया या छोड़कर चला गया। ऐसे मामलों में अधिकतर लड़कियाँ कम उम्र की होती हैं, जिन्हें जीवन की समझ नहीं होती और वे बदमाश लड़कों के

चक्कर में पड़कर अपनी जिंदगी बरबाद कर लेती हैं। इसीलिए माता-पिता को, खासकर माँओं को बहुत ज्यादा सतर्क रहने और बच्चों पर ध्यान देने की जरूरत है। बच्चे क्या कर रहे हैं, किससे मिल रहे हैं। कुछ छुपा तो नहीं रहे हैं। हमेशा इन बातों पर ध्यान रहना चाहिए। लड़कियों की सहेलियों पर नजर रखनी चाहिए और समय-समय पर उनसे बात करके उनकी परेशानियों को समझना चाहिए। इसके लिए जरूरी है कि बच्चों से दोस्ताना व्यवहार किया जाए, जिससे बच्चों को माँ-पिता पर भरोसा हो। अगर बच्चे अपने मन की बात बताते हैं तो माता-पिता को बात-बात पर बच्चों को ताना नहीं मारना चाहिए। बच्चों के दिलों में हमारा डर नहीं प्यार होना चाहिए और हमें बच्चों की भावनाएँ समझनी चाहिए। उन्हें गलत फैसले लेने पर मजबूर नहीं करना चाहिए।" दीपा ने कहा।

इस पर झिलमिल ने कहा, "बच्चों का एक गलत कदम जीवन भर की भूल बन सकता है, जिसकी सजा ताउम्र मिलती है। जहाँ एक ओर बच्चों और माता-पिता के संबंध बिगड़ते हैं, वहीं समाज में भी गलत संदेश जाता है।" उसने कहा, "मुझे रज्मीजी का एक शेर याद आ रहा है। 'वो जब्र भी देखा है तारीख की नजरों ने, लम्हों ने खता की थी सदियों ने सजा पाई'।"

"वाह, झिलमिल तुमने इतनी बड़ी बात को कितनी सहजता के साथ कह दिया और सच भी है कि एक लम्हे की गलती की सजा जीवन भर भुगतनी पड़ती है। इसलिए हम जो भी करें, यह सोचकर करना चाहिए कि कहीं भविष्य में हमें उसके दुष्परिणाम न भुगतने पड़ें। हमारी सोच भी समय के साथ बदलती है, परिपक्व होती है। बचपन में अपने आसपास घट रही घटनाओं के प्रति हमारा नजरिया कुछ और होता है और जब हम उन बातों को बड़े होकर सोचते हैं तो हमें वह दृश्य ही बदला हुआ लगता है, इसीलिए लड़कपन के फैसलों पर ज्यादा विश्वास नहीं करना चाहिए। माता-पिता से अच्छा गुरु और उनसे अच्छा दोस्त कोई नहीं होता। अगर बच्चे माता-पिता की भावनाओं का, उनकी पसंद-नापसंद का खयाल रखते हैं तो माता-पिता को भी अपने बच्चों की मर्जी और खुशियों का ध्यान रखना चाहिए। झूठी शान के

कारण उन्हें बच्चों की जिंदगी से खिलवाड़ नहीं करना चाहिए। फैसला चाहे बच्चों के कॅरियर को लेकर हो या उनके विवाह को लेकर, सोच-समझकर ही करना चाहिए। जीवन जीने का पाठ, अच्छे-बुरे का ज्ञान और दूध से पानी को अलग करने की कला हमें माता-पिता ही सिखाते हैं और अपने अनुभवों से हमारी राह को आसान करते हैं।" आशु ने कहा।

□□□

* 9 7 8 9 3 5 3 2 2 7 0 3 6 *

MAN - #0679 - 230726 - C0 - 216/140/12 - PB - 9789353227036 - Matt Lamination